2020
신춘문예 당선시집

문학세계사

2020
신춘문예 당선시집

<시> 고명재 김건홍 김동균 김임선 박지일 선혜경
임효빈 정희안 차유오 최선
<시조> 김경태 김수형 오정순 정인숙

2020 신춘문예 당선시집 차례

시 詩

시조 時調

정인숙 | 동아일보

시

신춘문예 당선 시

고명재

1987년 출생
영남대 국문학 박사 수료
동 대학 시간강사 재직 중
2020년 《조선일보》 신춘문예 시 부문 당선

myung0613@naver.com

■ 조선일보/시

바이킹

바이킹

선장은 낡은 군복을 입고 담배를 문 채로
그냥 대충 타면 된다고 했다
두려운 게 없으면 함부로 대한다
망해가는 유원지는 이제 될 대로 되라고
배를 하늘 끝까지 밀어 올렸다
모터 소리와 함께 턱이 산에 걸렸다
쏠린 피가 뒤통수로 터져 나올 것 같았다
원래는 저기 저쪽 해 좀 보라고 여유 있는 척
좋아한다고 외치려 했는데
으어어억 하는 사이 귀가 펄럭거리고
너는 미역 같은 머리칼을 얼굴에 감은 채
하늘 위에 뻣뻣하게 걸려 있었다
우리는 서로에게 공포가 되었다
나는 침을 흘리며 쇠 봉을 잡고 울부짖었고
너는 초점 없는 눈으로 하늘을 보면서
무슨 대다라니경 같은 걸 외고 있었다
삐걱대는 뱃머리 양쪽에서 우리는
한 번도 서로를 부르지 않았다
내가 다가갈 때 너는 민들레처럼
머리칼을 펼치며 날아가 버리고
네가 다가올 땐 등 뒤에서 불어오는 바람을 즐겼다

뒷목을 훑는 손길에 눈을 감았다
교회 십자가가 네 귀에 걸려 찢어지고 있었다
내리막길이 빨갛게 물들어 일렁거렸다
네가 나를 똑바로 보고 있었다
그 순간 알았다 더는 바다가 두렵지 않다고
이 배는 오래됐고 안이 다 삭아버려서
더 타다가는 우리 정말 하늘로 간다고
날아가는 기러기의 등을 보면서
실눈 사이로 비집고 들어오는 너를 보면서
눈 밑에서 해가 타는 것을 느꼈다
벌어지는 입을 틀어막았다

눈 내리는 부족

　아주 흰 개 꿈을 꿨습니다 눈보라 속을 뛰고 있었어요 발이 다 젖었는데 몸에서는 김이 피어오르고 개는 너무 작았어요 광활한 눈밭에 비해, 그래도 개는 달렸습니다 사랑하는 사람을 만나러 꿈 전체가 흔들려도 하나는 확신할 수 있어요 멀리서 보면 눈과 다를 바 없던 뜨겁고 작은 몸, 시야를 가리는 그 지독한 눈보라 속에서 유일하게 흔들리지 않는 것이었습니다

　눈을 뜨자마자 달렸다 사랑을 다 풀어주려면
　목줄을 풀 듯 밖으로 나가서 달려야 했다

　좋아하는 사람의 개가 죽었다 왜 이 집에 왔니 하얗게 헐떡거린다 개들은 몸을 벗고 코끝을 밝혀서 주인을 가장 사랑하는 사람에게로 온다고 하던데 잘못 온 거야 빨간 혀를 온도계 끝까지 내밀어도 어쩔 수 없다 몸이 통째로 다리가 된대도 갈 수 없어 문 두드리지 마 이번 눈보라는 너무 지독해 자꾸 헐떡이는 숨소리로 내 귀를 핥지 마 나는 빙어를 산 채로 씹지도 못해 손발은 작살 끝처럼 싸늘해서 귀를 막고 커튼을 내린다 흰 개가 짖는다 그러다 온몸으로 문에 부딪친다 쾅 쾅 소리와 목 찢는 소리가 집을 흔든다 시계를 본다 커튼 사이로 창밖을 본다 흰 개떼가 흰 개의 목소리를 듣고 언덕에서 달려오고 있다 사박사박 개들이 눈 밟는 소리는 아름답다 눈 위를 달리는 몸 자체가 해방 같다 눈이 안 보이는 내가 이걸 모조리 봤다면 이젠 문을 열고 대전 아니 평양이

라도 발이 터지도록 너를 향해 달려야 할 때가 온 거다

귀

　지금 나는 가문비나무처럼 조용한 카페, 나뭇잎 사이로 새들이 부리를 내민다 내 뒤에는 머리 긴 여자 농인이 손짓으로 영상 통화를 한다 뒤돌아보지 않는 것이 예의인 줄 안다 세상 모든 이야기가 안 들리는 척, 나는 사랑하는 여자의 시집을 읽는다 조용한 여자의 그림자가 내 책에 닿는다 시 속에서 여자는 나무를 끌어안는다 말없는 여자가 말을 하다 손으로 놓친 새, 그 새가 행간을 바람처럼 스친다 시 속의 여자도 그 새를 올려다본다 시를 읽는데 목이 마르다 나는 비킨다 두 여자가 시와 그림자로 만난다 여자가 손바닥을 펼치자 잎이 뻗는다 시 속의 여자가 손끝으로 나무를 읽는다 아름다운 영혼은 새를 닮아서 길고 매끈한 손을 가지게 된다는 이야기가 있다 그 손으로 가문비나무 아래에 서서 새 그림자를 만들면 귀가 파래질 거야 눈이 시리다 나무 사이로 하늘이 샌다 여자들이 속닥거리는 소리가 들린다 가끔 손등과 손바닥이 진흙처럼 첨벅대는 소리가 들린다 그건 내 애인이 허벅지를 철썩 치고 웃는 소리 같다 웃음소리는 듣지 않아도 푸르다

철거
−뜯기지 않는 것

너의 얼굴이 은박지처럼 구겨져버릴 때
나는 어떻게 해야 좋을지 알 수가 없고
발만 구르며 손톱을 물어뜯다가
책상을 정리하고 시를 쓴다
너의 얼굴엔 장미가 뿌리를 내리고 있다고
그런 너의 아름다움을 신이 질투해서
그걸 거머쥐려고
꽃 뿌리를 뜯고 있다고
얼굴 위에 실금이 선명해질 때
나는 너를 위해서 작은 시간을 위해서
아름다운 향기에 관하여 쓴다
어제 꽂아둔 병실의 목마른 장미가
지금도 아픈 사람들의 머리칼을 파고든다고
그렇게 나에게
너는 홀로 죽어가면서
왼손에 의미를 쥐여 주고 있다고

온몸의 외국어

풍차를 소재로 시를 쓰는 시인들은 외국 생활을 오래 했거나 망명 했거나 그네를 탄 채로 노을을 보는 걸 좋아했거나 외로웠던 것으로 추측된다 말이 가난할 땐 흐린 날의 새가 된다 모든 말이 무릎 밑을 스친다 엎어질 듯 아슬하게 표현되는 몸 스친 자리에는 더러 양귀비 가 핀다

어느 나라에서는 남의 말을 시라고 한다 누가 혼잣말로 추워,라고 말해도 온갖 비평가들이 담요를 들고 곁으로 다가와 모닥불을 피우고 귀를 기울여준다고 그런 나라에서는 오렌지가 잘 익을 것이다 해 질 녘은 이민자들로 넘쳐날 테고 온갖 종류의 빵 냄새와 인사말이 섞이 는 그런 아름답고 시끌벅적한 강변을 생각해

어느 나라에서는 외국어를 시라고 믿는다 그래서 사랑에 빠지면 외 국인으로 간주한다 주민등록증을 수거하고 우선 재운다 소수 언어를 잊는 데는 잠이 보약이라고 가끔 치명적인 사랑에 빠진 이들은 외국 어를 넘어 새소리를 내기도 하는데 문헌에 의하면 한반도에서는 유리 라는 사람이 꾀꼬리의 언어를 구사했다고 한다

어느 독일인은 탈무드와 토라*에 평생을 바쳤다 그에게 왜 공부를 하느냐고 묻자 그는 웃으며 유리잔을 감싸 쥐더니 미안해서요라고 답 했다 창밖에는 느티나무가 햇살과 섞였다 어느 일본인들은 매달 모여

서 윤동주를 읽는다고, 어느 한국인은 히로시마 피폭자의 피부를 보고 해줄 수 있는 게 없어서 울었다

　누가 울 때 그는 캄캄한 이국異國입니다
　누가 울 때 살은 벗겨집니다
　누가 울 때 그 사람은 꽃이 됩니다
　꽃다발을 가슴에 안아야겠지요

　어떤 기사는 풍차를 보고 돌진했다고 한다 그의 돌진을 솔직이라고 한다 솔직한 눈 꼭 잡은 손 솔직히 말하면 첫눈을 핥고 당신과 강물에 속삭이는 거예요 어떤 이들은 그 풍경을 소중히 여겨서 강가의 조약돌이며 반짝임까지도 모두 모아서 도서관으로 보낸다

　* 유대교에서 구전(口傳)되는 진리의 일종으로 율법, 가르침을 뜻하는 말.

화전

꽃을 밟고 건너서 볼에 닿는다 빛은 오후 네 시가 되면 창문을 넘어와 여자가 가진 것을 가지런히 누른다 천진난만한 손가락처럼 피아노 위에, 교복에, 여자의 얼굴에 함부로 앉는다 어린 손이 잠시 볼에 닿는다 눈을 뜨면 진달래가 찍힌 것 같다 여자가 일어선다 이불의 자수가 휘청거린다 머릿속엔 도라지꽃이 미쳐서 구른다 허기 속엔 뒤집힌 혀의 보라가 보이지 목구멍엔 젖은 꽃이 헐떡거리지 너무 고단해서 여자는 뱀처럼 아이를 삼켰나 울면서 터널을 내려간 아이, 목구멍엔 구석구석 찍어둔 손자국이 메밀꽃처럼 하얗게 출렁거리고 여자는 가장 긴 손가락을 목에 집어넣는다 새빨간 기차가 단번에 머리통까지 온다 게워낼 때마다 시간이 거꾸로 가는 것 같아서 여자는 이 짓을 자꾸 한다고, 그러다 완전히 텅 빈 씨앗의 기분이 될 때 냉장고를 연다 비닐봉지를 가로로 찢는다 핏물에 부르튼 고기를 굽는다 약불에 선홍빛 피가 올라오면 몽골몽골 매화가 이렇게 올라왔었지 불처럼 두렵고 아름다웠어 마음만큼 느리게 배가 불러왔었지 이렇게 얇은 꽃잎 같은 게, 죽어서도 계속 피를 흘리는 게, 기도 같다고 여자는 생각한다 그것은 덧없고 뜻 없는 오후의 빛이다 여자는 긴 손가락으로 살점을 누른다

사랑하는 것들 사라져도 이야기는 남아 있겠죠

어렸을 적, 제가 사랑하는 사람은 모두 세상을 떠난다는 사실이 너무 충격적이어서, 한동안은 문을 열어둔 채로 잠들었던 기억이 납니다. 모두 사라질 거면 저 많은 별과 두꺼운 전화번호부가 무엇을 의미하는지, 꽃은 왜 피고 슈퍼 앞 고양이는 왜 목을 긁는지, 그 모든 것들이 알고 싶었습니다.

저를 오랫동안 키워주신 혜능 스님이 작년에 세상을 비우고 걸어가셨습니다. 갑작스럽게 사랑이 떠나면 가슴 한가운데에 번개처럼 금이 생기는데, 그 금 위로 사랑의 강물이 흐르게 된다는 걸 요즘에 와서 실감하게 되었습니다. 우리가 사랑하는 모든 것은 사라지지만, 이야기가 남습니다. 몸이 사랑이 됩니다. 또한 그 이야기와 사랑조차 시간에 녹아 다 사라진대도 우리가 함께했다는 것, 눈부신 그 사실만으로 충분하다는 걸 이제는 알 것 같아요.

사랑하는 김문주 선생님, 사랑의 선생님! 선생님이 우리의 스승이어서 감사하고 또 감사해요. 처음 이곳에서 선생님이 강의했던 날, 칠판에 쓰신 詩라는 글자가 제 이마를 뚫었어요. 창이 흔들렸죠. 속이 일렁거렸어요. 창밖은 봄이었는데, 선생님이 나긋나긋 시를 읽어주셨는데, 바로 그때 저는 '저 사람이 아니면 안 된다'라는 이상한 확신에 휩싸였어요. 시를 이야기할 곳도, 배울 곳도 없던 이곳에서 저에게는 선생님 단 한 사람이 이 세상의 모든 시였어요.

소중한 기회를 주신 문정희, 정호승 선생님께 감사드립니다. 영남대의 스승님들께도 감사드립니다. 함께 시를 쓰며 걸어온 현정이, 송이, 유신아, 우리 계속 같이 걷자. 같이 산책하자. 동우, 현수, 혁준, 택, 대희형, 승빈, 지영, 상회, 수정, 주은, 늘 고마워요. 끝으로 어머니, 아버지, 몸이 부서지도록 일을 하면서도, 밤이면 시를 읽어주신 두 사람. 저는 두 사람 덕분에 '사랑의 바깥'을 몰라요. 영재만 알지. 영재야, 이건 형이 처음 말하는 건데, 너는 형아가 쓴 시에서 가장 많이 나왔던 사람이란다.

오르내리는 바이킹의 공포와 인내, 우리 삶 비춰

언어는 소통의 본질을 지니고 있다. 시의 언어 또한 마찬가지다. 시를 쓴다는 것은 인간에 대한 이해와 성찰의 한 단면을 언어를 통해 표현하고 그것을 독자와 함께 나눈다는 것을 의미한다. 그러나 이번에 본심 심사 대상이 된 시의 경우, 소통하기 어려운 시가 많았다. 인간의 삶은 존재하지 않고 언어만 존재해서 그 언어의 유기적 의미를 파악하기 어려웠다.

시의 그릇에 제각기 놓인 추상적 관념적 언어를 통해 언어의 난무亂舞를 보았다. 삶의 내용이 내포되지 않은 시의 언어는 그 의미를 잃는다. 의미를 잃고 형식만 남음으로써 소통이 불가능한 시들이 많다는 것은 분명 한국 시의 위기다. 그러나 최종심까지 논의된 몇몇 작품은 그런 위기감을 다소 진정시켜 주었다.

「폭우가 지나간 자리에서」는 소통 가능한 언어로 쓰였으나 폭우에 떨어진 사과의 의미에 보다 깊은 사색의 비유가 요구된다는 점에서 아쉬움이 있었다.

「초행」은 화장한 유해를 들고 산을 오르는 과정을 대화체로 쓴 작품이다. 그러나 과정에 치우친 나머지 그 과정에서 추구해야 할 죽음의 의미에 대한 독자성이 부족했다. "다시는 안 볼랍니다 소리를 버럭 지르는데 차 한 대가 쌩하니 지나가는 겁니다" 등에서는 유해를 모시는 진정성에 의구심이 일었고, "검은 봉투에 흰 가루를 품에 꼭 안고"에서는 응축되지 못하고 풀어진 점이 있었다.

「진심으로」는 진심에 대한 양의성이 있었다. '진심'을 진심眞心으로 이해했을 때는 시에 생명력이 있었으나 사람 이름으로 파악했을 때는 평범한 일기 같은 산문성이 두드러졌다.

당선작 「바이킹」은 한 남녀가 놀이기구 바이킹을 타면서 한순간 겪게 되는 고통과 공포를 통해 우리 삶의 절망과 희망이 교직되는 순간순간을 절실하게 잘 드러내었다. 대한민국에서 오늘을 사는 우리의 현재적 삶이 바이킹을 타는 행위로도 재해석되었다.

바이킹이라는 배를 타는 안식과 기쁨보다는 배가 좌우의 방향으로 높이 오르내릴 때 경험하게 되는 위험과 불안, 고통과 인내 등이 바로 오늘 이 시대를 사는 우리의 현실과 같다는 의미가 암유돼 있다. 당선을 축하한다. 당선자는 한국 현대시의 미래를 이끌어주길 바란다.

심사위원 : 문정희(시인)·정호승(시인)

김건홍

1992년 경북 상주 출생
홍익대학교 예술학과 졸업
현재 명지대학교 대학원 문예창작학과 재학 중
2020년 《한국경제》 신춘문예 시 부문 당선

closeup1202@gmail.com

■ 한국경제/시

릴케의 전집

릴케의 전집

그 집의 천장은 낮았다.
천장이 높으면 무언가를 만드는 데 도움이 될 것이라 했다.

그 집에 사는 목수는 키가 작았다.
그는 자신의 연인을 위해 죽은 나무를 마름질했다.

목수보다 키가 큰 목수의 연인은 붉은 노끈으로 묶인 릴케 전집을
양손에 들고 목수를 찾아갔다.

책장을 만들려고 했는데 커다란 관이 돼버렸다고
목수는 자신을 찾아온 연인에게 말했다.
천장에 머리가 닿을지도 모르겠다고 연인은 답했다.

해가 가장 높게 떴을 때 마을의 무덤들이 흐물흐물 무너져 내렸다.

목수는 연인이 가져온 책 더미를 밟고 올라서 연인과 키스를 했다.
목수의 입에서 고무나무 냄새가 났다.

먼지 속 여름

저 솜구름은 내 거야
창가에 하염없이 서 있던 네가 말했다

나의 머릿속을 까맣게 채운 단어가 있었다
책상에 앉으면 그것이 떠오를 것 같았다

솜구름은 느리게 서쪽으로 이동하고 있었다
너는 자신의 구름을 보면서 서쪽으로 이동하다가 책장에 머리를 부
딪쳤다

거기에 꽂혀 있는 사전은 내게 소용이 없다

머리를 부딪치고 나서 너는 자꾸 나를 잊는다
나는 어찌할 바를 몰라 창가에 서 있다 창틀을 닦아도 먼지가 쌓여
간다

나의 가상인물 영선

나의 가상인물 영선은 기억하지 못한다
중고로 산 피아노가 언제 사라졌는지
누가 어떻게 그 무거운 것을 영선의 눈을 피해
빼돌렸는지

영선은 남겨진 피아노 의자에 앉아
체르니 40번 교본을 천천히 훑어본다

영선의 얼굴로 바람이 불어서
창가를 보면 굳게 닫힌 창과 그 너머로 촘촘히 떨어지는 빗물이 있다
맞은편 빌라의 옥상에서 우산을 쓰고 있는 사람이 있다

영선은 음울한 노랫말을 흥얼거린다
기억나지 않는 부분을 제외하고

등받이가 없는 피아노 의자 뒤로 나자빠질 때까지

나의 가상인물
영선의 단전이 딱딱해진다
커튼이 아까와는 다르게 구겨져 있다고 영선은 믿는다
비가 너무 많이 내린다

금관 악기

나는 티브이를 시청하고 있다.

그는 먼지가 잔뜩 낀 악기를 들고 집을 나선다.

그의 악기가 튜바인지 트럼펫인지 호른인지 모르겠다. 색소폰이었던가. 나는 채널을 돌리고 있다.

나는 그를 기다리지 않는다. 채널을 고정한 채 뉴스를 시청하고 있다.

그는 번들거리는 아스팔트를 따라

휘어진 금빛 통로를 따라올 것이다.

식당에 들러 점심을 해결할 수도 있다.

사건처럼 그가 닥쳐온다면

나는 그를 기다리지 않는다.

실연될 수 없는 악상이 떠오른다.

시간이 또 얼마나 흘렀는지

그가 언제 온 건지 모르겠다. 그가 현관 앞에 서 있다.

여러 금관 악기들을 몸에 두른 채 아주 크게 심호흡을 한다.

티브이가 있는 거실을 지나 그의 방으로 들어간다.

외출 시에는 밸브를 잠가야 한다고 나는 그에게 소리친다. 나는 음소거를 누른다.

그의 방에서 무언가 낑낑대는 소리가 들려온다.

그걸 듣고 있자니 졸음이 온다. 낮잠을 자면 악몽을 꿀 것이다.

외투

너는 나의 왼손을 가져간다.
이것은 나의 부적이야
나의 손에 작고 단단한 것을 쥐여준다.

나는 기차에 올라 지정된 좌석에 앉는다. 네가 손을 흔든다.
그 무엇도 내리치고 싶지 않고
가위바위보도 하고 싶지 않은
나는 주먹을 흔든다.

네가 무슨 말을 하는지 들리지 않는다. 기차가 출발한다. 점점 속도
가 붙는다.
풀린 신발 끈을 내버려 둔다.

풍경이 펼쳐진다. 춤을 춘다.

네가 만든
나의 작고 단단한 주먹에서 땀이 난다.

외투 안쪽에 티슈가 있다.
그러니까 심장 쪽에

빛과 소음

모두 조용히 해 주세요
입 열지 마세요
움직이지 마세요
화장실 가지 말고 조금씩 싸서 말리세요
엠비언스* 딸 때면
현장 스태프들은 아무 소리도 내지 않고자 숨을 참았다
빛이 자꾸 간지럽혀도
의식하지 마세요!

동시녹음 선배는 매번 무리한 부탁을 해
몇 명은 호흡곤란
오줌 지리고 마비를 겪고

그래도 동아리 신입인 우리들은
조악하게 완성된 영화를 보면서
그래도 영화 같다고 말했다

사운드 때문이야……

동시녹음 선배가 슬며시 다가와 한 마디 던지고 사라지면
우린 선배가 남기고 간 상황을 파악했다

이런 것이 현장 장악력일까

이어진 뒤풀이에서 동시녹음 선배는 기절할 때까지 술을 마셨다
대낮이 낮 같다는 사운드 때문이었다

선배는 인물이구나
진정 씨네필이구나
빛과 소리구나

동방에서 선배는 죽겠다며 해물 라면을 들이켰고
선배 음향 좋아요 우린 시체 목소리로 말했다

*특정 공간에 내재하는 음향.

매순간 불확실한 세계…
무한한 시점으로 포착하겠다

어디에서 어떻게 세계와 마주해야 하는지 늘 고민했다. 그런 고민 속에는 내 존재 또한 한 곳에서 정립되리라는 믿음과 동시에 마음 한편에 불안감이 도사리고 있었다. 이는 어쩌면 세대적 감각일지도 모르겠다.

내가 어디서 세계를 보고 있는지, 아스팔트 위에 서 있는지, 허공에 떠 있는지, 바다 위를 부유하고 있는지 불확실하고 보이지 않았다. 이는 정작 눈앞에 놓인 세계가 아닌, 나 자신을 향해 있었기 때문이라는 생각이 시를 써나가면서 들곤 했다. 시를 통해 그 방향을 조금씩 틀고 있는 것 같다.

시는 내 위치를 때론 작은 의자 위로, 때론 발코니로, 숲으로, 이국으로 혹은 내가 알지 못하는 미지의 곳으로 옮겨 놓곤 했다. 시는 내게 무한한 시선과 시점으로 세계를 포착하는 즐거움을 알려줬다. 내 앞에 매 순간 달리 놓이는 세계에 눈을 돌리겠다. 축복처럼 주어진 현상들과 사물들을 깊고 차분히 감각해 보겠다.

부족한 글의 가능성을 믿어주신 심사위원님들께, 부족한 저를 따뜻하게 맞아주신 명지대 문예창작학과 교수님들께 감사 인사를 드린다. 지난 1년, 내 시보다 먼저 내 존재를 헤아려주신 김민정 선생님께, 흐릿하게 서 있는 나를 언제나 선명한 곳으로 인도해주신 이수명 선생님께 고개 숙여 감사 인사를 드린다.

반짝이는 문학을 위해 함께 분투하는 명지대 원우들과 진심으로 서로의 시를 빚고 서로의 힘이 되어준 시 스터디 '쏨'의 문우들에게, 마지막으로 그 누구보다 사랑하는 가족, 나 자신보다 한발 먼저 나를 믿고 응원해준 지영에게 감사드린다.

문학적 상투성 답습 않는 시적 압축미 돋보였다

올해 한경 신춘문예 시 부문은 예년에 비해 응모작 수준이 높았다. 문학적 상투성을 답습하지 않은 새로움을 보여주면서 시적 압축미가 돋보이는 작품을 뽑고자 했다. 특히 고전적인 세계를 다룰 때도 그 고전적인 것이 과거에 묶여 있는 것이 아니라 미래를 향해 열려 있는 작품을 뽑고자 했다.

당선작을 놓고 끝까지 겨룬 것은 송은유와 김건홍 작품이었다. 송은유의 「화분의 위의威儀」는 언어를 자기 식으로 감각 있게 형상화하는 능력이 수준급이고 자기 내면의 이야기를 하면서도 시대의 풍경들을 그릴 줄 안다는 점이 매혹적이었다. 반면 부분 부분 문학적 상투성을 극복하지 못한 표현들이 아쉽다는 지적이 있었다.

숙고와 토론 끝에 당선작으로 결정한 김건홍의 「릴케의 전집」은 간결하고 압축적이면서도 비의와 상징성이 풍부하다는 점, 열린 서사 구조가 다양한 해석을 가능케 하고 긴 여운을 남긴다는 점이 동봉한 시편들의 편차마저도 금방 극복할 수 있는 가능성으로 보이게 했다. 앞으로 한국 시의 새로운 지층의 결을 보여주리라 기대하며 흔쾌하게 축하의 말을 전한다. 아울러 모든 응모자에게 심심한 위로의 말을 전한다.

심사위원 : 송재학(시인) · 손택수(시인·노작 홍사용문학관 관장) · 안현미(시인)

김동균

1983년 서울 출생
중앙대학교 문예창작학과 졸업
2020년 《동아일보》 신춘문예 시 부문 당선

plaquette.p@gmail.com

■ 동아일보/시

우유를 따르는 사람

우유를 따르는 사람

창가에 앉아 우유를 따르고 있었다. 당신은 조용히 그것을 따르고 부드러운 빛이 쏟아졌다. 둘러맨 앞치마가 하얗고 당신의 얼굴이 희고 빛이 나는 곳은 밝고 빛이 없는 곳에서도 우유를 따르고

우연한 기회에 인사를 건네고 거기에서 우유를 따르고 다음 날에도 성실하게 우유를 따르는 그런 사람에게 매일 우유를 따르는 게 지겹진 않나요, 그곳은 고요하고 그곳에서 당신을 계속 지켜보기로 하고

어떤 날엔 TV를 켰는데 우유를 따르는 당신이 출연한다. 책에서도 우유를 따르는 당신이 등장한다. 당신이 앉아 있는 지면에 부드러운 빛이 쏟아지고 서가가 빛나고 읽던 것을 덮어도 빛나는 창가에서 우유를 따르던 당신이

우유를 따르고 있었다. 여기서 우유를 마시는 사람도 없잖아요, 그런데도 차분하게 우유를 따르고 열 번을 쳐다보면 열 잔이 되는 우유가 있다. 실내는 눈부시고 새하얗게 차오르는 잔이 가득해지고

그런데 누가 우유를 옮겨요, 지켜봐도 우유를 옮기는 사람이 없는데 우유를 가져다준 적이 없는데, 당신도 환하고 실내도 환하고 당신이 우유를 계속 따라서 그런 거잖아요. 문밖에서 발목이 젖고 우유가 넘치고

우유가 흐르는 골목이 차갑고 당신은 계속 따를 수 있겠어요, 당신의 손이 새것처럼 빛나고 있었다.

꽃집에 대해서

거리에 아주 많은 게 폈고
그중에 한 가지를 골라 얘기하자 말한다.

변하지 않는 얘기를 하고 싶었는데
아주 많은 것들 틈에서
한 가지 변하지 않는 사실을 말하는
여기가 꽃집이었다.

꽃집에는 여전히 아주 많은 것들이
피어 있고
그중에 한 가지를 골라서
너에게 건네주는 순간에도 우리가
꽃집에 머물렀으며

꽃집에서 우리는 이제
변하지 않는 걸 골라서
시들지 않는 꽃이라면서
신기하게 서로를 쳐다보았다.

행인들은 이제 시들지 않는 꽃에
관심이 없고

시들지 않는 꽃을 들고 거리로 나왔는데
오래 걸어 도착한 골목에 이르러서

아주 많은 것들 가운데 피어 있다고 말하는
여기서부터 꽃집이었다.

새장

여기서 날아가지 않는다고 한다 멧비둘기 한 쌍이 종일 앉아 있다고 한다

거기서는 날아간다고 한다 멧비둘기 한 쌍이 나무 위로도 빌딩 사이로도 날고 있다고

똑같은 멧비둘기라고 멧비둘기가 없으면 안 된다고

멧비둘기를 부르면 사람들이 모두 멧비둘기를 쳐다본다 아픈 멧비둘기 같은 건 없다고

주인이 말한다 멧비둘기 주인 같은 건 처음 듣는다고

멧비둘기 한 쌍이 난다고 해서 꼭 멧비둘기가 날아가는 건 아니라고

멧비둘기를 닮은 새가 날고 있다고

멧비둘기 한 쌍이 앉기도 한다고 거기서 날아간 여러 가지 새가 여기로 들어온 거라고 한다

정말로 사라졌다고 한다 멧비둘기를 기르는 사람은 따로 있다고 없
으면 정말 큰일이 난다고

  멧비둘기가 그저 그런 사람은 멧비둘기를 그만 쳐다보고

  날아간 자리를 채우려고 멧비둘기가 멀리서 날아온다고 한다

종이집

벽돌로 쌓아올린 집이 있었고 그는 벽돌을 세고 있다고 했다 그는 붉은 벽돌과 검붉은 벽돌을 구분한다고 했다 붉은 벽돌 2,839개 검붉은 벽돌 482개라고 전했다 195개의 높이로 쌓아올린 집이었고 층고가 높은 3층이라고 했다 그것이 이 집의 정면이고 틀림없다고 했다

그는 벽돌 감별사가 되었다 벽돌로 지어진 집을 세는 게 일이었다 개중에는 가짜 벽돌도 있었다 그는 그것을 구분할 줄 알았다 동네에는 79개의 벽돌로 지어진 집이 있다고 그중에 세 집이 부서지고 다섯 집이 새로 생기고 두 집은 리모델링되었지만 데이터는 쌓였다 데이터에는

벽돌로 지어진 집이 제일 많은 동네가 기입되었다 벽돌로 지어진 집이 한 군데도 없는 동네가 추려졌다 벽돌로 지어진 상가는 포함하지 않은 숫자였다 감별사가 더 필요했다 지망생이 생겼다 목덜미를 주무르다가 포기하는 사람이 늘었다 학원을 나오면서 벽돌을 헷갈리지 않고 세는 건 어렵고 힘든 일이라 했다 재능과 적성이 반드시 있어야 한다고 이달의 감별사가 말했다

건축가는 벽돌을 세는 감별사가 한심했다 그러면서 벽돌을 쌓아올리는 미장공에게 벽돌을 몇 개 사용했는지 미리 세어보라고 지시했다 미장공은 벽돌을 세다가 귀찮아서 벽돌을 운반하는 인부에게 대신 부

탁하고 벽돌을 제조하는 사람도 슬쩍슬쩍 벽돌을 셌다 이번 달에는 몇 개의 벽돌이 생겼습니다 그리고 몇 개의 벽돌이 없어졌습니다 벽돌로 지은 다채로운 집이 산출되었다 통계연감이 도서관에 비치되었다 그전에

　통계연감을 감수하는 사람이 생겼다 감수자는 맨 처음 벽돌을 세던 그였다 그는 벽돌 대신 연감을 넘기며 숫자를 다시 세어보고 있었다 막대그래프 높낮이를 검토했다 벽돌을 세지 못해서 슬픈 얼굴이었지만 그는 최초의 벽돌 감별사로 기록되었다 둘둘 둘셋, 벽돌이 늘어선 골목을 빠져나오며 손가락을 치켜든 모습도 신문에 실렸으므로 그는 신문을 가져와서 인쇄된 골목의 벽돌을 차분하게 세기 시작했다

그는 이게 무슨 말인지 안다

책을 고르고 있었는데 그에게서 연락이 온다

그는 여행을 떠난다고 한다 가기 전에 한번 보자고 한다 먼저 간다
고 돌아와서 보자고 저녁을 먹고 있다고 밥을 다 먹고 나면 시간이 남
는다고

조금 전에도 여행을 간다 말하고 그러니까 떠나기 전에 꼭 한번 보
자 돌아와서 차를 마시자

여행 중이었고 그가 생각나고 저녁을 먹을 때 그가 없어서 그는 어
딘가 걸어가는 중이다

그는 이게 무슨 말인지 안다 떠나기 전에 만나고 돌아와서도 만나
고 저녁을 먹은 다음엔 그다음엔 정말 손을 흔들고

하염없이 고르고 있었는데

커다랗고 작은 활자들 서로 다른 제목들 가지런한 책등을 채우고
있다 그는 이게 무슨 말인지 안다

이제 짐을 꾸려야 한다고 말한다 짐을 챙기고 나서 시간이 없다 말

한다 무수한 책이 꽂혀 있고

　무진하게 펼쳐질 것이다 그는 그걸 아주 잘 안다 그러나 동시에 그
는 여행 중이다 그와는 사뭇 다른 여행 중이다

　책을 고르고 있고 그건 모두가 한 번 해봤던 일이다 지금 하고 있는
일이다 그는 이게 무슨 말인지 안다

밖으로

너는 체크무늬가 잘 어울리는 얼굴 그래서 지난주에 체크무늬 목도
리를 사줬어 체크무늬 목도리랑 어울리는 코트를 선물하고

어떤 걸 먼저 입을까 너는

문을 열고 들어온 너에게 체크무늬가 없어서 당황스러운 거 있지
우리가 앉은 테이블이 조금 더 즐겁게 설치될 수 있었을 텐데

잘 어울렸을 텐데

여기엔 무늬가 안 보인다 시도 안 보이고 시인도 안 보이고 창문이
가려진 곳이다 갈망이 없는 여기에서

너는 지금도 체크무늬가 제일 잘 어울리는 얼굴 그래서

체크무늬 목도리나 그날 산 코트에 대한 이야기로 되감기고

여기는 스타일이 없다고 말한다 너는 화가 난 것 같다 선물한 체크
무늬 생각한 체크무늬 그런 걸 입은 사람이

없다고 말한다 나를 보는 네가 있고 너를 보면서 체크무늬를 상상

하거나

　너는 이제 말이 없다 화가 많이 나 있는 것 같다 이것에 대해 할 말
이 떨어졌다고 한다

　체크무늬를 입은 사람이 아직도 들어오지 않고 범연하게

　끝이 난다 화가 난 네 얼굴 거기엔 뭐가 어울릴까, 스타일이 없다고
대답하는 네가 나와 머무는 여기에서

　지금 당장은 체크무늬가 떠올라서 나는 무슨 말을 해야 될지 모르
겠어, 나는 재생되고 그러니까 그만

　밖으로 나가자

더 많은 사람과 어딘가로 향한다…
거기에는 꽃도 새도 있다

지하철이었다. 거기서 이름을 들었다. 몇 가지 질문과 답변이 오가고 처음 듣는 목소리로부터 축하한다는 말을 들었다. 어제는 호명되지 않았지만 오늘은 그렇게 되었다. 이것도 삶이다.

지금보다 더 어렸을 때, 시가 꼭 내 것만 같았다. 어느 날부터는 시가 나보다 나았다. 시를 쓰고 거기서부터 떠나는 게 좋았다. 또 어느 날엔 시가 나보다 훨씬 더 나았다. 노란 옥스퍼드 노트에 또박또박 써내려갔다. 거기에 살고 있는 기분 같은 게 있었다. 더 이상 노트에 적지 않고 타이핑을 했다. 어느 순간에는 손가락에서 무언가 흘러나오는 것도 같았다. 거기에 삶이 있는지 없는지는 모르겠다. 상관이 없다. 초대 받은 시도 그렇게 나왔다. 앞으로도 즐겁고 외롭고 무지한 일들이 펼쳐질 거다.

문을 열어준 김혜순·조강석 선생님께 감사를 표한다. 이승하 선생님께 각별한 마음을 전한다. 천변을 함께 걸었던 그날의 이수명 선생님은 사랑하는 시인이다. 김근 선생님, 그리고 빠뜨릴 수 없는 작인作人이 있다. 더 아득한 곳에 윤한로 선생님도 있다. 예쁘기만 했던 학창 시절의 그 이름을 다 부르지 못해 미안하다. 반드시 불러야 하는 이름도 있다. 하형은 거의 모든 시를 함께 읽어주었다. 그리고 수영과 신지도 있다. 울고 싶지만 울 수 없는 일이 있는 것처럼, 부르고 싶지만 부를 수 없는 이름도 있다. 이런 것도 삶이다.

무궁한 세계에 사는 엄마 아빠. 그 둘 아래서 나는 자랐다. 함께 자란 동생도 있다. 더 많은 선생, 더 많은 사람과 어딘가로 향한다. 거기에는 꽃도 있고 새도 있다. 나는 이게 진짜 삶이라고 말해본다.

일상을 이야기로 벼리고 재기 담아…
무늬 짜는 솜씨가 일품

본심에 올라온 작품들을 일별하고 가장 먼저 든 생각은 개성적인 목소리가 드물다는 것이었다. 동화적 상상력에 기대어 흥미로운 이야기를 만들어 놓았지만 매력적인 문장을 찾기 어려운 작품이 다수 있었다. 공들여 말들을 조직해 놓았지만 그 이음매만 불거지는 경우도 적지 않았다. 쉽게 몇몇 기성 시인의 영향을 떠올릴 수 있는 작품들도 종종 눈에 띄었다. 그렇지만 당선권에 든 몇몇 작품의 우위를 가리기 위해서는 숙고를 거듭해야 했다.

「말이 간다」 외 5편은 동화적 상상력에 기대고 있지만 풍부한 이미지가 사용되었고 이미지들이 겹치면서 오히려 뜻이 투명해지는 신선함을 지니고 있었다. 그러나 고른 수준의 말끔한 작품들 중 당선작이 될 만한 개성을 보여주는 작품이 없었다는 게 아쉽다. 「무너진 그늘을 건너는 동안 어깨에 수북해진 새들」 외 5편은 장점과 단점이 같은 지점에서 발견됐다. 개성 있는 자기만의 문장이 돋보였으나 이로 인해 때로는 어설프고 작위적인 문장이 돌출하고 있다는 점이 아쉬웠다.

짧지 않은 논의 끝에 결국 「우유를 따르는 사람」을 당선작으로 고르기로 결정했다. 일상을 이야기로 벼리고 여기에 재기를 담아 삶에 대한 일반적 인식을 흔드는 힘을 지니고 있는 작품이었다. 가상과 가정의 세계를 덧붙여 무늬를 짜는 솜씨가 일품이었다고 해도 좋을 것이다. 예사로워 보이는 비범함을 기대하게 하는 작품들이었다. 당선을 축하하며 더 큰 성취를 기원한다.

심사위원 : 김혜순(서울예대 문예창작과 교수)·조강석(연세대 교수)

김임선

필명 김지오
1962년 경북 경산 출생
1993년 《문예중앙》 신인상 중편소설 「그네」 당선
2020년 《세계일보》 신춘문예 시 부문 당선

iskim7797@hanmail.net

■ 세계일보/시

오른쪽 주머니에 사탕 있는 남자 찾기

오른쪽 주머니에 사탕 있는 남자 찾기

그때 오른쪽 주머니에
사탕 있는 남자가 내 앞을 지나간다

　혹시, 당신의 오른쪽 바지 주머니에 무엇이 들어 있는지 아세요?
어머, 이상한 생각은 하지 마세요 도둑 아니고 강도 아니에요 당신의
왼쪽 바지 주머니라 해도 상관은 없어요 당신의 왼쪽 심장이라 해도
상관없지요

　혹시, 사탕 있으면 한 개 주실래요? 에이, 거짓말! 나는 당신의 주머
니를 잘 알아요 한 번 만져 볼까요? 꽃뱀 아니구요 사기꾼 아니에요
그렇게 부끄러워할 것 없어요 그럼 당신 손으로 당신 주머니에 손 한
번 넣어 보세요 어머, 그것 보세요 사탕이 남아 있다니 당신에게 애인
이 없다는 증거예요

　그것이 어떻게 당신의 주머니에 들어갔는지 당신은 모를 수 있어요
누구에게나 주머니에 사탕 한 개씩은 들어 있어요 사랑 말이에요 세
균처럼 바이러스처럼 그 사탕 나한테 주시면 안 될까요? 나는 달콤한
것을 좋아해요 유난히,

　망설이지 마세요 그 사탕 내게 주면 당신 주머니에는 또 다른 사탕
생길 거예요 사랑처럼 말이에요 경험해 보지 않으면 믿을 수 없는 일

맞아요

  사탕 대신 꽃은 어때요?
  어머, 꽃 피우는 당신 마법사였군요

  꽃을 나눠 가진 우리
  이제 달콤해집니다

애인을 애인하고 한 백년 물끄럼하고

애인이 있습니다 애인이 웃으며 애인아, 하고 애인을 부릅니다 애인은 참 배가 부르겠습니다 애인이 흐르는 물에게 구르는 돌에게 비추이는 나무에게 이쪽이 내 애인입니다 하고 말합니다 애인은 애인의 등 뒤로 숨으면서도 눈은 깜빡이지 않습니다 애인은 애인의 손을 잡고 다리를 건넙니다 아무 일 없이 잡은 손에 힘을 꽉 줍니다 곁눈질로 애인이 무슨 생각을 하는지 살핍니다 애인은 모른 척하면서도 삐죽 웃습니다

사랑하는 사람과 애인은 같은 말이 아닙니다
애인은 애인을 사랑하지 않습니다
대신 애인은 애인을 애인합니다

어딘가에 애인이 있습니다 서로 등을 맞대고 서면 둘이 하나처럼 딱 맞아떨어집니다 서로가 서로에게 거울처럼 일체가 됩니다
그런 애인이 어딘가에 있습니다 오늘 못 만날 것 같은데, 어쩌지? 하고 애인이 말하면 저쪽의 애인은 소리칩니다 그럴 줄 알았어 그럴 줄 알았다니까 이제 더는 못 참겠어 우리 관계는 여기서 끝이야
애인은 가깝지만 애인과 애인은 멉니다 너무 멀어서 애인은 애인을 사랑할 수 없습니다 애인은 애인을 사랑해서는 안 됩니다 애인은 아무도 모르는 곳에 숨어 있습니다 애인은 혼자만 아는 깊은 곳에 애인을 숨겨 두고 몰래 몰래 애인을 꺼내 보는 것입니다

애인이 애인의 집을 찾아갑니다 죽은 듯이 애인이 사라졌습니다 애인의 집이 어디인지 참 모르겠습니다 애인은 자꾸 빨리 오라고 하면서 애인은 자꾸 사라집니다 애인은 오늘로 도착하지 않으면 끝장이라고 하는데 오늘이 어디인지 애인은 참 모르겠습니다

꿈 같은 애인입니다

미라가 된 매미 한 마리 베란다 철망에 붙어 있습니다 죽은 애인이 애인을 찾아 왔나 봅니다 텅 빈 무덤 안에 텅 빈 애인이 있습니다

애인을 눈멀게 하고 애인을 귀먹게 하고 애인의 심장을 갉아 먹고 애인이 환생한 증거입니다 빈 무덤을 손바닥에 올려놓고

애인이 가만히 애인을 바라봅니다

나를 향하는 낙하

발이 없는 날은 길을 나서지 않는다
이가 없으면 잇몸으로 살아야지 하고
아버지가 말했다
할머니는 틀니가 없어도 참외를 먹을 줄 안다
삼겹살도 잘 먹는다 바나나만 먹으란 법이 어딨어
발이 없어도 발이 되는 것들이 많구나
나는 손이 발이 되도록 빌었다
입을 발처럼 잘 쓰는 구필화가는
세상에 불가능이란 없습니다 하고 말했다
우리는 채널을 고정시키고 구필화가에 대해 깊이 연구했다
옆구리에서 발이 자라는 꿈을 꾼 다음 날에는 없는 발에서 발꼬랑내
진동했다 없는 발의 발톱을 깎으려고 옥상에 올라가서 없는 발을 빨
래처럼 흔들어보았다
그 때 엉덩이에서 짜릿하게 없는 발이 자라는 것을 느꼈다
니글니글한 농담 끝에 마시는 콜라 한 잔 같은 통증을 견디며 어깨
를 들썩였다
발이 없다고 허공을 딛고 살아서는 안 된다
아버지가 거미줄을 보면서 말했다
사람이 태어난 이상 다만 씨를 남겨야 한다
는 아버지 생전의 말과 같은 뜻이다
이름이 아니라 종자라는 거대한 운율

능히 신과 같다고 할 수 있다
내게 용기를 주지만 가혹한 시련도 함께 주시는
발이 없어도 발이 되는 것들이 많다는 것을 알아서
나는 발이 허공이 되도록 빌었다

같은 옷을 두 번 벗지 않는다

구두를 신고 나갔다가
발자국을 신고 돌아온 날

밥 먹으러 간 식당에서 나는 사라졌습니다

분리불안의 의자가
내 조끼를 입고 앉아 있는 뒷모습
나는 사라지고 나 아닌 다른 내가 나를 맞이합니다

나는 옷을 벗습니다 시간의 다리를 건너요 과거는 빨래가 되고 전
생은 세탁이 되고 찬란한 앞날이 햇빛에 말라갑니다
새로운 인생이 뽀송뽀송해집니다

빨래를 잘 걷어서
빨래를 잘 접어서
빨래가 옷이 됩니다

사람은 옷을 입어요
옷을 입은 의자가 사람이 됩니다

뭐해?

─ 신문 보잖아
뭐해? 뭐해?
　　─ 너를 잠깐만 빌릴게
뭐해? 뭐하냐니까?
　　─ 그냥 한 번 입어 봤을 뿐이야
뭐해? 뭐해? 뭐하냐니까?
　　─ 싫어 싫어 안 벗을 거야

의자가 뉴스를 보고 있습니다
신문은 없고 뉴스가 허공을 왔다갔다합니다
바스락거리는 종이는 없고 말이 유령처럼 둥둥 떠다닙니다

분리불안증에 걸린

바나나는 껍질이 벗겨지면 불안합니다
꽃 피는 장미가 다급하게 향기를 회수 중입니다
털 날리는 토끼가 하루에 한 마리씩 백 일 동안 새끼를 낳습니다
솟구치는 날개가 하루에 백 개씩 신중하게 깃털을 수집합니다

인간의 탈을 쓴 짐승이 가면을 벗지 못하고 있습니다

짐승의 탈을 쓰고 사는 인간이 가면을 벗지 못하는 것과 같습니다

허파를 한껏 부풀리며
날숨 들숨 헤아리는 나의 짐승

나는 두 번 다시 옷을 벗지 않습니다

발랄한 오렌지 자가진단

어머, 상큼해!

세 살 때 맛본 오렌지 느낌이에요 두통으로 잠을 못 이룰 때 처방받은 발랄한 오렌지입니다 어머, 상큼해! 라고 말하는 순간 오렌지는 두통이 사라졌고 불면이 달아났어요 그날 이후로 오렌지에게는 어머, 상큼해! 를 남발하는 병이 생겼어요 한시라도 어머, 상큼해! 를 부르지 않으면 머리가 아파요 입천장에서는 뾰루지가 돋고 목구멍에서는 구정물이 올라와요

어머, 상큼한 것을 찾는 일은 어렵지 않아요
내 안에 있어요 어머, 상큼해요

키득키득 웃는 여자의 배꼽을 어머 상큼해! 라고 부를게요

빨간 자전거 엉덩이에 냉큼 올라앉은 바퀴를 어머, 앙큼해! 라고 부를게요 시궁창에 쓰러져 녹 쓰는 중에도 빨간 엉덩이 냄새 수천 킬로미터까지 앙큼 뿌리는 어머 상큼해!

잘 음미해보면 상큼상큼은 오랜 가죽점퍼와 흙투성이 등산화와 때묻은 작업복과도 도무지 잘 어울려요

슬픔이나 눈물 한 숨음 정도 감수한다면 별일 아니에요

무대 위의 댄서가 달팽이 혓바닥처럼 끈적하게 다리를 늘이는 걸 어머, 상큼해! 라고 부를게요

눈치 없는 애인을 유혹할 때 마를린 먼로의 눈빛으로 애매하게 자음도 모음처럼 혓바닥을 잘 굴리는 걸 어머, 상큼해! 라고 부를게요
　어머, 앙큼해! 아니에요
　여왕벌의 턱짓 한 번에 매혹당한 벌떼들 와와 함성 소리를 어머, 상큼해! 라고 부를게요
　마룻바닥이 미 끌 미 끌 흐 르 네 에
　어휴, 엉큼해!

　오렌지 하얀 속살을 독이라 불러요 오렌지 독은 오렌지의 짝에게만 안전해요 새하얀 머리카락을 마구 휘저어 보세요 어머, 상큼해! 라고 부를게요 물속의 수호천사처럼 나부끼네요 소나무 가지에서 전봇대까지 앙큼상큼 외줄로 걸어 봐요 한 놈 걸어 봐요 두 놈도 걸어 봐요 느끼한 타액처럼 정유소 만국기가 젖고 있어요

　석양의 핏빛이 감정을 토하는 것을 어머, 상큼해! 라고 부를게요
　석양이 검정을 빼고 밝은 주황으로 개과천선하는 걸 어머, 상큼해! 라고 부를게요

　징검다리가 물살에 나부끼네요 뱅뱅
　붙잡을 수 있니? 뱅뱅
　고요 터트리는 연주회장의 기침 소리 뱅뱅

승천하네 뱅뱅
팝콘처럼 녹을 수 있니? 뱅뱅
당신의 감탄사는 뱅뱅

인가요? 당신에게서 태어난
뱅뱅 나와 잘 어울릴 것 같아요
우리 짝짓기 할까요? 뱅뱅
어머, 엉큼해!
요

나는 천 원짜리다

검은 아이의 영혼은 천 원처럼 파리하다 얼음물에서 건져 올린 보
랏빛 입술이다 꿈이 고픈 아이의 허기진 천 원짜리다

아이의 깡통은 천 냥 하우스 뒤 공터
버려진 오토바이 철모 황망하여 날마다 몸을 공 굴린다
날개 없는 아이는 공처럼 튀어볼 생각을 하고

거리의 붕어빵이 천 원처럼 따뜻하다 천 원이 고픈 붕어빵은 천 원
을 이불처럼 덮고 숨이 넘어가는 중이다 한 입에 푹 찢어지는 달콤한
내장을 핥아보는 폭식이 고픈 아이는 허기에 눈알이 빨갛다

익은 눈알이 비둘기 발가락 사이를 비집는다 사는 데를 정할 수 없
어 여기저기를 옮겨 다녀야 하는 발등 위에 꿈 하나 올려주자 꿈이 없
어 날 수도 없고 무게가 없어 걸을 수도 없는 천 원짜리다

검정 비닐봉지에 숨어 사는 천 원짜리다 그 안에서 어둠을 삼키고
악몽까지도 씹어 삼키며 몽당 손이 되어가고 있는 허약한 온기
또한 천 원짜리

적선이 고프다

시험 낙방 꿈꾸고 당선… 신인의 마음으로 정진

꿈을 기다렸다.

빨간 사과를 먹는 꿈, 흙탕물이 거세게 집안으로 들이닥치는 꿈이 아니라, 브레이크가 고장난 자동차를 타고 내리막길을 곤두박질치는 꿈이 아니라, 잘 익은 감이나 따러 감나무에 올라가는 꿈, 기다리다가 운전시험을 보러 가는 길이 꽉 막혀 시험장에는 도착도 못하고 시험에 떨어졌다는 통보를 받는 꿈을 꾸고 당선 소식을 받았다.

시인은 정수리에 시의 뿔을 달고 태어나는 사람이라고 누가 말했던가.

시를 향한 욕망이 들끓을 때는 미움, 하는 마음으로 외면한 것은 그 때문이었다. 그러면서도 나의 왼눈이나 오른눈 어느 한쪽은 곁눈질을 하고 있었나 보다. 양파 싹을 키우며 장난삼아 사진 기록을 하다가 불현듯 동시 한 편을 썼고 그것이 시작이었다. 느닷없이 깨달음이 왔다. 이것이 시로구나. 그대, 시여! 이토록 오래 나를 기다려주었구나.

꿈이 내게로 왔다.

하루 종일 가슴이 떨리고 정신이 아득하다가 저녁이 되어서야 서러운 마음으로 찔끔 울었다. 잊히는 것이 두려워 스스로를 다독이느라, 주눅든 마음을 추스르며 버티느라 너 얼마나 고생이 많았느냐.

다시 신인이다. 아니아니 이제 신인이다. 죽지 말고 더 오래 견디어 볼 핑계가 생긴 것이라 생각한다. 이중연애가 시작된 것이니만큼 더 많은 시간과 노력으로 상대에게 집중하지 않으면 둘 다를 잃을지도 모른다는 걱정이 앞선다. 내 머리 정수리에도 시의 뿔 하나 생겨나기를 바라며….

뽑아주신 심사위원 선생님, 진심으로 감사합니다.

대화체·소설 화법 활용한 발랄한 표현 신선

응모작이 늘었다고 하지만 금년도 응모작의 수준은 예년과 크게 다르지 않았다. 다만 작품의 소재는 일상적인 삶의 체험이 주종을 이루었고 그 길이도 상대적으로 길었다. 압축과 긴장의 강도가 약하게 느껴지는 작품이 상당수 있었다. 실험적인 시편도 찾아보기 어려웠다. 엇비슷한 작품들이 보여주는 일상에의 침잠이라고 할 수 있을 것이다.

본심에 오른 26명의 응모작 중 노수옥, 곽광덕, 김임선의 작품이 최종적으로 논의되었다.

노수옥의 「기묘한 병瓶」은 질병과 물병의 한자어가 '병'자 발음이 유사하다는 점에 착안하여 흥미롭게 시작하지만 결말에 이르러서는 언어적 유희성이 짙어 내용이 다소 가볍게 읽힌다는 점이 지적되었다. 곽광덕의 「아직 키워드」는 가족의 이야기를 남북정상, 건강진단 등의 시사時事적 언어를 동원해 매우 인상적인 체험을 그려내고 있지만 피아골, 파르티잔 같은 시어들이 현장감을 심도 있게 살리지 못하여 시적 부담으로 다가왔다.

상당한 논의 끝에 김임선의 「오른쪽 주머니에 사탕 있는 남자 찾기」를 당선작으로 한 이유는 대화체·소설 화법을 활용한 내용 전개의 신선감 때문이었다. 자칫하면 외설스럽게 읽힐 수도 있는 한 남자의 호주머니 속 심벌을 화두로 내세워 사탕·사랑·꽃의 의미로 발전적으로 승화시키는 시적 능력이 예사롭지 않게 느껴졌기 때문이다. "어머, 꽃 피우는 당신, 마법사였군요" 같은 마지막 부분의 발랄한 표현이 이를 증명할 것으로 본다. 당선자에게 축하의 박수를 보내드리고 아깝게 탈락한 분들에게는 격려의 말씀을 전해드린다.

심사위원 : 최동호(평론가) · 김영남(시인)

박지일

1992년 창원 출생
2020년 《경향신문》 신춘문예 시 부문 당선

paziilpaziil@gmail.com

■ 경향신문/시
세잔과 용석

세잔과 용석

세잔의 몸은 기록 없는 전쟁사였다
나는 용석을 기록하며 그것을 알게 되었다

세잔과 용석은 호명하는 방법의 차이만 있을 뿐
하나의 인물이었다

나는 세잔을 찾아서 용석의 현관문을 두들기기도 하고 반대로 용석
을 찾아서 세잔의 현관문을 두들기기도 했다

용석은 빌딩과 빌딩의 높이를 가늠하는 아이였고
세잔은 빌딩과 빌딩의 틈새를 가늠하는 아이였다

세잔과 용석 몰래 말하려는 바람에 서두가 이렇게 길어졌다
(세잔과 용석은 사실 둘이다)

다시,

세잔의 몸은 기록 없는 전쟁사였다
나는 세잔과 용석을 기록하며 그것을 모르게 되었다

세잔은 새총에 장전된 돌멩이였다

세잔은 숲의 모든 나무를 끌어안아 본 재였다
세잔은 공기의 얼굴 뒤에 숨어 있는 프리즘이었다

용석아
네게서 세잔에게로 너희에게서 내게로
전쟁이 유예되고 있다

용석아
네 얼굴로 탄환이 쏘아진다 내 배후는 화약 냄새가 가득하다

세잔과 용석은 새들의 일회성 날갯짓, 접히는
세잔과 용석은 수도꼭지를 타고 흐르는 물의 미래, 버려지는
세잔과 용석은 공중의 양쪽 귀에 걸어준 하얀 마스크, 아무도 모르는

나는 누구를 위해 세잔을 기록하나
용석을 기록하나

도시의 모든 굴뚝에서
세잔과 용석이 솟아난다 수증기처럼 함부로

뻐꾸기가 들어갈 수 없는 제목

나의 뻐꾸기여
무엇을 위해 그렇게 성실하게 울고 있나요

밧줄이라고 읽을래 꽉 찬 빈 새장이라고 부를래 도르륵 열리는 지퍼
소리가 좋아 말할래 닦달닦 할래
새벽 세 시는 거짓말을 떠올리기 좋은 시간

구름은 천천히 몸을 벗기 시작한다
창백한 겉 붉은 피 흰 뼈 다시 뼛속 어두운 공터… 차례대로 펼쳐질
동안
나는 뻐꾸기의 이름을 상상하고 있었다
의자 위에 서서 모르는 울음소리를 매일매일 연습했다
외쳤다 질렀다

어쩜 중요한 건 거리감
화자와 청자 사이에 오가는 이야기는 어디까지 뒤틀릴 수 있겠나 서
로가 암묵적으로 공유하는 범위 내에서 뻐꾸기는 이곳으로부터 몇 번
째 구름까지 날아갈 수 있겠나
옆 방 아저씨는 제발 입 좀 닥치라며 쿵쿵 벽을 내리치고

뻐꾸기가 뻐꾸기를 달고 뻐꾸기 국가로 뻐꾸기 하는 뻐꾸기는 수컷

이 암컷보다 크니 작니 징글징글한 말들을
　낚아채서 꾹꾹 씹어 삼키는 뻐꾸기

　정각은 기울어 좋은 시간
　딛고 선 두 발이 공중에서 잠깐 흔들 의자와 의자 아닌 것들이 흔들
흔들 몸도 못 가누고

　나의 뻐꾸기여
　무엇을 위해 그렇게 성실하게 울었던가요?

　대롱대롱 매달린 발바닥과 바닥의 거리를 줄자로 재고 있는 뻐꾸기
들이여 데굴데굴 의자 아래를 트랙 돌듯 굴러가는 둥근 알들이여
　닿을 듯 닿지 않을 듯 거리감을 위해 최선을 다하는 발이여

　거짓말처럼 열리는 입술
　내가 모르는 나의 뻐꾸기

초록 붉고 주황, 붉고 초록 주황

네 맞은편에서 너처럼 서 있었다 너는 단 한 번도 나를 바라보지 않았다 눈빛이 어긋나서 네게 들키지 못했다 끊임없이 속삭였다 초록 붉고 주황 배운 대로 네 눈빛을 암기했다 네가 흔들려서 내가 흔들렸다

잠꼬대하며 흘린 구름들이 네 쪽으로만 미끄러졌다 배경은 저리 비켜나라 좌우로 물러가라… 너만 남고 모든 풍경은 사라지라 끊임없이 앙상한 척추만 남을 때까지 줄줄 몸이 녹아내리고 공중에 겨우 눈빛 하나 띄워놓을 때까지

매일매일 읊조렸다 무성한 삼나무가 심겨 있던 자리로 빈 가지를 모자처럼 눌러 쓴 느티나무가 솟아났다 여름 여울 겨름 겨울 순서가 없었다 고층 빌딩 유리창 불빛이 반짝였다 너와 내가 마주 선 공중을 이해한 새들이 초록 붉고 주황 초록 붉고 주황… 울면서 빛났다

오른쪽에서 왼쪽에서 네가 한꺼번에 태어났다 초록 붉고 주황 나는 너의 모습을 지우려 했다 남기려 했다 초록 붉고 주황 나는 정지된 빛 안에 서 있었다 건반 소리가 울려 퍼졌다 발자국… 내가 모르는 발자국 앵무새와 마우스 프라이팬이 우리 사이에 그려진 피아노를 밟으며 지나갔다 뚜벅뚜벅 소리를 지르며 건너갔다 내게서 네게로

속삭였다 초록 붉고 주황 빠르게 번갈아가며 초록 붉고 주황, 하고 펼쳐졌다 세로로 빛을 가르고 한 아이가 나타났다 초록 붉고 주황 야금야금 초록 붉고 주황을 깨 먹으며 아이는 중얼거렸다 내 눈 속이 첨 벙거렸다

잠시 제 이야기를 할 테니
너는 듣지 마세요
여섯 살의 나 춤추는 훌라후프
일곱 살은 디스코 팡팡
여덟 살은 펼쳐진 다섯 살의 손바닥
아홉 아홉 붉어 주황 초록

너의 눈빛이 사방에 붉고 초록 주황 어떻게 읽어도 상관없는 빛처럼 붉고 초록 주황 아이가 멀어졌다 퉁퉁 거리에 울려 퍼졌다 둥둥 흰 건반 사이의 목소리 붉고 초록 주황 나는 가만히 들으며 붉다 붉어 붉음 붉고 초록 주황…

말할수록 빵빵해지는 풍선

아아 즐거워요 귀는 말을 조금 더 즐기기 위해 만들어낸 기호품 풍선 밖에서 잠들고 풍선 속에서 깨어났어요 팔을 떼어다 새에게 물려줄 수 있고 아무것도 의심하지 않을 수 있어요 이곳이라면… 낙타 플라스틱 왜가리 호치키스… 중얼거리면 내가 사랑하는 음식들이 눈앞에 나타났어요 아아 뜨겁고 달콤한 냄새

부풀어 올랐어요 손목과 발목이 몸에서 떨어졌어요
오징어가 구름을 흔들고 있다 나는 방금 본 것을 말할 수 있어요 유영과 유영 그리고 다음 유영
한 단어를 이만 갈래 빛으로 쪼갤 수 있어요
말하는 모양을 끝도 없이 떠올릴 수 있어요 이를테면 고양이의 동공, 반으로 쪼개진 얼굴, 고리를 도둑맞은 토성

그런데 덜컥 당신이 태어났어요
풍선 밖에서 잠들고 풍선 속에서 깨어났어요 만다라 태양계 지글지글 장작 불씨 티끌… 중얼거리고 있을 때면 당신이 내 눈을 바라보며 꺄르르 웃어요 내 입을 가리키며 자지러져요

말을 줄였어요 줄이고… 줄이다가
몸을 잃은 구름처럼 바람이 알려주는 대로 휘날렸어요 대답만 배웠어요

네, 글쎄, 아닙니다
(그동안 흘려보냈던 말들이 바람을 타고 회오리쳐요 한꺼번에 밀려와요)
네, 글쎄, 아닙니다
(벽에 부딪혀 돌아와요 회오리 몸피가 점점 불어나요)

　온몸에서 풍기는 따뜻한 침 냄새… 누군가 이 아름다운 세계를 끝장
내려나 봐요 당신께 물었어요 어쩌려고요? 어쩌려고요 당신이 내 말
을 따라하며 꺄르르 웃어요 바닥에서 자지러져요 나를 바라보는 당신
을 내가 바라보며 꺄르르 웃어요 먼 곳에서… 아니 아니요 가까운 곳
에서 바람 빠지듯 말 빠지는 소리가 숨숨숨…

지극히 의미 없는 문

문을 연다 쏟아지는 뿌연 빛—
그 속에 내가 서 있는

글쎄, 저 장면이 상영될 때 나 살짝 졸고 있던 참이었고요

조명이 켜진 영화관
서둘러 빠져나가는 발목을 불러봤어요 붙잡아봤어요
우리 그냥 사는 이야기나 해요

저 문 바깥에 대해서
푹신한 양모 카펫이 깔려 있는 복도 비상구 유도등 우수수 떨어진
팝콘과 이를테면… 지금 막 변기 레버를 내리는 사람에 대해서

몸에서 오려 낸 발목이 하나 둘 의자에 앉는다면
한쪽에서 손과 발을 목과 어깨를 차곡차곡 쌓아올리고 있다면 다른
한쪽에서 문 하나가

마음의 문이요? 글쎄, 그런 것이라면… 세상 모든 문들은 미닫이와
여닫이로 설명 가능하지 않던가요

문 열리고— 해변이나 숲 구름 위를 미끄러지는 새떼가 등장하는

풍경 따위— 문 닫히고

아무 일도 벌어지지 않는데요? 통유리문은 한 손으로 밀어 젖히기
가 무겁고 온몸으로 밀어본다 하더라도 반대편에서 바람이라도 세차
게 부는 날이라면 도무지…

정이란 정은 다 떨어지는 법인데요

그러니까… 당번과 우유 박스를 한 쪽씩 나눠 들고 걷는 복도예요

넘어진 너와 내가 있었고 터지는 우유갑 후르르 쏟아지는 우유를
모두가 바라보고 있을 때

우리는 복도보다 더 힘없는 단어 같아요

자빠진 채 빠르게 날개를 펼치고 사라지는 풍경의 풍경 같아요

쏟아지는 빛을 느끼고 싶다면 스위치를 누르거나 올리거나… 화창
한 바깥이 펼쳐진 날을 골라 외출하세요

다음 영화의 중요한 장면은 문이 가로막고 있는 문 너머의 세계 그
러니까… 기쁨에 취한 개가 주인공으로 나오는 곳

이제 그만 나갈게요 네네 나 복도와 복도를 슬쩍 막고 서 있을 테니
가벼운 문처럼 가벼워서 문 아닌 문처럼 어쩌면 가벼워서 문에 가까
운 문처럼요

눈 내리는 밤이었는데요

어떤 침대에서는 꿈이라는 단어를 떠올리는 것만으로도 죄인이 되었다

창가에 서서 콧노래를 흥얼거리는 네 뒷모습
폭설이 가로등 불빛처럼 쏟아지고 있다 거리에 눈사람처럼 박제된 사람들이 보인다

나는 창밖의 흩어지는 눈발과 불빛을 구분할 수 없다
방금 일이다

거리는 조용하다
눈사람과 눈사람 그리고… 조금 더 큰 눈사람이 사람처럼 거리에 서 있을 뿐

지금 새벽은 독보적이다
중얼거리는 네 목소리는 눈과 도시의 마찰음 때문에 잘 들리지 않는다

읽다 만 책처럼 접어놓은 꿈이 베개를 따라 흘러내리고 있다 나는 내 꿈을 상상한다

침대는 아무도 모르게 혼자서 영역을 확장한다
이것은 너와 별개의 사건이다

창가에는 아무도 없다
창문을 통과해 끊임없이 방 안으로 쏟아지는 폭설

나는 눈 내리는 풍경과 네 뒷모습을 구분할 수 없다
방금 일이다

확신 없이 머리를 감싸는 베개의 허술함이 좋다
빗나간 추측 앞에서 나는 가볍게 녹고 성의 없이 단단해진다

새벽을 머릿속에 나눠 담는 일
흔들흔들 침대

시하기의 '재미'

머릿속에 떠오르는 것을 말이라는 것으로 상대에게 전달하는 것이 퍽 힘들었습니다. 대화 도중 더듬기 일쑤였고 네, 글쎄요, 그러게요, 같은 짧은 말들을 주로 내뱉었습니다. 뱉지 못한 것들은 빠르게 사라졌습니다. 누군가 훔쳐간 물건처럼 제 것이었으나 제 것이 아니었습니다. 그것을 글로 옮기는 것은 더욱 힘들었습니다.

누군가 그랬습니다. 신인은 패기가 있어야 한다고, 당선 소감에 앞으로의 방향성을 적음으로써 자신을 드러내야 한다고. 저는 패기 있게 전진하는 것보다, 옆과 뒤를 살피며 걸음을 옮기는 것이 좋을 뿐인데요. 방향성 같은 거창한 것을 쓰기에는 이곳보다는 일기장이나 메모장이 더 어울리지 않을까. 그런 생각뿐입니다.

아무래도 제게 시하기의 이유는 재미였던 것 같습니다. 시라는 것은 제게 경전도 아니었고 성서도 아니었고… 일종의 부채감 같은 것은 더욱 아니었습니다. 아는 것보다 모르는 것이 훨씬 많은 제게 시하기는 즐거운 행위였습니다. 정상성이라는 무서운 허구를 자꾸 들이미는 세계는 이상해 보였고 또 어찌어찌 세계라는 것이 굴러가고 있다는 것. 그것은 더 이상해 보였습니다.

그러니 제가 아는 것은, 어떠한 것도 모르는 저밖에 없다는 것. 그런 나와 함께 순간들을 잠시 붙잡는 것, 그곳에서 뛰어노는 것. 그런 것들이 재미있었습니다. 꾸려지는 찰나의 세계에 저를 잠깐 비집어 넣는 것이 즐거웠습니다. 아무런 소용도 없는 것이었더라도 말입니다.

시라는 것은 무엇일까요. 당최 모르겠어요. 모르겠다는 질문을 이어갈 수 있도록 도와주신 선생님들, 친구들, 길, 별, 재영 감사해요. 있는 어머니 아버지, 없는 동생, 가능성을 발견해주신 심사위원님들, 감사합니다.

재미있게 써보겠습니다. 과감하게 놀아보겠습니다. 이름 없는 이름들과
함께 순간을 붙잡고 있겠다고, 믿어보겠습니다.

고유한 호흡, 긴 여운

심사를 맡은 세 사람이 응모작들을 읽기 전에 한 약속 아닌 약속은 지금 한국 시에 부족한, 비어 있는 감각을 채워줄 만한 작품을 눈여겨보자는 것이었다. 그러나 심사위원들은 그 '감각의 정체'에 관해서는 굳이 합의하지 않았고, 다른 눈(관찰), 코(호흡), 입(언어)을 가진 작품들을 각자의 손에 쥐었으며, 그것들을 거듭 살핀 끝에 일곱 분의 응모작들을 최종심 대상으로 삼았다.

「공 하나를」 외 4편은 고른 수준을 유지하고 있었다. 특히 「청사로 들어간 사람」은 매끈했다. 행과 행 사이에 '간격'이 존재한다는 사실을 잊지 않고 있음이 믿음직했다. 그러나 응모작들이 모두 어딘가 낯익었다. 「소풍과 정원」 외 4편은 구조적으로 잘 짜인 작품들이었다. 착상을 확장하는 힘이 느껴졌으나 시상의 전개가 다소 예상 가능한 차원에 머물고 있어서 심심했다. 「그래, 나는 곤란할 때 메모지를 찾아」 외 4편은 투박함이 장점이었다. 쓰고 있는 이가 쓰고자 하는 바를 정확하게 썼다는 느낌이었지만, "손가락에 핀 서러움을 삼키다 혀가 베였다"와 같은 성긴 문장들이 다음을 기약하게 했다. 「황소가 춤출 때」 외 4편은 '다른 서정'에 대한 기대를 일순 품게 했으나 뒷심이 부족했다. 「오이, 오일러」 외 5편 역시 표제작에서 드러나던 활력이 응모작 전편에 깔려 있지 않은 점이 아쉬웠다. 「최초의 충돌」 외 4편은 주저하지 않고 내뻗는 말의 에너지가 인상적이었지만 다소 중언부언이었고 그로써 시의 리듬이 굳어 있었다. 그리고 「세잔과 용석」 외 4편이 남았다. 박지일 님의 응모작들은 무엇보다 읽고 난 뒤에도 계속해서 머물렀다. 자신만의 고유한 호흡을 유지한 채 여간해선 서두르지 않았다. 따뜻하고 유려하다가도 일순간 차가워질 줄 알았다. 사유가 과장 없이 녹아들어 있기 때문이었다. 전혀 어울릴 것 같지 않는 두 사람을 호명하며 이룩하고 있는 당선작의 기체氣滯적인 시 세계는 정물적으로 보이면서도 또한 움직였다. 기록하면서도 함부로 기록하지 않고자 했다. 심사위원들은 이러한 매혹이 지금 한국 시에 필요한 감각임에 마침내 합의했다.

당선자에게는 조금 이른 축하를, 다른 지면을 통해 곧 만나게 될 이들에게는 조금 늦은 환대의 인사를 전한다. 심사 내내 당신들과 맺을 우정에 관해 생각했음을 덧붙인다.

심사위원 : 신용목 · 김행숙 · 김현 시인

선혜경

1996년 광주 출생
조선대학교 문예창작학과 재학 중
2020년 《광주일보》 신춘문예 시 부문 당선

hgseon96@naver.com

■ 광주일보/시

빗방울은 몇 겹의 하늘을 깨고 달아나는지

빗방울은 몇 겹의 하늘을 깨고 달아나는지

그런 걸 뭐하러 세어두고 있겠어,
당신은 꿈에서도 폭우가 내린다는 사실을 모르나봐요, 창틀을 베고
누운 당신도 닫힌 서랍보다 늦게 눅눅해지는데

궁금해
그런 날의 당신은
그림자 대신 검은 석유를 품고 다녔는지

그런 날의 빗방울에게서
풍경의 심장이 뚝뚝 떨어져 나갈 때
벌려둔 손가락 마디마디가 아팠는지

새벽의 혀를 길게 베어 문 촛불처럼
가장 빨리 죽는 건 악몽이라 믿으며

밤새 얼얼하게 녹아내리는 것들은 모두
내일의 미아가 되어 버리기를

품,
이라 발음하면
옅어진 등불에 팔다리가 생겼는지

촛농이 굳어버린 하늘을 정면으로 마주치며
빛에 익사하길 바랐다

상처투성이의 손금을 털어내려고
손바닥을 자꾸만 흔들어도

온통 웅덩이였다

모르는 사람의 초상을 여기저기 그리고 다녔다

4년 11개월 이틀 동안의 비

물의 결들이 온 세상에 수직 모양을 그려 넣는 거야 쏟아지는 침묵이 무한히 발병하는 오후 폭우가 너무 좋았기 때문에 과식하고 위장을 게워내는 중이지

가로라는 말이 언제부터 존재했지? 밑으로 태어나서 추락으로 죽는 우리들 태반이라

반지하는 서 있는 채로 조는 꿈이야

긁혀 있는 바닥을 숨기려 주먹을 꼭 쥐고 태어난 언니

안으로만 들끓어 오르는 낱장처럼

우린 언제쯤 울어볼 수 있을까

절망을 안고 두 팔을 펼치는 순간은 죽을 때뿐이라고

누군가 말했는데

외출을 하지 않았다

날들이 고립됐다 아득히

앉아 있는 시간이 길어졌다

우리 집에 벽이 하나 더 생겼어

얼굴 손 다리가 제멋대로 주저앉아버린 것들

그것도 죽음이라 부를 수 있을까

벽의 뒤쪽을 상상하며 잠에 들다 깨면 없어진 언니
네가 아닌 것들만 남아 네가 되어 있고
단면처럼
이리 훤한데

비어 있는 책장을 보면 벽의 뼈를 꺼내온 기분이 들어서

책을 꽂다 보면
뒤에서 무언가 떨어지는 소리 자박자박 들릴 것도 같고

어느 빗물에서도 서늘함을 느끼지 못할 때
슬픔을 털어내려고 가득 증발하려는 마음을 뭐라 불러야 할까

빈손이 차가워서 무섭다는 언니는

치매의 언어

태풍을 정확히 반으로 가르면
새파랗게 질려가는 것보다 그늘을 더 좋아해,
고래고래 소리치는 입술이 있었고

그건 태어날 때부터 지느러미가 없는 치어의 모양

한꺼번에 솟구치다
철썩철썩 쏟아진다

가만히 고여 있는 건 불쾌해
자지러지며 툭툭
튀어 오르는 몸짓들을 이어 붙이다니

기형으로 태어나는 슬픔에 대해
발이 없는 사람처럼 주저앉아서

단 한 개의 폭죽처럼 피어오르는 태풍의 소멸을 기다리는 일이
행복인지 불행인지 모르겠다고

미련이 몸을 일으켜 세워
절벽까지 끌고 가다

내쫓기는구나

기어코
깨져버린 창문처럼 와르르
추방당하는구나

바닥에 길게 누워 있다

사방으로 환청이다

뒤통수가 얼굴로 돌아올 때까지

쓰지 않는 창문 한쪽이 되는 꿈을 꾸었다 겉창을 열면 꼭 그만큼의
크기로 가려지는
　퇴화를 기다리다 외로워진 몸들이 거기,
　엄지손가락처럼 뭉툭하게 서려 있었다

　반쯤은 흐릿하고
　반쯤은 분명해진

　암흑에도 테두리가 있다는 사실을 그때 알았다
　연약한 윤곽을 뭉쳐놓는 빛, 그 중심으로
　무거워진 피들이 옹기종기 모여 있었다
　눈과 입을 덧칠해도
　늘 뒤통수가 환해지는

　잠에서 깰 때마다 표정을 한 가지씩 잃어버렸다

　박자를 놓쳐버린
　심장을 빨래건조대에 널어도 물비린내가 가시지 않고
　끔찍하게 파고드는 온기
　선연해서
　더럽고 불온한

외출을 하고 돌아오면
딱딱한 말들이 먼저 도착해 있는 세계
망각에도 자라나는 얼굴이 있을까

밤새 쌓인 허공을 털어내려 창문은 방 안을 다 가져가버렸고
꿈을 뒤척이는 동안 모서리는
내 소매를 갉아먹었다

그날
아무것도 꾸지 못했다

뻐꾸기 시계

비밀인데, 누가 말하면
아끼던 외투에 얼룩 하나 생긴 것도 같고
우리가 옷걸이에 늘어진 외투들을 사랑하던 그때
여분의 손이 부족해 이불 속에 감춰두던 그때

불면증에 걸린 사람과 입 맞추는 느낌이야
반쯤 열어놓은 문이 밤새 울부짖었던 것 같기도 하고

발톱이 너덜너덜해진 한 쌍의 새가 된 기분으로
날아올랐지
꼰지발을 힘껏 세워
천장 아래를 퍼덕거리면 그건 나방이 될 것 같지만

아직은 빨강이 되지 못한 붉음의 이야기
그저 멀리 보낼수록
동그랗게 말아 접는 주먹처럼

　자꾸만 일어서려는 방을 주면 어떡해? 속된 말로 쓰인 축지법이 한 가득 몰려다니는 방 나풀거리는 커튼마다 새가 고요히 앉아 우는 소리 들릴 것도 같아 내다보면 부리가 부러진 새
　깊이가 까마득한 몸속에서 울어대는 걸까 벌어지는 단추 차오르는

어깨들 옷장 속에서 중얼거리고
  몰아쉬는 아픔은 발작과도 같아 문득 뒤돌아보면
  아무것도 없어 나는 단단히 가라앉는 것도 같고

  너무 많은 새가
  앉아 있다

  비밀인데,
  새의 날개가 펼쳐지면
  잊어버린 품속을 찾은 기분이야
  네가 말하면

클론

빨랫감을 돌리다 내 하반신도 집어넣어버렸지
손바닥만한 햇빛 때문에
손가락 끝의 몇십 개 잎사귀가 간지럽고
반쯤 썩은 노목처럼
끝까지 살아남다니 참으로 지겨운 일

천장이 무거운 발등을 볕 아래 널어둔다
양말을 꺼내 신는다는 건
없는 발바닥을 감춰두기 위해

까치발을 들고 서도 사람들은 나를 지나쳐간다

그림자를 갖지 못한 온갖 것들이
멍이 들기 시작하는 밤

얘야, 왜 물끄러미 바라보고 있니
뱃속의 눈빛들이 생동하고 있다

오래된 컵을 뒤집고
마음을 반듯하게 접어놓는 입술들이 흩뿌려져요
아직 아니에요

죽지 않았어요, 난
걸어놓은 외투들이 소리를 지르며 내게 달려드는데

넌 어제 잘려 나갔잖니
어째서 문틈마다 번져가고 있는 거지
물기 서린 발자국 부풀어 오르고

탈수를 끝낸 손톱들이
짧게 더 짧게
잘려 나왔다

아무것도 몰랐던 열다섯 살처럼 다시 시작

무언가 말하고 싶은데 단어가 기억나지 않을 때 저는 시를 썼습니다. 내내 온몸이 간지러운 기분이 들었어요. 여러 편을 써도 이런 마음이 가시질 않았고, 제발 떠나가라 기도하며 시를 오랫동안 붙잡고 있었습니다. 항상 마음은 언어보다 앞섰고 나는 개를 따라갈 수 없었거든요. 그러다보니 시만큼은 제일 잘 알고 계속 내 곁에 있을 거라 생각했어요. 그러던 와중 당선 전화를 받게 됐습니다.

기쁘다기보단 두려운 마음이 먼저 들었어요. 늘 곁에 있었던 시가 갑자기 처음 보는 사람처럼 느껴졌어요. 나는 시와 다시 통성명하고 친해질 수 있을까. 이런저런 생각들로 잠도 편히 못 잤던 것 같습니다.

쓸모없는 일이라면 아무거나 열심히 해야겠다고 다짐하며 며칠 동안을 몰두하고 있었는데, 닭살 돋듯이 간지러운 기분이 또다시 들기 시작했어요. 그때 생각했습니다. 한 번 더 막무가내로 시랑 친해져봐야겠다고. 아마 저는 내일도 무언가를 끄적거리지 않을까 싶습니다. 아무것도 몰랐던 열다섯 살처럼 다시 시작해보고 싶어요.

제가 썼던 시마다 아낌없이 칭찬만 해주셨던 나희덕 선생님 감사하고 보고 싶어요. 올 한 해 동안 자신의 시처럼 퇴고 방향을 같이 고민해주셨던 안희연 교수님 감사해요. 지겹도록 내 시를 계속해서 읽어주었던 서연이와 늘 옆에서 응원해줬던 도영이 사랑해요. 그리고 짧은 시간에도 많은 조언해 주셨던 조선대 문창과 교수님들, 문창과 시 스터디, 당선 소식을 기뻐해준 부모님도 감사하다는 말 전하고 싶어요.

이제 제 인생에 있어서 시는 빠질 수 없는 존재인 것 같아요. 약간은 두렵고 설레는 마음으로 내일을 써보려고 합니다.

지나칠수 없는 골똘함, 명랑한 머뭇거림의 미학

최종적으로 살펴본 작품은 「보성댁 출항기」「스타킹을 신고」「등뼈 해장국」「빗방울은 몇 겹의 하늘을 깨고 달아나는지」「양귀비와 사귀다」「아버지의 창고」 등의 원고를 보낸 여섯 분의 작품이었다. 금년 신춘문예 투고 작품들은 이미지를 위주로 한 작품보다는 말하기 방식에 기댄 작품이 많았다.

「보성댁 출항기」를 쓴 이는 시 쓰는 솜씨가 안정되어 있으나, 자기만의 어법이 없다. 「스타킹을 신고」의 투고자는 '현재의 기억은 늘 과거의 기억에 불친절해' 같은 구절이 빛나지만, 몇 군데 시상 전개가 자연스럽지 않은 점이 걸린다. 「등뼈 해장국」의 경우에는 이미지를 만들어내는 솜씨가 좋으나, 상상력에 새로움이 없다.

시는 모범 답안에 있는 것이 아니라, 이전의 모든 답지를 지우고 난 후에 새로 쓴 한 줄의 고민 속에 있다. 「양귀비와 사귀다」의 투고자는 구어체 활용 능력이 뛰어나고, 시상을 낯설게 전개하는 솜씨는 좋으나, 작위적 수사가 많다. 「아버지의 창고」를 투고한 이는 사투리를 굴리는 솜씨가 일품이다. 그러나 시는 일상에서 주고받는 말을 그대로 옮긴다고 되는 것이 아니다. 고민 끝에 「빗방울은 몇 겹의 하늘을 깨고 달아나는지」 외 2편을 투고한 선혜경의 작품을 당선작으로 뽑는다.

선씨의 작품은 표면적으로 읽으면 시어의 의미가 선명히 다가오지 않는다. 그 점이 선씨의 약점일 수도 있겠다. 그러나 문장과 문장 사이에 그냥 지나칠 수 없는 골똘함, 명랑한 머뭇거림이 있다. 속도 위주의 세상에 이런 느림 하나가 있어도 좋을 것 같다는 생각에 선씨의 손을 들어준다.

심사위원 : 이대흠

임효빈

1966년 충남 부여 출생
2020년 《부산일보》 신춘문예 시 부문 당선

hblb2002@naver.com

■ 부산일보/시

도서관의 도서관

도서관의 도서관

한 노인의 죽음은 한 개의 도서관이 사라지는 거라 했다

누군가 한 권의 책을 읽을 때 나는 열람실의 빈 책상이었다 책상은 내가 일어나주길 바랐지만

누군가의 뒤를 따라갔으나 나의 슬픔은 부족했고 무수한 입이었지만 말 한 마디 못했고 소리내어 나를 읽을 수도 없었다

대여 목록 신청서에는 첨언이 많아 열람의 눈이 쏟아지고 도서관은 이동하기 위해 흔들렸다

당신은 이미 검은 표지를 넘겨 놓았고

반출은 모퉁이와 모퉁이를 닳게 하여 손이 탄 만큼 하나의 평화가 타오른다는 가설이 생겨났다

몇 페이지씩 뜯겨나가도 도서관 첫 목록 첫 페이지엔 당신의 이름이 꽂혀 있어

책의 완결을 위해 읽을 수 없는 곳을 읽었을 때 나는 걸어가 문을 닫는다

도서관의 책상은 오래된 시계를 풀고 있다

몇 번 죽어야 할 신화

아이들이 신화를 그린다 그들의 제국엔 흩뿌려진 옥상이 있고 그들이 쓴 일기장엔 밀랍 날개가 녹아내리듯 주술이 풀리고 있다 잠언은 고백의 장에서만 이루어져 우리의 미안함이 지상의 안녕 속을 구른다 오래된 신화는 쉽게 다가오지만 누구도 들여다보지 않는다 그때마다 어깨를 맞대고 주머니 속에서 쓰다 만 일기장을 꺼내 거꾸로 들어보인다 신들의 옅은 미소가 새소리에 놀라 흩어진다 신화 속 신들은 어느 별에도 살지 않아 그들이 수많은 별들을 끌어안고 뛰어 내린다 오래된 신화는 몇 번 죽어야 산다

아이들의 눈에서 새로운 신들의 미소가 보이기 시작한다

곡선은 시작의 반성이다

두 달간 로드 매니저가 되어주실래요

백일의 고민도 함께 할 수 있나요 파도타기 같은 상상이 필요하겠지만 날아간 나비처럼 끝나면 습관이 되겠죠 그러니 파장의 녹색 불은 켜지 마세요 위험한 시그널입니다

함정에 빠지는 일이 쉬웠다는 회고록을 써도 될까요

혼자 노는 굴뚝엔 끼고 싶지 않았어요 말없는 의자가 될 수 없으니 서서 관람하는 마지막 공연처럼 문을 조금 열어두어요 첫 쓸쓸함을 위해 코너링을 해야겠죠 생의 문장들은 핸들을 두 손으로 잡고 항상 심장을 조심해야 해요 베스트셀러가 되기 전 샴페인이 버블버블 터질 수 있으니까요

몽상은 트릭이라고도 하죠 슬기로운 이중생활을 즐기려면 목차를 잘 감추어야 해요 불시 검문도 예정된 거잖아요 악마를 죽이려다 천사가 죽었다는 회고는 이제 무섭지 않은 고해성사가 되었어요

당신이 많은 말을 하기 전에 먼저 나를 덮어야겠지만

검은 여백

　세 번째 늑대가 울면 울던 밤을 책장 속에 밀어 넣었다 거인은 페이지를 넘기며 잠들고 최면을 걸 듯 밑줄 친 불안마다 젖어 있어 검고 투명한 기분이 들었다 숨소리를 키울 수 없어 베란다 유리창에 집어 던지고 창과 창 사이를 오가며 얼어붙는 시간을 녹이기도 하였다 여럿인 세계에서 쉽게 사라지기란 어려운 일이라 늑대는 또 태어났다 티나 모도티*의 사탕수수가 불타듯 펼쳐진 들판에서 너의 입에서 자란 늑대들을 누가 데려가는지 보고 싶었다 신성한 나무는 늑대들의 발자국이 침묵하는 상자에서 계절풍을 꺼내기도 하였다 휘 쉬익! 양치기가 휘파람으로 양떼를 몰아도 어둠은 곧 잠들 것이다 그 여백을 나로 채운다

* 멕시코에서 활동한 여성 사진가이자 사회주의 혁명가.

몇 번 찔렀을 뿐인데*

노래는 코인을 불러내지 동전은 잘 찔러야 해 꽃잎은 관심조차 없는 꽃길을 내지 꽃길의 전설 너머는 시리즈로 가는 터미널 그곳의 그림자는 영영 생기지 않아 노래는 나선형으로 살아 있음을 증명하려 하지

물결은 반 나선형이지 물결을 따라가면 소용없는 소용돌이가 있지 그래도 소용돌이치는 죄목으로 판결을 내리지 마 몇 번 칼로 살짝 찔렀을 뿐입니다 스무 번도 안 된다고요** 수형중이니 첫 물결을 찾으려 하지 마 그래야 한 호흡에 불려 나온 아름다운 비굴에 동의하지 폭발은 한 번에 이루어질 때 완성된다는데 현장 검증에 동원된 빛의 파동을 봐줘 뒤섞인 이면의 마주친 눈을 확인해봐

*멕시코 화가 프리다 칼로의 작품.
**'몇 번 찔렀을 뿐인데'를 그리게 된 실제 살인범의 법정 진술.

나는 언제나 파혼한다

헤르만 헤세는 세 번 결혼하고 두 번 이혼했단다

첫 부인은 사랑의 병에 죽고 둘째 부인의 사랑은 헤세답게 식었고
늙은 헤세는 세 번째도 사랑을 걸었단다

그는 헤어지기 위해 다시 헤어지고 검은 원피스를 입은 그녀들의
사랑은 하얀 드레스에 있었단다

헤세의 사랑은 잠든 서랍 속에 있고 오래된 숲은 자정을 위해 스스
로 불타버렸단다

나비 날갯짓처럼 사랑을 위해 파혼한 헤세

나비와 헤세는 사랑을 모았고 꽃술에 걸린 그녀들의 사랑은 꽃만이
기억했단다

꽃이 궁금한 사람들이 헤세에게 물으면 어떤 사랑도 첫 사랑이라
말했단다

나를 사랑하기 위해 어제의 나와 파혼했지만 언제까지 파혼해야 나
를 만날 수 있을까

헤세에게는 묻지 않았다

시의 속도를 따라갈 가속의 전환점 맞아

독일의 시인 라이너 쿤체의 「뒤처진 새」를 읽었습니다. 도나우강을 건너는 철새의 무리에서 뒤처진 새를 보며 어릴 적부터 남들과 발맞출 수 없었던 시인은, 스스로와 동일시하며 새에게 힘을 보낸다는 고백을 합니다. 저도 늘 한 템포, 아니 몇 걸음은 뒤에 있었습니다.

시는, 늦게 온 사랑이라 금방 식어버리겠거니 했으나 늦은 만큼 깊어지는 속도가 더딜 뿐 식지도 못하며 알 수 없는 부작용이 생겼습니다. 부질없이 높아만 가는 사랑의 온도였습니다. 뜨겁지만 이루어지지 않는 죽일 놈의 사랑에서 빠져나오려 할 때 출구마저 잃었다는 것을 알았습니다. 이번 생에는 그만하려 이별을 고했지만 그조차 받아 주지 않은 나의 시.

관계가 지쳐갈 무렵에서야 깨달았습니다. 그가 사랑을 주지 않은 게 아니라 저의 사랑이 부족했던 것을. 그는 늘 뜨겁게 다가왔고 진심을 고백했으며 품에 안기려 했지만 저의 속도가 맞추지 못했던 것입니다. 이제야 가속을 내는 전환점을 잡았습니다. 측정할 수 없을 진한 온도로 직진할 겁니다. 미운 사랑과 함께.

그 사랑의 행보를 몰라 헤매던 제게 분명한 좌표로 이끌어 보이게 한 이돈형 시인이 있습니다. 오래 감사할 것입니다. 함께한 김혁분 시인과 좋은 인연입니다. 규행과 은재는 거기 언제나 빛으로 있습니다. 뒤처진 새였던 제 날개를 밀어주신 심사위원님께 감사드립니다.

소통 단절된 당대 문제 내밀한 정서로 예각화

시 부문 투고 작품 수와 질은 예년 수준이지만, 노년 세대 작품들이 늘어나는 경향인지 조금 느슨한 감을 주었다. 신춘문예라는 성격을 고려한다면 기본적으로 표현의 묘미를 갖춘 채, 당대 사회에 대한 역사의식이나 도전의식을 지닌 작품이어야 할 것이다. 최종심에 오른 작품은 「링Ring」 「히말라야로 가는 피아노」 「관계들」 「가르마」 「도서관의 도서관」 이렇게 다섯 편이다.

우선 「링Ring」은 권투의 대결장인 링을 삶의 치열한 현장으로 비유하여 꽤 세련된 표현으로 삶의 문제를 성찰하였으나, 너무 표현의 묘미에만 치우쳐 역사의식이 없고 발상 자체가 다소 진부하다는 점이 아쉬웠다. 「히말라야로 가는 피아노」는 아름다운 표현 속에 우주적인 사유를 담은 점은 보기 좋았으나, 발상이 영화에서 출발하고 사회적 의미를 갖지 못한 점이 한계로 지적되었다. 「관계들」은 신발과 발이 갖는 특성을 사회적 관계의 의미로 참신하게 그려내었으나, 발상이 상당 부분 관념적이고 일부 해독되지 않는 표현들이 있는 점이 거슬렸다. 「가르마」는 당대 현실이 주는 삭막함과 무의미함에 대한 섬세한 자의식은 좋았으나, 너무 표현의 현란함에 도취한 듯한 점이 한계로 지적되었다. 이에 비해 「도서관의 도서관」은 사회적 소통이 단절된 당대 문제를 내밀한 정서 의식으로 예각화하면서, 정형화된 틀에서 벗어나 참신하고 자유로운 형식을 보여주고 있는 점이 주목되었다. 이에 「도서관의 도서관」을 수상작으로 선정하니, 선정된 시인은 더욱 분발하여 한국 시단의 별이 되기를 바란다.

심사위원 : 김경복 · 조말선

정희안

본명 정미화
1968년 부산 출생
2020년 《국제신문》 신춘문예 시 부문 당선

dagan1219@hanmail.net

■ 국제신문/시
십자 드라이버가 필요한 오후

십자 드라이버가 필요한 오후

우선 헐거워진 안구부터 조여야겠어 의자에 의지할 수밖에 없었어
네모난 메모는 너무 반듯했어 느슨해진 우리 사이에 필요한 건 떨림
이잖아 사랑은 사탕 같은 것 길이와 깊이 중 어느 쪽이 좋을까 잠들지
않고 꿈을 꿀 순 없잖아 달리자는 남자와 달라지는 남자 수순은 잘못
되었지만 수준은 비슷해 일용직 알바생의 심정을 너는 몰라 너는 내
가 되는 경험을 해봐야 해 우리 모두 갑질 아래 새로 태어나곤 하지
사진을 정리하다가 시간을 정리해버렸어 미움은 마음에서 출발해 머
리는 항상 미리를 준비했어 망설임은 사치야 네가 생일선물로 준 귀
걸이처럼. 취업은 걱정 중 제일 으뜸이지 숲이 술을 대신할 순 없잖아
기능도 못 하면서 가능을 얘기했어 조직은 때로 조작도 해 유인하려
면 유연해야 해 정말이지 절망스러웠어 그러니 우리 헤어지는 게 좋
겠어 밀려서 여기까지 왔는지 빌려서 여기까지 왔는지 진절머리와 전
갈머리는 무슨 관계인지 거울 속에 겨울이 있잖아 말 많은 세상 발밑
을 조심해 그럼, 이제부터 그림 공부나 해볼까

터치터치

방이 떠다녀요
하늘인지 바다인지 알 수 없는
아이스크림을 뒤집어쓴
아이의 코는 커졌다 작아졌다

사다리를 타고 올라간 밤하늘
무수한 별풍선
소년의 심장은 터질 것 같아요
세상을 손에 넣었죠

광고 건너뛰기

손 안에서 흘러내리는 구름
달콤한 것은 연기 같아요
손끝으로 불러낸 당신
사랑이 너무 쉽잖아요

거품 목욕하는 남자는
입 큰 고양이를 원해요
고양이 발톱에 숨은
악플을 보지 못했어요

고객님 할인 혜택드립니다

풀어놓은 물감 사이로
한 마리 나비가 헤엄쳐요
지구 반대편 소식을 물고 오네요

창 너머 쏟아지는 소문은
가물거리는 어젯밤 꿈이에요
잠시 눈과 귀를 막고
무인도로 떠나요

부드럽게 밀어주세요

튜브에 몸을 맡기고 흘러가요
조용한 절망은 바람 같아요
먼저 내민 위로는 삭제되지 않아요

자, 이제 손가락을 준비하세요

오래된 시

책에서 튀어나온 가름끈이 손을 들고 팔랑입니다

페이지 위에 올라앉은 유리컵

출렁이는 물은 때로 위험합니다

입 다문 블라우스를 두 번 죽이고 있습니다

아무도 도와주지 않습니다

목각인형은 까칠하고 사다리는 하나뿐입니다

지켜보는 눈은 선인장

사다리 없이 올라가면 다음 계절입니다

자음은 하루라 하고 모음은 영원이라 합니다

한 글자에서 어떻게 두 개의 그림자가 나옵니까

자음과 모음 사이 견고한 계단

흩어진 몽당연필은 하나씩 쌓아 올립니다

졸고 있는 바람에게 던져준 지우개밥

화려한 알전구가 힘 센 빛깔을 정합니다

잉크병에서 흘러나온 끈적이는 밤

엎질러진 물은 소란스럽습니다

밤공기의 민낯이 붉은 이름을 토해냅니다

길게 드리운 변명의 그림자

누워 있는 벽을 다시 세웁니다

ㅁ과 ㄴ

하늘은 비닐 같아서 찢어지기 쉬워요 하지만 숨길 곳이 당장은 여기밖에 없어서 날아오는 주먹과 집 나간 엄마와 선인장 같은 나를 숨겨요

잘 익은 사과를 알고부터 칼날 같은 햇살에 눈이 찔려요 지워진 기억이 점점 붉어지고 애초에 없던 생각들이 푸르게 되살아나요 그림자조차 보이지 않는 사과를 믿어도 될까

행복한 비밀은 참기 어려워서 오래 간직하지 못해요 빈 방을 노래하는 고양이의 목소리는 하얗죠 고양이 똥을 치우며 보이지 않던 비닐이 보이기 시작해요

여행에서 돌아온 당신의 트렁크 속에는 검은 이야기가 가득하고 돌돌 말린 이야기 속에는 빨간 비밀이 별처럼 박혀 있어요 몰래 반짝이는 별은 왜 내 눈에만 보이는 걸까요

함께 있어도 외로운 음악과 이국땅으로 날아가는 철새가 주인공인 소설을 마감해요 숨 막히는 비밀이 튀어나오려고 몸부림쳐요 비닐은 유연해지고 비밀은 희미해져요 보이지 않는 사과는 잊어버려요 출구를 찾은 비닐이 날개를 달아요

아파트

하늘 위로 솟아오른 골목
비상구는 없다

길모퉁이 끝에 흔들리는 방
벽을 타고 오르는 마른 꽃향기
고소공포증을 앓는다

창밖 구름 속으로 걸어 들어간 여자
구름의 갈피마다 우울이 부푼다

물빛 하늘이 출렁이는 골목
스카이콩콩으로 짧은 비행을 맛본
아이들은 비눗방울에 갇혀 둥둥 떠다닌다

어깨동무하던 지붕들은 사라지고
건너편 재개발 지역에는 날 선 골목이 다시 태어난다

벼랑 같은 골목에 별이 내려오면
사람들은 커튼 뒤로 숨어버린다

골바람이 불면에 시달리는 밤

날개를 만지작거리다 잠이 든다
잠 속에서 급강하한다

발이 바닥에 닿지 않는다

예민한

　푸른 심장을 가진 예민한 새가 새장 속에 갇혀 있어요 회색빛 날개를 가진 예민한 새는 어떤 날은 보랏빛으로 어떤 날은 빨간빛으로 또 어떤 날은 검은빛 날개를 가져요 예민함과 예리함은 달라서 예민한 새는 신비한 뇌를 가지고 예리한 새는 뾰족한 눈초리를 가져요 날카로운 햇살이 예민한 새를 향해 날아오자 예민한 새는 파닥이며 요리조리 피해요 새장 속에 어린 공기는 혼자서 공기놀이를 해요 혼자 있는 것을 즐기는 예민한 새는 새장 속에 들락거리며 먹이 주는 예민한 손을 좋아하지 않아요 예민한 손은 예민할 뿐 예리하지 못해서 먹이의 양이 들쭉날쭉해요 예민한 손 때문에 예민한 새는 어제보다 복잡해요 예민한 손에서 오늘은 염색약 냄새가 났어요 어제의 회색 깃털이 오늘은 노란 깃털이 되었어요 예민한 새는 암모니아 냄새 때문에 꾹꾹 소리죽여 울었어요 그래도 괜찮아요 가져보지 못한 노란 깃털을 가졌으니까요 새장 바닥에 울음이 쌓이는 날이면 죽은 새가 찾아와요 잠들지 못한 예민한 새는 우울한 별들을 초대해서 밤새워 놀아요 모두가 잠든 시간에 죽은 새가 날아갈 때까지

꿈과 현실 거리 좁히는 건 끈기라 말하고파

어둠이 벗어두고 간 불면을 끌어안고 응답 없는 편지를 썼습니다. 아침이면 민낯을 대하듯 실망과 의심을 거듭했습니다. 남편은 포기하라고 했습니다. 오기가 생겼습니다.

병원 다녀오는 길에 당선 소식을 받았습니다. 마구 떨리는 내 손을 내가 꽉 잡아주었습니다. 그리고 뒤따라오는 울컥함은 참지 않았습니다. 겨울과 봄 사이 나에게는 또 하나의 계절이 있습니다. 다음 계절이 두려워 망설이다가 지각하는 학생처럼 늘 그렇습니다. 글쓰기의 출발점이었던 더딘 그리움을 이제야 떠나보낼 수 있겠습니다.

두 아들을 통해 보는 세상은 절대 만만하지 않습니다. 어느 소설의 한 구절을 빌어 당부하고 싶습니다.

"당신의 노력은 절대로 쓸데없는 일이 되지는 않습니다. 마지막까지 꼭 믿어주세요. 마지막의 마지막 순간까지 믿어야 합니다."

꿈과 현실의 거리를 좁히는 건 행동이라고, 끈기가 곧 재능이 될 수 있다고 늦게나마 말할 수 있습니다. 부족함을 채우는 데 게으름 피우지 않겠습니다. 부끄러운 제 글을 뽑아주신 심사위원님께 먼저 고개 숙여 감사드립니다. 항상 따뜻한 시선으로 이끌어 주신 신정민 선생님께도 깊이 감사드립니다. 서로 머리를 맞대고 시를 나누는 '끌' 동인 모두 고맙습니다. 뜨거웠던 여름을 함께했던 미정, 혜옥 선생님 즐거웠습니다. 환하게 밀려오는 편두통을 맞이합니다. 이제 시작입니다.

가벼운 언어와 무거운 현실 균형감 잘 갖춰

심사위원들은 대략 세 가지를 염두에 두고 천여 편의 응모작을 살폈다. 첫째, 참신함이다. 시대에 걸맞은 새로운 시의 원형을 보여줄 수 있는 참신함이 있는가를 살폈다. 둘째는 정확함이다. 소통을 위해서도 공감을 위해서도 어설픈 시적 허용에 기대기보다 정확하게 문장을 사용하려는 노력이 필요하다. 이 점에 얼마나 주의를 기울였는가를 함께 살폈다. 마지막으로 작은 것에서 큰 것을 발견하는 시의 눈을 갖추고 있는가를 살폈다. 일상의 소소한 장면에서도 어떤 결정적인 순간을 발견하는 눈이 시적인 도약을 이룬다. 그것이 또한 시의 꿈일 것이다.

1차 검토 결과 이주호, 윤계순, 최동출, 정희안 등 네 분의 작품이 최종 논의 대상으로 남았다. 이주호 씨의 작품은 젊은 감수성이 넘치는 언어 감각이 눈에 띄었으나, 아직은 덜 숙련된 채로 시가 완성되고 있다는 인상을 남겼다. 윤계순 씨는 꽤 오랜 숙련의 시간을 거친 작품을 선보이고 있지만, 그것이 너무 안정된 길을 따르는 데 그치고 있다는 점이 아쉬웠다. 최동출 씨의 작품은 요즘 보기 드물게 웅장한 상상력과 언어가 눈길을 끌었으나, 마지막까지 확신을 줄 만큼 숙성된 세계라고 보기 힘들었다.

정희안 씨의 작품은 유사한 발음의 단어로 언어유희의 효과를 극대화하고 있는 것이 눈에 띄었다. 그러면서도 삶의 세목을 깊이 있게 응시하는 시선을 담보하고 있는 점이 미더웠다. 특히 「십자 드라이버가 필요한 오후」는 한없이 가벼운 언어와 한없이 무거운 현실 사이에서 절묘한 균형감으로 말의 재미와 사유의 깊이를 함께 성취한 수작이라는 데 의견이 모였다. 논의 끝에 이 작품을 당선작으로 결정한다. 당선인에게 축하를 드리며, 가장 가벼운 언어로 가장 무거운 세계를 지탱하는 시의 본령을 자기 기질대로, 자기 방식대로, 자기 고집대로 끝까지 밀고 나가서 또 하나 새로운 언어의 건축을 보여주실 것을 당부드린다.

심사위원 : 강은교 · 성선경 · 김언

차유오

1997년 경기도 남양주시 출생
명지대학교 문예창작학과 3학년 재학 중
2020년 《문화일보》 신춘문예 시 부문 당선

dbdh1803@naver.com

■ 문화일보/시

침투

침투

물속에 잠겨 있을 때는 숨만 생각한다
커다란 바위가 된 것처럼

아무것도 하지 않아도
손바닥으로 물이 들어온다

나는 서서히 빠져나가는 물의 모양을
떠올리고
볼 수 없는 사람의 손바닥을 잡게 된다

물결은 아이의 울음처럼 퍼져나간다
내가 가지 못한 곳까지 흘러가면서

하얀 파동은 나를 어디론가 데려가려 하고

나는 떠오르는 기포가 되어
물 위로 올라간다

숨을 버리고 나면
가빠지는 호흡이 생겨난다

무거워진 공기는 온몸에 달라붙다가
흩어져버린다

물속은 울어도 들키지 않는 곳
슬프다는 말을 하지 않아도 모든 걸 지워준다

계속해서 투명해지는 기억들

이곳에는 내가 잠길 수 있을 만큼의 물이 있다

버린 숨이 입 안으로 들어오려 한다

빛

하얀 침대가 있다
눈을 뜨면 병을 찾아내는 의사가 찾아왔다

그럴 때마다 죽어가는 것 같다

식물은 물과 햇빛을 먹으면서 자라났다
병은 그렇게 자라났을 것이다

사람들이 웃으면서 병실로 들어오고
누워 있는 사람들은 내내 같은 표정을 하고 있다

모르는 사람의 목소리가 귓속으로 들어오면
그 사람을 알 것 같아서
음악을 들었다

창문으로 빛이 들어오면 얼굴이 비쳤다
깨진 거울을 보는 것처럼
계속해서 바라보면
빛이 빠져나갔다
얼굴은 사라졌다
먼 곳으로

빛을 따라가면 병원 밖이다
돌아누워서 커튼을 바라봤다

돌아설수록 커지는 것이 있고
내내 누워 있는 법을 알고 있었다

숨바꼭질

그네를 타면 따라서 흔들리는 네가 있다
모래 위로
우리의 그림자가 번갈아 가면서 흔들린다

나는 그림자가 태어나는 게 신기해서
모래 위로 떨어져 버린다

모래 위에 버려진 발자국을 신어보면
내가 더 깊어진다
끝인 줄 알았는데

둘이서 하는 숨바꼭질은 재미없잖아

술래는 숨은 사람만
생각해야 해
숨은 사람은 술래만
생각해야 해

모래가 부드러워서 누우면
옷이 더러워진다고 화내는
네가 있고

옷을 걱정하는 게 싫어서
털면 된다고 변명을 하는
내가 있다

우리는 또다시 숨어버리고
너에게는 한 명만 잡아가는
엄마가 있다

풍선

숨을 쉬는 것처럼 공기를 뱉어버린다

숨을 받아먹은 풍선은 점점 커지다가
나보다 커져버린다

풍선을 불 때마다
어항 속에 살던 금붕어를 생각한다

수면 위로 떠오른 금붕어를

엄마는 금붕어를 변기에 내려버렸고
어린 나는 눈을 감고 울음을 터트렸다

기포처럼 한순간에 사라져버리는

너는
죽음도 쉽게 잊어버릴까

아가미를 벌린 금붕어를 생각하다가
부풀어 오른 풍선이 터져버렸다

그것들이 모두 숨이 될 거라고 믿었다

누군가 태어날 것 같다

마르지 않는 얼굴

사람들이 우산 속으로 숨자 비가 내린다

몸에 안착하지 못한 물방울들이 모여
웅덩이를 만들어낸다
밟을 때마다 살아 있다고 소리를 낸다

바람이 뒤집어 놓고 간 우산은
누군가를 기다리고 있다
우산을 버린 사람들은 도망가고 있는데

우산 손잡이를 돌리면 흔들리는 풍경
어지러움을 견디지 못한 물방울이 떠나가고

어느새 비는 사람들의 등 뒤에 그림처럼 그려져 있다
자세히 보면 익사했다는 친구의 얼굴이었다
마르지 않는 친구의 얼굴을 잊고 싶었다

파래진 입술에는 어떤 말이 있을까
생각하다가
결국에는 울어버리고

젖지 않은 날들이 많았는데
축축한 날들을 더 오래 기억했다

온몸이 젖어도 친구를 만날 수 없고

신발 속에 숨어 있던 물방울이 젖은 양말을 데려가고
축축한 것들은 버려지고 나서야 말라갔다

젖은 몸을 털자 비가 그쳤다
모든 풍경이 말라가기 시작했다

모두 잠들어 있는

옆자리에 앉아 있는 사람이 졸면서
고개를 흔들고 있다
영혼이 빠져나가는 모습 같다

가만히 앉아 있으면
모르는 사람들과 익숙해진다
나와 나눈 것도 없는데

사람들은 계속해서 문밖으로 흘러나간다

다른 곳에서 내리면서
왜 같은 곳에 앉아 있는 걸까

남겨진 사람만이 떠나간 사람을 생각할 수 있고

아무도 보지 않는 창문 위로 낮은 지붕들이 떠다닌다
저 안에는 또 다른 사람들이 살고 있다
얼굴도 없는 사람들은 건너편이 된다

사람들은 나의 국적을 묻다가
여행지에 대해 말하기 시작한다

사람들이 말해준 곳은 내가 가지 않는 곳
영원히 그곳에 갈 수 없을 것이다

기차가 속도를 높일 때마다 몸이 흔들리고
나는 처음 흔들려 본 것처럼 놀라게 된다

철길 위를 걸어다니면
또 다른 발이 생겨나고

철길 위로 뛰어든 사람들은 철길이 되었을까
돌이 되었을까

걸을 때마다
보이지 않는 손들이 솟아오른다
이곳을 지나가야 한다

세상에 숨겨져 있는 아름다움 찾아다닐 것

시를 쓸 때 떠오르는 대로 쓴다. 그런데도 사람들은 의미를 담아 읽어준다. 시를 읽어준 사람들을 잊지 않고 쓸 것이다.

문정희 선생님, 김기택 선생님, 박형준 선생님, 문태준 선생님, 제 시를 읽어주셔서 감사합니다. 가장 사랑하는 엄마 아빠, 엄마 아빠가 행복한 일을 했으면 좋겠어요. 남진우 교수님, 천수호 교수님, 김경후 교수님, 신수정 교수님, 편혜영 교수님, 김유진 교수님, 김효진 교수님, 교수님들의 수업을 들을 수 있어서 행복했어요. 사랑하는 박상수 교수님, 교수님의 다정함을 잊지 못할 거예요. 지연아, 지원아, 종희야, 서로를 알고 있는 우리가 좋아. 애리야, 놀 때마다 즐거운 네가 좋아. 유나야, 이상한 얘기를 할 수 있는 네가 좋아. 지수야, 해임아, 싫은 사람을 같이 욕해주는 너희가 좋아. 희진아, 까칠해도 착한 네가 좋아. 희주야, 엽사를 보내주는 네가 좋아. 소랑아, 볼 때마다 웃긴 네가 좋아. 효정아, 나를 이뻐해주는 네가 좋아. 현정아, 나를 이해해주는 네가 좋아. 영후야, 놀려도 웃을 수 있는 네가 좋아. 세영아, 인영아, 혜지야, 하늘아, 강한 너희가 좋아. 태연아, 학회장을 같이한 네가 좋아. 원경아, 똑 부러지는 네가 좋아. 수연이 형, 형 같은 형이 있어서 좋아. 찬연아, 시작이라고 말해준 네가 좋아. 작앤비 친구들아, 종일 함께 있어도 어색하지 않은 너희가 좋아. 둥이야, 귀여운 네가 좋아.

결국, 사람과 사람 사이에 남는 건 마음 같다. 가끔은 잊을 때가 있지만, 어떻게든 기억하고 싶다. 세상에는 숨겨져 있어 아름다운 게 있다. 나는 그것들을 찾아다닐 것이다.

내면 탐색 뛰어나 앞으로 큰 작품 쓰리라 기대

　본심에 오른 18명의 응모작은 고르고 안정된 수준을 보여주었으나 눈에 띄는 한 편은 잘 보이지 않았다. 마지막까지 남은 작품 「자백」은 높은 완성도와 주제에 대한 집중력이, 「침투」는 세련되지는 않았지만 신인다운 신선함이 눈길을 끌었다. 숙고를 거듭한 끝에 「침투」를 당선작으로 결정했다.

　「자백」은 말을 하지 않아야 하는 상황, 혼자인데도 제 안에서 나오려는 원시적이고 무의식적인 발화를 억누르고 스스로 제 말을 검열하는 모습을 보여주면서 진실한 발화가 무엇인지 묻는 문제의식이 강렬하다. 삶을 화석화시키는 일상적 발화와 형태도 체계도 없는 무의식적인 발화 사이에 끼어 있는 극적인 상황을 제시함으로써 이 질문에 긴장감을 끌어올린 점도 음미할 만하다. 그러나 관념을 작위적으로 드러낸 은유가 단점으로 지적됐다.

　당선작 「침투」는 잠수하고 있는 것으로 보이는 화자의 내면과 물속이라는 공간에 대한 미시적이고도 섬세한 묘사가 돋보였다. 이 시는 빈약한 숨통에 존재의 모든 것을 기대야 하는 물속의 상황을 자신에게 부여하고, 몸으로 '침투'하는 물의 압력과 숨 막힘, 밀폐된 공간에 대한 두려움, 볼 수 없는 사람의 손바닥이라도 잡아야 하는 치명적인 막막함을 냉정하게 관찰하는데, 그 시선에서 일상적 자아와는 다른 존재를 발견하고 사유할 수 있는 틈이 생긴다.

　친숙한 물 밖의 세계와 다른 시공간인 물속은 화자를 저항할 수 없는 숨 막힘으로 압박하는 고통스러운 곳이지만, 동시에 울어도 들키지 않고 슬픔조차 무화되는 완전한 고독이 있는 매혹적인 공간이기도 하다. 익사할 것 같은 공포와 숨을 버려서 완전하게 혼자가 되는 자유가 교차하는 심리의 이중성이 시에 독특한 에너지를 부여한다. 광장이라고 할 수 있는 물 밖에서 밀실이라고 할 수 있는 물속으로 가려고 하면서도 벗어나려는 심리는 내면에서 일어나는 시의 비밀스러운 사건을 은밀하게 엿보게 한다. 물속 이미지와 움직임을 통해 내면을 탐색하는 탁월한 능력은 앞으로 더 큰 작품을 쓸 수 있으리라는 믿음을 주기에 충분했다.

심사위원 : 문정희 · 김기택

최선

본명 최란주
1967년 전남 구례 출생
전남대학교 법과대학 졸업
현재 서울행정법원 근무
2020년 《매일신문》 신춘문예 시 부문 당선

greensky4u@hanmail.net

■ 매일신문/시

남쪽의 집수리

남쪽의 집수리

전화로 통화하는 내내
꽃 핀 산수유 가지가 지지직거렸다.
그때 산수유나무에는 기간을 나가는 세입자가 있다.
얼어 있던 날씨의 아랫목을 찾아다니는 삼월,
나비와 귀뚜라미를 놓고 망설인다.

봄날의 아랫목은 두 폭의 날개가 있고
가을날의 아랫목은 두 개의 안테나와 청기聽器가 있다.
뱀을 방 안에 까는 것은 어떠냐고
수리업자는 나뭇가지를 들추고 물어왔지만
갈라진 한여름 꿈은 꾸고 싶지 않다고 거절했다.

오고 가는 말들에 시차가 있다.
그 사이 표준 온도차는 5도쯤 북상해 있다
천둥과 번개 사이의 간극,
스며든 빗물과 곰팡이의 벽화가
문짝을 7도쯤 비틀어지게 한다.

북상하는 꽃소식으로 견적서를 쓰고
문 열려 있는 기간으로 송금을 하기로 한다.

꽃들의 시차가 매실 속으로 이를 악물고 든다.
중부지방의 방식으로 남쪽의 집 수리를 부탁하고 보니.
내가 들어가 살 집이 아니었다.
종료 버튼을 누르면서 계약이 성립된다.
산수유 꽃나무가 화르르
허물어지고 있을 것이다.

내장 점占

며칠 전 들른 병원에서
의사는 접고 또 접힌 풀밭 하나를
모니터에 펼쳐 보였다
간과 간 사이에 접혀 있던,
"굴욕은 선홍빛으로 싱싱합니다."
늙은 족장이 염소의 간을 뒤지며
내뱉던 내장 점의 점괘처럼 풀밭은 목책이 있고
일사불란한 아침과 저녁의
양몰이 과정이 있었다
발효의 금요일엔 거품이 풍부했다
알고 보면 초식동물들의 질서란
육식동물로부터의 위협이 교본이다
나는 틈날 때마다 나의 간을 뒤적거린다
염려증은 확신이 아니지만
어떤 확신 하나가 굳건하게 나의 간을 간섭할 때
모니터를 뒤적이며
마른 침을 삼키며
튜닉과 망토를 걸치고
머리에 왕관을 쓴 채로 기대어 누워
예언을 하는 에트루리아 사제와 같이
내장 점 도구를 펼쳐들고

간과 쓸개와 위를 꺼내놓는다
내 뱃속은 화주가 가득하여 세균이 살 수 없지
하던 건장한 남자의 말
창자는 침대 위나 지붕의 끝에 매달려 있다
창문을 두드리는 콧수염이
마르고 기다란 감자껍질처럼 변해간다
참새 떼가 키 큰 포플러 나무로 날아간다
성당 탑의 작은 종이 보이고
오르간 소리에 나뭇가지들이
조심조심 손을 모은다

풀밭 사이로
—게오르그 잠피르의 고독한 양치기

주택임대차보호법을 읽는다.
어느 계약서이건 여백이 글자들에 지배를 받는다.

글자는 모두 풀이고 흰 여백은 다 양떼다.
풀밭에서 양들이 굽실거린다, 여린 풀에 굽실거리는 것은 양떼와
바람밖에 없다
글자가 바람에 흩날린다.
글자들은 서로 뭉쳐서는 흰 털도 없이 몰려다닌다.

자음과 모음이 분리된다.
분리되는 것은 울음소리와 푸른 똥이다.
양들은 풀을 씹어 먹고 글자가 양의 목구멍 속으로 사라진다.
풀밭은 좁을수록 권력이 되었다.

옥탑 방에 사는 나에게 집주인은 잔소리를 소나기처럼 퍼붓는다.
집주인은 너무 넓다.
하늘에 떠 있는 별자리를 모두 떼어내겠다고 한다.
사람들은 긴 노를 저어
담벼락 건너 저편 풀밭으로 가기도 한다.
담벼락이 밤하늘을 리모델링했을까
아직 떨어지지 않은 양자리 별들이 조금씩 빛줄기를 내려 보낸다.

뭉쳐진 털들이 별들로 바뀐다.

옥탑 방에도 달무리 울타리가 생긴다.
풀밭은 계절이고 모든 동물은 계절의 나이를 먹는다.
아름다운 눈동자 때문에 풀만 먹고 살 수 없다는 변명은 이제 하지
않기로 한다.
영원히 세 들어 사는 공간은 작고도 좁은 직사각형의 관일 뿐일지
도 모르므로
풀을 먹지 않아도 양들의 배가 불러온다면
비로소 주택임대차보호법의 보호를 받은 양떼들은 가장 부드럽고
말랑한 미소로 굳어갈 것이다

아프리카 계절

게으른 수은주가 만들어내는
낮과 밤의 온도차
시련이야 맨발이겠지만 얼굴색엔
희고 가지런한 오아시스가 숨어 있죠
태양빛이 벌컥대는 샘물
사람들은 증발을 신고
겅중겅중 뛰어다니죠

우리집에서 온도계는
아버지와 엄마를 옮겨다니죠
그때마다 방한복과
헐벗은, 여름의 옷들을 걸쳐야 했죠
아버지는 늘 말했죠
아프리카 사람들을 보라고
엄마는 늘 가늘고 긴
때로는 헝클어진 별자리를 감거나
푸는 부업을 했죠

두 얼굴이 교차하는 아프리카 계절에서는
흰색을 많이 가진 자가 부자로 불리우죠
엄마는 쉬지 않고 손을 움직였지만

밤은 언제나 낮보다 빨리 다가왔죠
나는 작은 검정 병아리
엄마의 손등에서 무릎에서
경중경중 뛰어다니는
푸른 아프리카였죠

그러니, 타조는 코끼리에게 코끼리는 표범에게
나무그늘은 엽서들에게 고지서들은 연체된 과월들에게
이봐요,
잘될 거여요 모든 것이
하쿠나 마타타.

같이, 파란 서커스를
–이건 오래된 공중학습에 관한 이야기. 긴 머리카락과 붉은 칠을 한 몸으로 날아
오르는 첫 공연에 관한 이야기

수탉과 파란 물고기가 비늘을 반짝이며 날아올라요. 악수를 청하는 손들은 모두 꽃다발이거나 아코디언이죠. 유방이 없는 사내가 신기하다고요 그건 중요하지 않아요. 서커스는 지어졌다가 금방 철거되는 천막 같은 거죠.

염소 눈빛은 늘 공중돌기를 하고 바이올린을 들고 있는 달은 얼굴이 노래져 속상해하죠 초록 말을 타고 부채로 심장을 식히죠. 왕관은 오래전 부채에서 쫓겨난 후예여서 늘 흔들리는 머리에 얹히길 좋아하죠.

사람들은 자주 무대 뒤쪽을 엿보려 하죠. 가슴골처럼 드러나는 깊은 불행이 있을 뿐인 호기심. 꽃다발을 받은 물고기 북을 치는 수탉, 춤추는 소녀 허리의 리듬 리듬 리듬. 푸른 식초의 효능으로 반달의 허기로 견디는 기형의 시간들만 있어요. 우리는 관절을 받아든 적이 없는 소녀들 인형의 피로 창백한 곡예 기형의 눈을 가진, 비뚤어진 박수소리에 의자들이 날아가고 관객들은 흩어져 돌아가지요

태양은 왜 접혔다 펼친 종이의 눈빛으로 자꾸 구겨지는지 사람들 박수소리에 이물질의 함량은 몇 그램인지.

손으로 달이나 해를 딸 수 있다면 푸른 비늘과 지느러미로 솟아오

르지 않아도 되나요. 바다에서 헤엄쳐 온 황소 등에 올라타 아이 셋 낳은 에우로페처럼 나도 이 허공에 아이를 낳을까 봐요.

너도 오르피즘을 보여줘, 길고 다채로운 스펙트럼 무의식 하늘에 빨강 노랑을 초록 파랑을 칠하고 있는 날 봐.

색채와 공간은 손잡고 여행만 다닌다는데 넌 무엇을 숭배하니 우리의 악수는 서로의 숭배일까요 아니면 흰 바지를 입고 주머니를 보여주는 예의일까요

울음을 타고 먼 곳까지 새가 되어 날아요.
파란 천막 아래 파란 공연은 끝없이 순회한답니다.

영상 9도

옛날 사진 밑에
흐릿한 글씨들은 모두
영상 9도 같네.

겉옷을 입을까 말까
활짝, 이라는 말 평소보다
더 써도 될까 말까
망설이는 온도라네.

아버지는 쓰고 뜨거운 16도에 취해 알딸딸 알딸딸 휘청이는 봄꽃들을 보고 있네. 옛 기억이 인화되기 딱 좋은 온도, 봄볕이 희미해져서 사진의 모서리들은 제풀에 헤지고 또 몇몇의 얼굴은 접선이 지나갔네.

울적하다가도 즐거운 영상 9도
문 바깥이 넓어지는 때
두근두근거리는 꽃송이들을 타고
따뜻한 날씨들이 북상 중이라네.

옛날처럼 사진은 찍고 영상 9도라고 새겨 넣고 싶네.

막 걷기 시작한 가지마다

실핏줄이 돋아나고
목소리가 다른 온도가
손끝에 닿는
둥근 운율.

저의 빈 공간에 꾹, 참았던 한 호흡을 담겠습니다

고향에 가면 저와 나이가 같은 산수유나무가 있습니다. 참 부지런해서 봄에 노랑으로 바쁘고 가을엔 빨강으로 바쁜 그 친구와 해마다 약속을 합니다. 그 약속이 노랑으로 시작해서 빨강으로 끝이 나는 동안 저는 한 번도 약속을 성실히 지키지 못했습니다.

올해도 그러려니 했습니다.

최선을 다하면 지치지 않습니다. 지친다는 것은 어딘가 부족했다는 뜻일 겁니다. 당선통보 전화를 받는 그 순간에도 최선의 봄과 겨울이 교차하며 지나갔습니다. 지금쯤 고향의 산수유나무는 겨울잠에 들어 있을 것입니다. 아니, 어쩌면 실눈을 뜨고 저에게 빙그레 웃음을 지어주고 있을 것입니다.

스스로 한 알의 밀알이 되어주신 부모님, 부족한 저를 많은 인내심으로 가르침을 주신 선생님, 정말 감사드립니다. 사랑과 격려를 해준 남편과 동생들에게도 감사하고, 응원을 해준 문우들과 직장동료에게도 감사를 드립니다.

빈곳이 있어 통이 존재하겠지요. 어떤 견고한 진공에도 한 호흡, 공간이 있다고 합니다. 제가 앞으로 쓰는 시들이 그와 같으면 좋겠습니다. 누군가에게 위로가 되었으면 좋겠다는 생각을 합니다. 그 누군가가 바로 당신이었으면 합니다. 단 한 줄의 언어가 '그래 맞아 나도 이런 느낌이었어.' 라는 공감을 갖게 되길 원합니다. 이제 저의 영혼, 비어 있는 공간에 꾹 참고 있는 한 호흡을 담겠습니다.

그리고 동년배인 산수유나무와의 약속을 이제야 지킬 수 있어 행복합니다. 그것이 노랑이든 빨강이든 말입니다.

마지막으로 저에게 기회를 주신 심사위원님들과 매일신문에 깊은 감사의 인사를 드립니다.

시의 깊이와 무게를 확보한 좋은 예

　본심에 오른 작품들 가운데 최종까지 논의된 시는 김지영 씨의 「간기 벤, 교차로」, 김은 씨의 「태양을 가동하는 방법」, 최선 씨의 「남쪽의 집수리」 등 세 편이었다.

　「간기 벤, 교차로」는 남해 섬 일대의 땅과 바다에 깃든 삶의 욕망과 열망을 차분한 어조로 그리고 있다. 특히 계단식 논이 많은 다랑이 마을의 풍광에서 삶의 그늘과 쇠락한 시간의 주름을 읽어내는 솜씨가 만만치 않았다. 다만 일부 언어가 평이하고 관념적인 사변의 진술로 치우쳐 시의 긴장을 떨어뜨리는 아쉬움이 있었다.

　「태양을 가동하는 방법」은 역동적인 언어와 활달한 상상력이 돋보였다. "빌딩과 빌딩 사이에서는 검은 폐유를 닮은 그림자들이 흘러나왔다"는 시구 같은, 현대 도시 문명의 음울함을 가리키는 선명한 이미지도 여럿 눈에 띄었다. 같이 응모한 작품들도 안정되고 개성이 두드러졌지만, 시에 힘이 너무 들어가 경직된 느낌이 들었다. 조금 더 지켜보며 다음을 기대해볼 수밖에 없었다.

　「남쪽의 집수리」는 눈에 번쩍 띄는 시였다. 꽃핀 산수유나무를 매개로, 자연과 계절의 변화와 순환에 따른 삶의 이치를 시로 넌지시 일깨우고 있다. 봄이 오면 저절로 꽃망울을 터뜨리는 게 아니라, 산수유나무도 '집수리'라는 부단한 자기 삶의 갱신으로 꽃을 피운다는 것이다.

　"전화로 통화하는 내내/꽃핀 산수유 가지가 지지직거렸다."라고 생동감 있는 문장으로 시작하는 이 시는, 삶의 시차와 간극을 좁힐 수도 없고 매양 어긋나기만 하는 현실과 이상 사이의 불화를 체감하면서도, 북상하는 꽃소식에 귀 기울이며 봄이 오는 길목 어디쯤에서 자기 나름의 '남쪽의 집수리'에 골몰하는 인간살이를 적실한 언어로 표현했다. 요란한 시적 장치를 동원하지 않고도 시의 깊이와 무게를 확보한 좋은 예이다.

　최선 씨의 다른 작품들의 수준도 고르고 높아 치열한 습작의 모습이 엿보였으며, 미래의 가능성을 가늠해 보아도 신뢰할 만했다. 주저 없는 의견일치로 「남쪽의 집수리」를 당선작으로 선정했다.

　　　　　　　　　　　　　심사위원 : 이태수 · 송찬호(시인)

시조

신춘문예 당선 시조

김경태

1982년 부산 출생
단국대학교 독어독문학과 졸업
2002년 《시와반시》 신인상
2005년 《유심》 신인문학상
2020년 《조선일보》 신춘문예 시조 부문 당선

xadore2@hanmail.net

■ 조선일보/시조

환절기를 걷다

환절기를 걷다

1.

벚꽃은 흩날리고 떠나는 너의 뒷모습은

출항하는 바다에 비친 등불을 닮았다

괜찮다, 거짓말하며

돌아서는 발걸음

2.

도망치고 싶었다, 장마철이 지나면

다시,

돌아오겠다는 편지 속 글귀들이

책갈피 단풍잎처럼

말없이

부스러진다

3.

여민 옷깃을 풀고 달빛에 기대어 본다

푸른 입맞춤으로 타들어 가는 눈물을

지나는 이 계절 끝에

남겨 둔다,

바람이 차다

프리다 칼로의 이중 자화상*

하얀 드레스에 꺼내놓은 심장처럼

당신은 웃지 않는다

나를 외면한다

열대를 삼키는 짐승, 고통의 숨소리마저

폭풍우는 온몸에 수술자국 그어놓았다

동맥과 정맥을 단숨에 분리하는

기나긴 환영幻影의 나날

절벽처럼 아득하다

당신을 죽이고서 나는 환생한다

멈추지 않은 심장박동 카리브의 태양처럼

뜨겁게 피었다 진다

무심한 표정으로

*프리다 칼로 作, 두 명의 프리다, 캔버스에 유채, 173.5×173cm, 1939년,
멕시코시티 현대미술관 소장.

패총의 기억

1.
홀로 해변을 걷는다

달 아래 책장을 넘기듯

네 가슴에 귀를 대었던 그날 밤을 넘기듯

기나긴 빙하기를 건너 돌아온 유목민처럼

2.
수평선에 떨어지는 유성우를 보았다

서서히 사라져가는 너의 얼굴을 보았다

너와 나 눈물이 되고

추억이 되고

지층이 되고

3.
휘어진 부표처럼 반짝이는 저 파도소리

멈춘 기억들을 풀어 놓는 저 바람소리

오래된 표정을 지으며 파고드는

저 뱃고동 소리

콘트라베이스

무표정한 눈빛으로

헤엄치는

심해어

밑바닥을 알 수 없는

너와 나의 사이에서

질긴 숨

파내려가는

해구海溝 속

떨림이여

모슬포 여인

폭설이 내렸다 쫓겨 온 유목민처럼

풍장風葬에 눈을 감고 바람이 된 파도처럼

늑골에 서리가 내린

죽은 사슴의 눈동자처럼

당신은 입이 없고 달빛은 길을 잃었다

부표를 뒤로 한 채 항해하는 기억만으로

포구에 얼굴을 묻고 이 겨울을 걸어간다

방파제에 부서지는 바닷새의 날갯짓

당신과 나누었던 편지 속의 나날들

끊어진 닻을 버리고 멀어져 간 당신의 입술

아가미

오랜

장마가 지나고

이별 후

돌아온 골목

등불 아래 간음을 하고

부서지는 나방처럼

온몸에

실핏줄 감고

노래하는

달그림자

정형 속에 단단히 박힌 언어들이 좋았습니다

연초에 직장 내 근무 부서가 바뀌고 한 해가 정말 정신없이 지나갔습니다. 직장생활에 기쁨도 있었고 슬픔도 있었습니다. 매일같이 야근하고 주말 출근도 많았지만 그 시간을 쪼개서 새벽에 한밤중에 책을 읽고 글을 쓰지 않았다면 버티기 힘들었을 겁니다.

제 인생의 절반이 넘는 기간 동안 삶의 일부분을 문학을 위해 떼어놓고 살았습니다. 시조가 좋았고, 정형이라는 틀에 단단히 박혀 있는 언어들이 좋았습니다. 작은 우주 속에 저만의 세상을 만들어가는 글쓰기는 끊을 수 없는 마약인가 봅니다.

고마운 분이 많습니다. 먼저 부족한 저의 글을 뽑아주신 심사위원 정수자 선생님과 조선일보사에 감사드립니다. 저의 글쓰기를 응원해 주신 직장 선후배 동료 여러분께도 감사드립니다.

제 곁에서 항상 든든한 버팀목이 되어준 가족들, 언제나 나의 꿈을 지지해 주는 친구 정윤에게 다시 한 번 고맙다는 말을 전하고 싶습니다. 마지막으로 당선작의 영감이 되어준 종석아, 네가 준 제주 녹차는 정말 맛있었어. 널 잊지 않을게.

무수한 인연들로 지금의 제가 있다는 것을 압니다. 신춘문예라는 인연으로 더욱 성장해 나가는 시인이 되겠습니다. 한겨울 바람이 찹니다. 오늘 밤 따뜻한 제주 녹차 한 잔 마시며 잠들고 싶습니다.

자연스러운 시상, 율격의 갈무리 돋보여

위반도 즐기는 현대예술에서 정형은 어떻게 작동하는가. 이 말을 다시 꺼내는 것은 정형시의 전제 때문이다.

그만큼 시조에서는 형식과 내용의 조화로운 완결미가 중요하다. 정형 구조의 운용 능력이 확연히 드러나는 종장 처리도 중요한 평가 요소다. 어떤 놀라운 발견이나 발상도 정형 속에 녹여 담지 못하면 시조의 위의威儀를 놓치는 것이다.

그런 특성을 앞에 두고 김경태·황혜리·조우리·이용규·김나경 씨의 작품을 거듭 읽었다. 각기 삶에 육박하는 진정성과 개성적인 발성으로 나름의 시적 개진을 보였다.

30대가 처한 현실의 응전을 발랄하게 그려낸 황혜리 씨나 전보다 정제된 서사와 전개를 긴 호흡으로 보여준 조우리 씨는 종장의 묘미가 미흡하다는 점에서 밀렸다. 오늘의 현장에서 길어내는 이용규 씨의 육성과 청춘이 당면한 현실에 직입해간 김나경 씨의 목소리도 진솔한 울림을 담았지만, 그 이면까지 짚는 밀도에는 못 미쳤다. 결국 김경태 씨 응모작들에 담보된 장점과 새로움의 가능성을 집어 들었다.

당선작 「환절기를 걷다」는 자연스러운 시상과 율격의 갈무리가 돋보이는 가편佳篇이다. 정형 속의 자유를 구가하듯 음절 수를 넘나드는 음보 율로 구句도 부드럽게 타넘고 있다. 각 환절기에 담긴 '사이'의 감정들을 섬세하게 펼치고 거두는 구조 운용과 종장의 낙차로 빚어내는 여운이 참하다. '푸른 입맞춤으로 타들어가는 눈물'의 힘을 집어올린 만큼, 정형의 영역을 더 뜨겁게 갱신해 가길 주문한다.

눈물을 여미고 다시 설 응모자들께 위로와 기대를 전한다. 김경태 씨 당선을 축하하며, 당찬 비약을 바란다.

심사위원 : 정수자(시조시인)

김수형

목포 출생, 전남도립도서관 초대 상주작가
중앙대학교 문예창작학과 박사 과정
목포문학상 본상 수상(2019년 시 부문, 2016년 수필 당선)
2019년 《중앙일보》 중앙신인문학상 시조 부문 당선

tgtgksh@hanmail.net

■ 중앙일보/시조

스몹비

스몸비*

옛날엔 지구를 사각이라 생각했지
배 타고 한번 가면 돌아오지 못하는
네모난 스마트폰처럼
세상 끝은 낭떠러지

액정화면 속에는 친구들이 생성되고
손끝으로 휙휙 넘기는 아프리카 난민 소식
엄마의 안부 전화는
무음으로 진동한다

만날 일 없는 세상, 꽃은 또 피고 지고
깜빡이는 불빛 따라 길 위에서 길을 잃지
오늘도 비좁은 감방
긴 휴식을 취한다

* 스마트폰(smart phone)과 좀비(zombie)의 합성어.

마디를 읽다

엑스레이에 찍혀 나온 불 꺼진 시간들
어머니 손가락이 시누대를 닮았다.
뭔가를 움켜쥐려던
시간들도 찍혀 나왔다

찬물에 손 담그고 쌀 씻던 아침마다
물속에서 휘어지던 뼈마디를 보았지
울음도 씻어 안치던
어린 날의 어머니

어머니 손마디에 두 손을 내밀면
나이테에 실타래를 감았다 푸는 바람
불 켜진 판독전광판에
먼 전생의 내가 있네

개기일식

접시가 깨지자 소리들이 쏟아진다
접시를 단단하게 감싸던 소리가
쨍그랑
부서진 자리
부르르 떠는 꿈

그릇을 꽉 물고 버티는 작은 그릇
등 뒤에서 껴안는 외사랑이 캄캄하다
허공에
푸른 울음을
그물처럼 던지는 새떼

각주를 읽다

치매병원 창가에 우두커니 앉은 저녁
태아처럼 웅크린 노인, 손가락을 빨고 있다
노을빛 벌건 얼굴이 유리창에 내걸린다

길게 그은 선 위로 자식들은 떠났지
노인은 본문 아래 활자처럼 작아져서
하나 둘 손가락 세며 자식들을 떠올린다

아무도 읽지 않는 시간들이 고인다
기억이 빠져나간 이불을 들춰보면
온기가 한 그릇 정도,
남은 생이 공복空腹이다

삼각김밥

유통기한 적혀진 욕망들은 진열된다
굳어가는 밥알을 찰기 있게 덮혀줄
편의점 최저시급의 알바생이 졸고 있다

반지하 골방처럼 각이 진 생애들
폐기된 김밥들이 버려져 짓밟히면
난해한 삼각함수처럼 밥알들만 곤두선다

열쇠論

서랍을 잠갔나, 갸웃거리다 돌아가면
아뿔싸, 열쇠를 꽂아둔 채 나왔구나
열지도 닫지도 못한
내가 거기 놓여 있다

살면서 숱하게 잠그고 여는 동안
주머니엔 녹슨 열쇠 한 꾸러미 철렁댄다
마음에 빗장을 걸은
시간들이 고인다

오늘도 나는 가끔 엉뚱한 곳에 꽂혀 있다
서로 다른 열쇠로 비틀어보는 내일이
찰카닥, 제 몸을 열고
햇빛으로 쏟아진다

율격의 씨앗 품고 주름진 세상 달릴 터

　상심한 하얀 달을 조심스레 꺼내본다. 봄이 아니라 다시 시작되는 겨울이 온 건지도 모르겠다. 세상 어디에나 그늘은 있다. 탕! 총소리가 울리면 앞만 보고 죽어라 뛸 것이다.

　밤새 쓴 수십 장의 원고를 폐기한 후엔 덜컥, 겁이 났다. 테두리가 까만 형광등에 타 죽은 날벌레들의 참혹한 열정 같았다. 아이러니하게도 위로가 되어준 건 시였다. 그런 시간이 쌓이고 쌓여 문 앞에 서 있다.

　어둠 속에서 희미한 등불을 잡고 더듬거릴 적마다 목포대 국문과 교수님들이 등피가 되어 주었다. 나를 믿고 불러준 김선태 교수님 덕분에 첫 발을 뗄 수 있었다. 세상을 바라보는 다양한 패러다임을 일깨워준 이훈 교수님, 조용호 교수님. 은사님들을 생각하면 자다가도 눈이 번쩍 떠졌다. 가족에겐 고맙고 늘 미안하다. 글을 쓰려면, 먼저 좋은 사람이 되어야 하는 걸 깨닫게 해준 중앙대 문창과 이승하 교수님과 행간의 여백을 읽어주신 심사위원님들, 홀로 울고 있었을 「스몸비」를 날아오르게 해준 중앙일보사에도 고마운 마음을 전한다. 이 다정한 이름들을 부르며 계속 글을 쓰고 싶다.

　율격의 씨앗을 품고 주름진 세상을 달릴 것이다. 발등이 부어올라도 아랑곳하진 않을 거다. 누군가가 외롭고 지칠 때 기대어 쉴 수 있는 시를 품을 수만 있다면.

좌표 잃고 방황하는 현대인 삶 그려

응모작의 수준이 예년에 비해 전반적으로 향상돼 있어 설레는 마음으로 심사에 임했다. 이리저리 무게를 달고 요모조모 뜯어본 결과, 김수형의 작품들이 가장 빼어나다는 데 의견을 모았다. 김수형의 작품들은 고른 수준을 보여주고 있을 뿐만 아니라 주제를 형상화하는 힘이 돋보였다. 그녀의 「난생 설화」와 「스몸비」가 막판까지 자웅을 겨루었다. 「난생 설화」는 아포리즘이 될 만한 빼어난 비유와 돌올한 표현이 매우 인상적이었다. 하지만 둘째 수 초장의 음보가 크게 흐트러진 것이 결정적인 흠이 됐다. 당선작인 「스몸비」는 문명의 이기인 스마트폰이 난데없이 좀비로 돌변하는, 디지털시대의 좌표를 잃고 방황하는 현대인의 삶을 상징적으로 보여주고 있는 가작이다. 변화하는 시대 현실을 예리한 촉수로 포착해낸 '시절가조時節歌調'여서 높은 점수를 받았다.

당선을 축하드리며, 큰 시인이 되시길 기대하는 마음 간절하다. 아울러 최종심에 오른 권선애, 김나경, 김현장, 남궁증, 도미솔, 황혜리 등 응모자 모두가 더욱더 분발하여, 내년에 다시 한번 뜨겁게 도전해 주시기 바란다.

심사위원 : 염창권 · 최영효 · 김삼환 · 이종문(대표집필)

오정순

필명 오서윤
1958년 대구 출생
국민대학교 졸업
2011년 천강문학상 시 부문 당선
2013년《평화신문》신춘문예 시 당선
2014년《경남신문》신춘문예 시 당선
2014년 중앙시조백일장 10월 장원
2017년 1월 차하
2020년《서울신문》신춘문예 시조 부문 당선

js_rose@hanmail.net

■ 서울신문/시조
가방

가방

끼워 넣을 내가 많아 어제보다 무거워요

하루가 흔들리며 어깨를 짓누르는데

거품만 빼면 될까요 나, 라는 무게에서

한쪽으로 쏠리는 기울기를 읽지 못해

때로 실밥 터지고 걸음 뒤뚱거려도

넣지도 빼지도 못해요 나, 라는 이력서

비구름 몰려 있는 귀퉁이 우산 한 개

바닥을 탈탈 털어 잿빛 날들 고백할까요

마음껏 펼치고 싶어요 나, 라는 햇살 목록

수륙양용전차

채소 좌판 김 할머니 앉은뱅이 바퀴 의자
먹이고 재워주고 삼 남매 졸업장까지
반평생 제자리걸음
줄기차고 푸르다

인심은 몽땅 떨이 입담은 사통팔달
축 처진 손님쯤이야 한 방에 올라 붙이는
제 주인 빼다 박았다 두루뭉술 저 자태

여린 살 굳어가며 심줄이 박혔는지
방석을 덧대봐도 화들짝 쪽잠 깨지만
전대가 불룩할수록
짧은 다리 들썩인다

물때썰때 비바람 무람없이 들이쳐도
밀리지도 젖지도 않는 김 뚝심 모시고
전천후 수륙양용전차
삶의 전장 누빈다

홍시

몇 달을 품었을까 기어이 쏟고 말았다
공중을 살찌우고 말라버린 젖꼭지
그림자 강보처럼 펼쳐
부서진 몸 덮는다

구름도 산등성 따라 먹빛으로 조문하고
산사는 길손 끊겨 침묵에 들었는데
열심히 살을 파먹는 개미들만 분주하다

어미를 떠나야 어미가 되는 것인지
앞섶 풀어헤치고 새끼들 보듬은 채

조각난 붉은 저고리
마지막 보시 중이다

귓속에 사는 돌

이제야 회오리바람 내 안에 들어왔네
가슴을 짓누르던 소문으로 떠돌더니
누추한 집 한 채 얻어 파란을 일으키네

한 조각 귀동냥 가장 가벼웠던 탓일까
여전히 팔랑거리는 나를 다듬는 중인지
정釘으로 쿡쿡 찌르며 쪼개고 부수는데

오지에 갇혔으니 세상이야 잠잠하겠지
한 몸 의탁하려 제대로 찾아왔지만
계곡이 깊고 좁으니 돌아나갈 길 끊겼네

25시

세상이 잠들면 쓰린 위는 일어나지
편의점 라면 코너 어깨 잔뜩 움츠린 채
뜨거운 물만으로도
풀어지는 사람들

시곗바늘 밖 궤도는 불면만큼 뾰족하지
핏발 선 잉여인력 반값 명찰 목에 걸고
가판대 세일품처럼
초침으로 흔들리지

바닥까지 들이켜도 호출 문자 깜깜한데
비구름 끌어모아 바코드 통과하면
긴 공허 충전 끝난 듯
울어대는 휴대폰

검은 비닐봉지

변신의 귀재인가 움츠렸다 부풀었다
가볍게 두부 한 모 무겁게 돈뭉치까지
까막눈 잡식성 식욕
밑도 끝도 없다

출입구는 하나뿐 뒤집어도 홑껍데기
안과 밖 스미지 않아 외곬 불통이지만
찢기면 쉴 새 없는 눈물
비상구는 있다

비바람 몰아치던 날 바닥에 달라붙어
거품 다 빠진 채 파닥대는 몸부림은
한 번쯤 맞닥뜨렸던
생의 목록 같은 것

독하고 모질다는 손가락질 견디며
행상 부부 전대처럼 두둑한 꿈을 담아
용달차 꽁무니에서
깃발인 양 나부낀다

현실에서 건져 올린, 삶의 냄새 짙은 시조를 쓰겠다

소설 「사랑」의 여주인공 석순옥을 사랑한 아버지는 딸을 낳으면 '죽순 순筍'자를 이름 끝 자에 넣겠다는 약속을 지켜 아예 나를 '순아'라고 불렀다. 나는 그 이름이 싫었다. 다행히 나와 이름이 같은 문인이 여러 분 계셔서 필명을 가질 수 있었다. 구순 아버지는 내가 본명으로 돌아가길 원한다. 늙은 아버지의 한 마디는 여전히 내게 힘찬 함성으로 들린다. 헌신적이며 지고지순한 삶은 이룰 수 없는 꿈이지만, 가쁜 호흡과 통증뿐인 아버지는 내게 현실이다. 현실을 직시하는 것이 좀더 아버지를 사랑하는 길이고 내 이름을 불러준 시조에 대한 보답이기도 하다.

내가 처음 만난 시조는 자수를 꿰맞추는 것에 지나지 않았다. 번번이 좌절만 거듭하던 어느 날, 내 시조에서 체온과 박동이 느껴졌다. 비록 희미했지만, 분명히 살아 있었다.

이제 겨우 초입에 섰을 뿐이다. 그러나 길을 잃지 않겠다. 현실에서 건져 올린, 삶의 냄새가 짙은 시조를 쓰도록 부단히 노력하겠다.

내 편인 남편과 두 아들 대식, 윤식, 그리고 올봄 선물처럼 온 며느리 지영, 지금껏 소녀의 감성을 간직한 엄마, 선수필 문우들, 두목회 덕희, 수정. 고맙습니다. 최명헌 시인과의 인연도 참 소중합니다. 박해성 시인님, 시조를 향한 갈증을 풀기 위해 시인님 블로그에 수시로 들락거리던 목련이 저였습니다. 마음껏 들이켜라고 열어 놓은 우물의 깊이는 헤아리지 못하고 마당만 어지럽혔습니다. 이근배, 이송희 두 분 심사위원님과 서울신문사에 감사드립니다. 매우 두렵지만 치열한 글쓰기로 이겨내겠습니다.

청춘들의 고단함 형상화…
시조의 현대성 구현해 주기를

시의 새로움은 같은 대상을 보아도 남들과 다르게 인식하고 표현하는 데서 태어난다. 시는 자신만의 시선을 지니고 자신만의 방식으로 발화할 수 있는, 발상과 표현의 신선함이 중요하다. 정형의 양식인 시조의 경우는 특히 더 새로운 관점과 특별한 발화의 방식을 요구한다. 달리 말하면 '감각의 실험'이라고 할 수 있으며 관습이나 기존 형식을 답습하지 않고 넘어서는 것을 말한다. 익숙한 대상과 상황에서 새로움을 찾는 것, 어제와는 다른 무언가를 발견하는 것이 시(시조)의 역할이고 의무가 아닐까. 그런 의미에서 올해 만난 응모작들은 참으로 반갑게 다가왔다.

최종심에 오른 작품은 「가방」 「신新거석문화」 「둘이 사는 원룸」 「자작나무 설인」 「수요일 동백」 등이다. 거듭된 논의 끝에 오정순 씨의 「가방」을 당선작으로 선정했다. "하루가 흔들리며 어깨를 짓누르"고 "때로 실밥 터지고 걸음 뒤뚱거"리며 "바닥을 탈탈 털어 잿빛 날들 고백"하고자 하는 오늘날 청춘들의 고단한 정서가 정제된 언어로 형상화하고 있었다.

그 과정에서 "끼워 넣을 내가 많아 어제보다 무거워요"나 "한쪽으로 쏠리는 기울기를 읽지 못해", "비구름 몰려 있는 귀퉁이 우산 한 개"와 같은 시적 화자의 진술이 돋보였다. 또한 "나, 라는 무게에서", "나, 라는 이력서", "나, 라는 햇살 목록"으로 연결되는 종장의 흐름은 작품에 균형감을 부여하는 의도적 장치로 읽혔다.

그러나 시대의 모순과 부조리를 담아내는 것만으로 시조의 역할이 완수되는 것은 아니다. 오랜 시간 시조라는 장르가 구축해 온 고유의 영역 위에 참신한 감각을 덧칠하고 소재의 확장을 지속해 가야 한다. 시조가

오정순 195

장르의 벽을 상쇄할 수 있는 잠재력은 여기에서 나온다. 긴장의 끈을 단단히 동여매고 시조의 현대성 구현을 위해 정진해 주기를 당부한다. 당선자에게는 축하를, 낙선자에겐 위로를 보내며, 시조 창작의 길에서 꼭 다시 만나길 바란다.

심사위원 : 이근배(시조시인) · 이송희(시조시인)

정인숙

1963년 서울 출생
수산물 거래 개인사업
2020년 《동아일보》 신춘문예 시조 부문 당선

jis2914@hanmail.net

■ 동아일보/시조

선잠 터는 도시

선잠 터는 도시

1.

선잠 털고 끌려나온 온기 꼭 끌안는다
자라목 길게 빼고 순서 하냥 기다려도
저만큼 동살은 홀로 제 발걸음 재우치고

나뭇잎 다비 따라 꽁꽁 언 발을 녹여
종종거릴 필요 없는 안개 숲 걸어갈 때
여전히 나를 따르는
그림자에 위안 받고

2.

정원초과 미니버스 안전 턱을 넘어간다
목울대에 걸린 울화 쑥물 켜듯 꾹! 넘기고
몸피만 부풀린 도시,
신발 끈을 동여맨다

소금꽃 피어나나요!

부드러운 바람 손길 일어서는 우수 무렵
동안거 든 메줏덩이 죄 흔들어 깨어놓고
켜켜이 앉은 시름을
말갛게 씻어낸다

소금물에 온몸 쟁여 황금빛 풀어내듯
불혹 줄에 엉킨 타래 술술 풀릴 날은 올까
손 모아 비손하는 시간
누름돌로 헤아린다

구두점 찍어야 할 말간 그날 기다리며
이 악물고 버틴 길섶 소금꽃 피어날 때
침묵 속 꼭꼭 누른 말들
숙성되어 터지겠지!

어떤 완경

거북등 흙더미 위 속살 내민 고랑 사이
붓대 세워 버티는 파, 비구름 기다린다
붓끝을 적시는 그날, 화룡정점 예비하며

꽃숭어리 피울 시간 목 빼든 하루하루
사이갈이 끝이 없는 너덜겅 길을 따라
온종일 자식바라기 땀방울 쏟는 그때

파고드는 명지바람 후드득! 단비 뒤끝
은분가루 하얀 붓을 머리에 올려놓고
바람의 숨결에 따라 휘젓는다 오! 완경完經

한겨울의 삽화
–포장마차

덧셈만 거푸하는 나이에 등 떠밀려
된바람이 점령한 길 휘장 둘러 되찾는다
두어 평 살뜰 공간이
꿈을 캐고 담는 자리

문패라야 삐딱 빼닥 손 글씨가 전부지만
걸친 옷보다 더 얇은 호주머니 호객해도
퍼주는 인심 하나는
언 강을 녹이고

휘이익! 호각소리 등줄기는 싸늘해도
막판에 몰린 외길 눈조차 깜박일까
무 써는 또각! 소리가
조는 별을 깨운다

발을 동동 구르다, 통통 뛴다…
신춘으로 온 내 봄을 맞는다

말하듯 쓰는 거야. 말을 글로 쓰라니까 곱씹어 땅 깊이 묻는다. 나의 봄은 늘 춥고 허기졌다. 양볼 가득 말을 넣고 씹고 또 씹는다. 오른쪽으로 씹고 왼쪽으로 씹어도 언제나 배는 고프고 봄은 안 온다. 말이 거짓말을 하자 글은 증거를 남겼다. 질겅질겅 한쪽에 묻어두고 또 거짓말을 쓰고 더할 거짓이 없을 즈음 드러나는 진실….

병아리 혓바닥만한 싹이 비척한 땅을 뚫는다. 고물상 앞을 지나다가도 글이 보이면 쭈그려 앉는다. 폐휴지 더미에서도 훔치듯 글을 따먹었다. 거리의 간판들도 내겐 신기한 먹을거리가 되어 입 가득 말을 물고 부르르 손짓하면 휘파람 음률이 생겼다.

봄이다. 봄이 왔다. 똑같은 하루가 왜 이리도 긴 건지. 휘청거리는 다리를 볏단처럼 묶어 간신히 앉는다. "봄이 왔어요." 허공에 대고 소리친다. 권투 경기처럼 잽도 날려본다. 발을 동동 구르다, 통통 뛰다, 신춘으로 온 내 봄을 맞는다.

아차차! 해야 할 인사말도 잊었다. 두 손 가지런히 모으고 무대 위 배우처럼 감사 인사드린다. 처음 손을 끌고 길을 알려 주신 백윤석 선배님, 말을 잘 읽을 수 있게 귀한 글 보내주신 박기섭 선생님, 글의 앞뒤와 깊이를 가늠할 수 있게 이끌어 주신 윤금초 교수님, 그리고 생면부지 한 번도 뵌 적 없는, 단단하고 올곧은 글들을 남겨놓으신 명작의 주인들에게. 365일 환한 밤을 밝히는 서울 가락시장 사람들, 진솔한 글을 써보라고 다독여주시고 손잡아주신 심사위원 선생님들께 머리 숙여 감사드린다. 우리 문학의 중심권에 다가선 시조, 이제 '구원의 시학'으로 우뚝 서기를 기대한다. 한 번 더 소리 지른다. 여러분, 정인숙 신춘 됐어요. 또박또박 글이 새겨진다. 잘 써보라고.

우울한 도시 풍경 심도 있게 묘사…
소시민의 의지도 잘 그려

최종까지 눈을 떼지 못하게 한 작품은 「물의 어머니」 「이정표로 뜨는 달빛」 「모죽」, 그리고 「선잠 터는 도시」였다. 「물의 어머니」는 수사가 근사하고 터치가 시원시원해 모던한 느낌이 들었다. 같은 작가의 「명자꽃」도 탄력성 있는 언어가 비눗방울이 되어 날아다니는 느낌이었다. 그런 장점에 비해 울림이 부족했다. 「이정표로 뜨는 달빛」도 표현 능력은 무난해 보였으나 내용 면에서 다소 단순했다. 그 작품 셋째 수에는 눈에 익은 가난 얘기가 나온다. 당선에 값할 만한 내용의 세목이 부족해 보였다. 「모죽」의 경우 작품 완성도나 내용의 깊이에서는 단연 돋보였다. 그래서 여러 번 읽고 토론했지만 어휘 사용 면에서나 소재 면에서 신선함이 부족했다.

결국 올해의 영광은 「선잠 터는 도시」를 쓴 정인숙 씨에게 돌아갔다. 시인은 우울한 오늘의 도시를 심도 있게 그렸다. 연필화처럼 희미한 선으로 그린 애잔한 풍경은 경제적 어려움 등 여러 문제에 직면한 우리의 현실을 상상하게 하는 여운을 머금고 있다. 구성 면에서 의도적으로 '1'과 '2'로 나눈 것도 충분히 효과적이라고 생각된다.

1부의 경우 인력시장의 가혹한 풍경을 그려놓고 2부는 인력시장 밖의 그늘을 그려놓고 있다. 2부 종장의 "몸피만 부풀린 도시/신발 끈을 동여맨다"는 이 시조의 화룡점정이라 할 수 있다. 외화내빈의 카오스 속에서도 그 생활에 절망하지 않고 새로운 길을 찾아 나서고자 하는 소시민의 의지가 잘 그려져 있기 때문이다. 부디 삶에 뿌리내린 건강한 시정신으로 한국 시조문학사의 내일을 만들어가는 일꾼이 되길 바란다. 대성을 빈다.

심사위원 : 이우걸 · 이근배(시조시인)

〈시〉 고명재 김건홍 김동균 김임선 박지일 선혜경
임효빈 정희안 차유오 최선
〈시조〉 김경태 김수형 오정순 정인숙

2020 신춘문예 당선시집

초판 1쇄 발행 2020년 1월 13일
초판 6쇄 발행 2022년 11월 4일

지은이 고명재 외
펴낸이 김종해
펴낸곳 문학세계사
이메일 mail@msp21.co.kr
홈페이지 www.msp21.co.kr
주소 서울시 마포구 신수로 59-1 (04087)
대표전화 02) 702-1800 | 팩시밀리 02) 702-0084
출판등록 제21-108호.(1979. 5. 16)

값 13,000원

ISBN 978-89-7075-938-8 03810
ⓒ 문학세계사, 2021

이 도서의 국립중앙도서관 출판예정도서목록(CIP)은 서지정보유통지원시스템
홈페이지(http://seoji.nl.go.kr)와 자료공동목록시스템
(http://www.nl.go.kr/kolisnet)에서 이용하실 수 있습니다.
(CIP제어번호: CIP2020000561)

06
허밍버드
클래식

그림 형제 동화집

허밍버드 클래식 06

그림 형제 동화집
The Fairy Tales of Grimm Brothers

2015년 11월 20일 초판 01쇄 발행
2020년 12월 25일 초판 06쇄 발행

—

지은이 야코프 그림, 빌헬름 그림   옮긴이 허수경   삽화 아서 래컴, 카이 닐센, 월터 크레인

발행인 이규상   편집인 임현숙
편집1팀 이소영, 황유라   디자인팀 손성규, 이효재
마케팅실 이인국, 전연교, 윤지원, 김지윤, 안지영, 이지수
영업지원 이순복   경영지원 김하나

—

펴낸곳 ㈜백도씨
출판등록 제2012-000170호(2007년 6월 22일)
주소 03044 서울시 종로구 효자로7길 23, 3층(통의동 7-33)
전화 02 3443 0311(편집) 02 3012 0117(마케팅)   팩스 02 3012 3010
이메일 book@100doci.com(편집·원고 투고) valva@100doci.com(유통·사업 제휴)
블로그 http://blog.naver.com/h_bird   인스타그램 @100doci

ISBN   978-89-6833-071-1 04850
        978-89-94030-97-5 (세트)

이 도서의 국립중앙도서관 출판예정도서목록(CIP)은 서지정보유통지원시스템 홈페이지(http://seoji.nl.go.kr)와
국가자료공동목록시스템(http://www.nl.go.kr/kolisnet)에서 이용하실 수 있습니다.
(CIP제어번호: CIP2015029755)

THE FAIRY TALES OF GRIMM BROTHERS

BY JACOB GRIMM AND WILHELM GRIMM

그림 형제 동화집

허수경 옮김

허밍버드
Hummingbird

지은이 야코프 그림 *Jacob Grimm* 빌헬름 그림 *Wilhelm Grimm*

독일의 문헌학자이자 언어학자. 형 야코프는 1785년, 동생 빌헬름은 1786년 헤센 주 하나우에서 태어났다. 형제 모두 괴팅겐 대학교 교수를 지냈으며 베를린 아카데미 회원으로 추천되었다. 독일어학, 전설, 신화 등의 연구에 일생을 바쳤다.
이들은 다양하고 이질적인 독일 민족을 정치적으로 통일시키는 방법의 일환으로 고대 독일의 민간 설화를 수집해 나갔다. 이것이 우리에게는 '그림 동화'로 알려진 《어린이와 가정을 위한 옛이야기(Kinder-und Hausmärchen)》로, 1812년 초판이 출간된 이래 증보를 거듭해 1857년 최종 판본으로 완성되었다.
이 외의 공동 저작으로 《독일 전설(Deutsche Sagen)》, 《독일어 사전(Deutsches Wörterbuch)》 등이 있다.
형제는 평생 서로에게 헌신하면서 각자 그리고 함께 끊임없이 학문에 정진하다가 동생 빌헬름이 1859년, 형 야코프가 1863년 세상을 떠났다.

옮긴이 허수경

시집 《슬픔만 한 거름이 어디 있으랴》, 《혼자 가는 먼 집》, 《내 영혼은 오래되었으나》, 《청동의 시간 감자의 시간》, 《빌어먹을, 차가운 심장》을 펴냈고, 산문집 《길모퉁이의 중국식당》, 《모래도시를 찾아서》, 《너 없이 걸었다》, 《그대는 할말을 어디에 두고 왔는가》, 장편소설 《모래도시》, 《아틀란티스야, 잘 가》, 《박하》, 옮긴 책으로 《사랑하기 위한 일곱 번의 시도》, 《끝없는 이야기》가 있다.
동서문학상, 전숙희문학상, 이육사문학상을 수상했다. 2018년 10월 3일, 독일에서 투병 중 별세했다.

삽화 아서 래컴 *Arthur Rackham*

영국의 삽화가. 1867년 런던에서 태어났다. 영국 그림책의 황금기를 이끈 삽화가 중 한 명으로 꼽힌다. 1914년 루브르박물관에 작품이 전시되기도 하였다. 《크리스마스캐럴》, 《이상한 나라의 앨리스》 등 수많은 작품에 그림을 남겼다. 1939년 영국 자택에서 암으로 세상을 떠났다.

삽화 카이 닐센 *Kay Nielsen*

덴마크의 삽화가, 무대미술가. 1886년 코펜하겐에서 태어났다. 《안데르센 동화집》 등의 삽화를 그렸으며, 〈판타지아〉의 디자인에 참여하는 등 디즈니 사와의 컬래버레이션으로도 잘 알려져 있다. 1957년 미국에서 세상을 떠났다

삽화 월터 크레인 *Walter Crane*

영국의 예술가. 1845년 리버풀에서 태어났다. 빅토리아 시대 말기에 활약하였으며, 특히 벽지, 스테인드글라스, 자수 등의 디자인과 그림책 삽화에 뛰어났다. 50여 권에 이르는 어린이책에 삽화를 그렸다. 1915년 런던에서 세상을 떠났다.

이 책의 원서를 접한 것은 마르부르크 기차역에서였다. 마르부르크는 독일 헤센 주에 있는 작은 대학 도시로, 그곳에서 나는 독일어를 배웠다. 그때 알게 된 많은 친구들 중에는 당연하겠지만 독일인 친구도 있었다. 1년 반쯤 지나 내가 다른 도시의 대학으로 떠나게 되었을 때 그 친구가 《그림 형제 동화집》을 선물했다. 새로운 도시와의 사귐이 외로울 때 읽으라면서. 그림 형제는 마르부르크 가까이에 있는 카셀이라는 도시에서 이 이야기들을 모아 적었고, 마르부르크 대학과도 인연이 깊었다면서, 마르부르크에서의 나날들을 잊지 말라고도 했다. 그림의 이야기들을 떠올릴 때면 작고 아름다워 말 그대로 동화 같았던 도시 마르부르크도 잊을 수 없지만, 덩치가 어마어마해 친구들로부터 '하마'라고 불리던, 마음씨 좋고 공부만을 사랑했던 그 친구도 잊을 수가 없다.

마르부르크에서 기차를 기다리면서 나는 친구가 준 책을 읽었다. 어릴 때 많이 읽었던 그림 형제 동화였지만 원서로 읽는 것은 이때가 처음이었다. 물론 독일어를 배운 지 얼마 되지 않아서 줄줄 읽어 나가지는 못했다. 한 줄 한 줄, 그저 띄엄띄엄 읽었다. 그런데도 이야기들은 정말 재미있었다. 마녀, 난쟁이에서부터 마법에 걸린 왕자와 공주에, 여우가 말을 하고 나무에서 황금 사과가 열리고 등불의 푸른 불빛은 꺼지는 법이 없고, 뱀 고기를 먹었더니 갑자기 동물들의 말이 들리고……. 마르부르크 역사를 '9와 4분의 3 승강장'으로 둔갑시키는, 그야말로 환상의 세계였다. 이런 판타지를 읽을 나이는 이미 지났다고 생각하고 있었는데 그게 아니었나 보다. 하긴, 따지고 보면 환상의 세계를 즐기는 데 나이가 무슨 상관인가. 무엇보다 우리가 흔히 '그림 동화'라고 알고 있는 이야기들이 아름답고 순수한 것만은 아니다.

이제는 많이 알려졌지만, '그림 동화'들은 그림 형제의 순수 창작물이 아니다. 그림 형제가 당시 그들이 살던 헤센 주의 농부 아낙, 사냥꾼, 상이군인 들에게 들은 이야기들을 모아 편집한 것이다. 이들은 수많은 민담을 수

집한 뒤 에로틱한 묘사를 빼고 종교적인 색채를 더하는 등 부분적으로 이 야기를 각색했다. 현재 그림 이야기를 연구하는 이들에 따르면 그림 형제 는 종교 탄압을 피해 헤센 주로 들어온 프랑스 신교(新敎) 여인들에게서도 이야기를 들었다고 하니, 실제로 이 책에 나오는 이야기들은 순전히 게르 만의 유산이기만 한 것이 아니라 중부 유럽의 산물인 셈이다. 한 예로 프랑 스 작가 샤를 페로의 〈신데렐라〉와 그림 형제의 〈아셴푸텔〉은 한 줄기에서 나왔다고 봐야 할 만큼 닮아 있다. 연구자들의 이런 견해는 물론 귀 기울여 들을 만하지만, 사실 이야기는 이야기로서 이미 충분한 가치가 있다. 이 책 의 많은 환상적인 이야기들이 우리를 행복하게 한다면 그것보다 좋은 일 이 어디 있겠는가.

그렇게 새 도시 뮌스터로 옮겨 와서도 그림 형제의 이야기들을 읽는 나 날이 이어졌다. 잠이 오지 않는 밤에, 또 감기가 찾아와 강의를 들으러 갈 수 없는 날에, '하마'의 말대로 새로운 도시가 날 외롭게 할 때, 그들의 이야 기를 읽으며 행복해졌다. 한번은 황금 사과를 찾아가는 이야기를 읽다가

기숙사 창문 바깥으로 지는 긴 여름 해를 본 적이 있다. 그리고 다시 책 속에 눈을 주고 잠깐 시간이 흘렀다고 생각했는데, 이런, 벌써 맑은 밤하늘에 별이 총총했다.

이 책이 나에게 그랬듯 당신에게도 잠 못 이루는 밤에, 아픈 날의 침대 맡에 동반해 줄 친구가 되기를 바란다. 누군가 곁에서 오랜 이야기를 들려 주는 듯한 포근함이 어쩌면 우리의 외로움을 지워 줄지도 모르니.

허수경

CONTENTS

1
헨젤과 그레텔

큰 숲 앞에 한 가난한 나무꾼이 새 아내와 두 아이와 함께 살고
있었다. 소년의 이름은 헨젤이었고 소녀는 그레텔이었다. 나무꾼
의 집에는 먹을 양식이 충분치 않았고, 기근까지 들자 모두가 나눠
먹을 빵조차 구할 수 없었다. 어느 밤 나무꾼은 침대에 누워 걱정으
로 이리저리 뒤척이며 한숨을 내쉬다가 아내에게 말했다.

"어찌 살까? 우리 먹을 것도 부족한데 어떻게 아이들을 충분히
먹일 수 있을까?"

아내가 소곤거렸다.

"여보, 이러면 어떻겠어요? 아이들을 이른 새벽에 가장 깊은 숲
속으로 데리고 가서, 불을 피워 주고 빵을 한 조각씩 쥐어 주고는
우리는 일을 하러 가는 거예요. 아이들만 내버려 두고. 아이들은 집

으로 오는 길을 찾지 못할 거예요. 그러면 녀석들을 떼어 버릴 수 있지 않겠어요?"

"아니, 여보. 난 그런 짓은 절대 하지 않을 거요. 아이들을 숲에 내버리다니! 그런 몹쓸 짓을 하고 양심의 가책을 어찌 견딜 수 있겠소. 무서운 짐승들이 곧 달려들어서 아이들을 갈가리 찢어 버릴 텐데."

"어찌 그리 바보 같은 소릴 해요. 그렇게라도 하지 않으면 우리 넷 모두 굶어 죽어 나갈 판인데. 우리 다 죽으면 당신에게 남는 일은 나무로 관을 짜는 것뿐이라고요."

아내는 남편이 받아들일 때까지 채근했고, 남편에게 남은 일은 승낙하는 것뿐이었다.

"하지만 우리 아이들 불쌍해서 어떡하오."

배가 고파서 잠을 잘 수 없었던 두 아이는 계모가 아버지를 어떻게 꼬드기는지 다 엿들었다. 그레텔은 서럽게 울면서 헨젤에게 말했다.

"우리는 버려질 거야."

"조용히 해, 그레텔. 서러워하지 마. 내가 무슨 수든 생각해 낼게."

부모가 잠이 들자 헨젤은 일어나 윗옷을 들쳐 입고는 문 아래쪽의 쪽문을 열고 몰래 바깥으로 나갔다. 달이 훤하게 떠 있어서 집

앞의 하얀 자갈돌들이 달빛 아래에서 은화처럼 번쩍거렸다. 헨젤은 몸을 굽히고 자갈돌을 집어 윗옷 주머니에 넣을 수 있는 만큼 넣었다. 그러고는 집으로 돌아가 그레텔에게 말했다.

"안심해, 그레텔. 편안하게 자렴. 하느님은 우리를 떠나지 않을 거야."

그 말을 하고, 헨젤은 침대로 가서 누웠다.

날이 새고 아직 해가 떠오르지도 않았는데 계모가 와서 아이들을 깨웠다.

"일어나, 이 게으름뱅이들아. 숲으로 가서 나뭇가지를 모아야 한다고."

계모는 아이들에게 빵을 한 조각씩 쥐어 주면서 말했다.

"점심이다. 미리 먹지 마, 이것 말고는 더 먹을 게 없을 테니."

헨젤의 주머니에는 자갈돌이 들어 있었으므로 그레텔은 오빠 몫의 빵을 받아 앞치마 아래에 넣어 두었다. 그런 다음 모두 숲을 향해 갔다. 얼마간 걸었을 때 헨젤은 잠시 멈추어 서서 집 쪽을 돌아보았고, 다시 걷다가 멈추어서는 집 쪽을 바라보기를 반복했다. 아버지가 이상하다는 듯 물었다.

"헨젤, 뭘 그리 보는 게냐. 자꾸 그러면 너 혼자 남게 된다. 조심해. 걷는 거 잊지 말고."

"아버지, 하얀 고양이를 보고 있어요. 저기 지붕 위에 앉아서 제게 작별 인사를 하는 고양이요."

계모가 끼어들었다.

"바보 같은 녀석. 저게 고양이로 보여? 저건 굴뚝을 비추는 아침 해야."

헨젤은 고양이를 보고 있었던 게 아니라 주머니에 넣어 둔 하얀 자갈돌을 길 위에 던지고 있었다.

그들이 숲 가운데 당도했을 때 아버지가 말했다.

"자, 애들아, 나뭇가지를 모아라. 너희들이 춥지 않도록 내가 불을 피워 주마."

헨젤과 그레텔은 나뭇가지를 작은 산만큼 모아서는 짊어 날랐다. 가지에 불이 붙고 불꽃이 제대로 피어오르자 계모가 아이들에게 말했다.

"애들아, 불 옆에 누워 쉬고 있으렴. 우리는 숲으로 들어가서 나무를 팰 테니. 일이 끝나면 너희들을 데리러 오마."

헨젤과 그레텔은 불 옆에 앉아 있었다. 정오가 되었을 때 둘은 제 몫으로 주어진 빵을 먹었다. 아직 나무를 패는 소리가 들려서 아이들은 아버지가 근처에 있다고 믿었다. 하지만 그건 도끼 소리가 아니었다. 아버지는 나뭇가지 하나를 말라비틀어진 나무에 매달아 두었는데, 바람이 지나가면 그 나뭇가지가 나무를 때리면서 나는 소리였다. 너무 오래 앉아 있었던 탓에 피곤해서 눈이 저절로 감겼

고, 아이들은 깊은 잠에 들고 말았다. 그들이 깨어났을 때
는 이미 칠흑 같은 밤이었다. 그레텔은 울기 시작했다.

"어떻게 숲에서 빠져나가!"

헨젤은 의연하게 그레텔을 달랬다.

"조금만 기다려, 달이 뜰 때까지. 그럼 길을 찾을 수 있을 거야."

달이 휘영청 떴을 때 헨젤은 누이의 손을 잡고 자갈돌을 따라서
걷기 시작했다. 자갈돌은 달빛을 받아서 마치 금방 찍어 낸 은화처
럼 은은한 빛을 내며 그들에게 길을 가리켰다. 둘은 밤을 새워 걸
었고 날이 샐 무렵 집에 다다랐다. 아이들은 문을 두드렸다. 계모는
문을 열다가 아이들을 보고는 목소리를 높였다.

"나쁜 녀석들. 숲에서 그렇게 오래 잠에 빠지다니. 우리는 너희
가 다시는 돌아오지 않을 거라고 생각했다."

아버지는 기뻐서 어쩔 줄 몰랐다. 아이들만 남겨 두고 온 것이
마음 아팠기 때문이다.

얼마 지나지 않아서 다시 극심한 어려움이 찾아왔다. 아이들은
밤에 침대에서 계모가 아버지에게 속삭거리는 소리를 들었다.

"이봐요, 또 양식이 바닥났잖아요. 이제 먹을 거라고는 빵 반 토
막밖엔 없어요. 그걸로 입에 넣을 건 끝이라고요. 아이들을 보내야
해요. 더 깊숙한 숲으로 데리고 가야 한다고요. 아니면 우리 다 끝
장이야."

지난 일로 마음이 무거웠던 아버지는 이번만큼은 마지막 빵 부스러기까지 아이들과 나누리라고 마음먹었다. 하지만 계모는 남편의 말을 듣지 않고 계속 붙들고 늘어지면서 욕을 퍼부으며 책임을 추궁했다. 일단 한번 시작한 일은 계속해야 하는 법이었다. 아버지는 이미 뜻을 굽힌 적이 있었으므로 이번에도 어쩔 수 없이 승낙을 해야 했다.

아이들은 그때까지 깨어 있었고, 아버지와 계모의 대화를 고스란히 다 들었다. 부모가 잠이 들었을 때 헨젤은 다시 일어나서 저번처럼 바깥으로 나가 자갈돌을 주워 오려고 했다. 하지만 계모가 벌써 문을 꼭꼭 잠가 두어서 바깥으로 나갈 수가 없었다. 그런데도 헨젤은 누이를 위로했다.

"울지 마, 그레텔. 걱정 말고 잠들어. 하느님이 우리를 도와줄 거야."

아침 일찍 계모가 와서는 아이들을 침대에서 끌어내었다. 아이들은 빵 한 조각씩을 받았지만 크기는 저번보다 훨씬 작았다. 숲으로 가는 길에 헨젤은 주머니 속에 있는 빵 조각을 잘게 부쉈다. 그리고 종종 조용히 멈추어 서서는 빵 부스러기를 땅 위에 던졌다.

"헨젤, 왜 서서 둘레둘레하는 거냐. 바지런하게 걸으라니까."

"제 비둘기를 보고 있었어요. 비둘기가 지붕 위에 앉아서 잘 가라고 하잖아요."

계모가 끼어들었다.

"바보 같은 놈. 그건 네 비둘기가 아니라 굴뚝 위를 비추는 아침 해야."

헨젤은 아랑곳 않고 하나씩 하나씩 가지고 있던 빵 부스러기 모두를 길 위에 던졌다.

계모는 아이들이 단 한 번도 가 본 적 없는 더 깊은 숲 속으로 그들을 데리고 갔다. 그곳에서 다시 커다란 모닥불을 피우고는 아이들에게 말했다.

"애들아, 여기 앉아 있으렴. 피곤하거든 조금 자 두어라. 우리는 숲으로 가서 나무를 패다가 저녁에 일이 끝나면 너희들을 데리러 올게."

정오가 되었을 때 그레텔은 제 몫의 빵 조각을 오빠와 나누어 먹었다. 헨젤의 빵 조각은 이미 길 위에 다 뿌려져서 그에게는 아무것도 없었다. 빵을 먹고 난 그들은 잠이 들었다. 저녁이 되었지만 누구도 불쌍한 아이들을 데리러 오지 않았다. 아이들은 칠흑 같은 밤이 왔을 때에야 잠에서 깨어났다. 그레텔이 칭얼거리자 헨젤은 누이를 달랬다.

"기다려, 그레텔. 달이 떠오를 때까지. 그러면 내가 길 위에 뿌려 둔 빵 부스러기를 달빛이 비추어 줄 거야. 그것들이 우리에게 집으로 가는 길을 알려 줄 거라고."

달이 떴을 때 아이들은 길을 나섰지만 빵 부스러기를 발견할 수는 없었다. 숲과 들판에 날아다니는 수많은 새들이 빵 부스러기를 다 쪼아 먹었기 때문이다. 헨젤은 그레텔을 안심시켰다.

"곧 길을 찾을 거야."

하지만 둘은 길을 찾을 수가 없었다. 한 밤을 걷고, 아침부터 저녁까지 한 날을 꼬박 걸었지만 숲 바깥으로 나가지조차 못했다. 고작 숲에서 자라는 나무에 달린 열매 몇 개만을 먹었을 뿐이므로 배가 하염없이 꼬르륵거렸다. 피곤이 덮쳐 와서 더 이상 걸을 수조차 없어지자 아이들은 나무 밑에 누워 잠이 들었다.

어느덧 아이들이 아버지의 집을 떠나고 난 뒤 세 번째 아침이 왔다. 둘은 다시 길을 찾으려고 했지만 그럴수록 더 깊은 숲 속으로 들어갈 뿐이었다. 아이들은 도움을 받지 않으면 배고픔과 갈증으로 죽을 지경까지 이르렀다. 정오 무렵 그들은 아름답고도 눈처럼 흰 작은 새 한 마리가 나뭇가지에 앉아 있는 것을 보았다. 새가 너무나 아름답게 지저귀기에 둘은 멈추어 서서 새가 부르는 노랫소리에 귀를 기울였다. 노래를 마친 새는 날개를 퍼덕이더니 아이들 앞에서 이리저리 날기 시작했다. 새가 날갯짓을 멈추고 어느 집에 이르러 지붕 위에 앉을 때까지 아이들은 새를 따라갔다. 집에 가까이 다가섰을 때, 아이들은 그 집이 빵으로 지어졌다는 사실을 알아차렸다. 지붕은 케이크로 덮여 있었고 창문은 밝은 빛의 설탕이었다. 헨젤이 환성을 질렀다.

"와, 이 집을 먹어 보자! 정말 맛있겠다. 그레텔, 나는 지붕을 한 조각 먹을 테니 넌 창문을 먹으렴. 달콤할 거야."

헨젤은 지붕을 기어 올라가서, 그레텔은 창문 앞에 서서 야금야금 집을 먹기 시작했다. 그때 집 안에서 고운 음성이 들려왔다.

야금야금, 야금야금, 사각사각
누가 내 작은 집을 야금야금 먹는 게야?

아이들은 대답했다.

바람, 바람이요
하늘에서 온 아이들이요

그러고는 그 목소리를 듣는 둥 마는 둥 먹는 데만 골몰했다. 지붕 맛이 기가 막혔는지라 헨젤은 커다란 조각 하나를 아래로 떼어 내었다. 그레텔은 둥근 창문을 통째로 제 쪽으로 들고 와서 주저앉은 채 정신없이 먹었다. 그런데 갑자기 문이 열리더니 지팡이를 짚은 늙어 꼬부라진 할멈이 슬그머니 걸어 나왔다. 헨젤과 그레텔은 너무 놀란 나머지 손에 든 것을 떨어뜨리고 말았다. 할멈은 고개를

흔들거리며 말했다.

"아이, 착한 아이들아. 누가 너희를 여기까지 데리고 왔니? 들어오렴. 내 옆에 있으면 아무도 너희를 해치지 못한단다."

할멈은 둘의 손을 잡고는 집 안으로 이끌었다. 식탁에는 이미 우유와 설탕, 사과, 견과류를 넣은 팬케이크가 차려져 있었다. 실컷 먹고 마시고 난 뒤에는 편안하고 작은 침대가 준비되었다. 둘은 침대에 누워 꼭 하늘나라에 온 것 같다고 생각했다.

하지만 할멈은 친절한 척했을 뿐, 사실은 빵으로 만든 집으로 아이들을 꾀어 잡아먹는 마녀였다. 아이가 걸려들면 죽여 요리를 해서 먹어 치웠다. 그날이 마녀에게는 잔칫날이었다. 마녀는 눈이 붉어서 멀리 보지는 못했지만 후각이 짐승처럼 예민해서 사람이 가까이 오면 금방 알아차릴 수 있었다. 헨젤과 그레텔이 집 가까이 오자 마녀는 음흉하게 웃으며 조롱하듯이 말했다.

"저 녀석들은 내 거야. 녀석들이 다시는 도망가지 못하게 할 거라고."

아이들이 깨어나기도 전, 아침 일찍 마녀는 이미 잠자리에서 일어났다. 그리고 붉고도 통통한 뺨을 가진 아이 둘이 그토록 편안하게 잠들어 있는 모습을 보며 중얼거렸다.

"정말 맛있게도 생겼네."

그러고는 말라비틀어진 헨젤을 손으로 잡아채어 작은 우리로 데리고 가서는 창살이 박힌 문 뒤에 가두어 버렸다. 헨젤은 큰 소리로 도움을 청하려고 했지만 아무 소용이 없었다. 마녀는 이번에는 그레텔에게로 가서 그녀를 흔들어 깨웠다.

"일어나, 게으른 년 같으니. 물을 길어 와. 그리고 네 오빠에게 맛있는 음식 좀 만들어 줘. 네 오빠는 바깥에 있는 우리 속에서 살이 뒤룩뒤룩 쪄야 해. 녀석이 뚱뚱해져야 내가 맛있게 먹을 수 있으니까."

그레텔은 쓰라린 눈물을 흘렸으나 아무 소용이 없었고, 마녀가 시키는 대로 따를 수밖에 없었다.

그날부터 불쌍한 헨젤은 제일로 좋은 음식만을 받았으나, 그레텔은 게딱지 말고는 먹을 것을 얻지조차 못했다. 아침마다 마녀는 작은 우리로 와서는 헨젤을 불렀다.

"헨젤! 손가락을 내밀어라. 살이 알맞게 올랐는지 보게."

헨젤은 가녀린 뼈를 마녀 앞으로 내밀었다. 눈이 어두운 마녀는 그것이 헨젤의 손가락이라고 믿고는 아이가 살이 오르지 않는 것을 의아하게 여겼다. 4주가 지나갔지만 여전히 헨젤은 살이 찌지 않았고, 마녀는 조급해져서 더 이상 기다리려고 하지 않았다.

"그레텔, 서둘러 물을 길어 와. 네 오빠가 뚱뚱하든 말랐든 내일 잡아서 요리할 거니까."

불쌍한 그레텔은 물을 길어 오면서 눈물로 뺨을 적시며 얼마나 슬퍼했는지!

"하느님, 우리를 도와주세요. 차라리 숲에서 길짐승에게 잡아먹혔더라면 함께 죽었을 텐데."

"청승맞게 소리 좀 지르지 마. 아무 소용 없으니까."

마녀는 그레텔을 비웃기만 했다.

아침 일찍 그레텔은 물이 가득 든 솥을 걸고 불을 피워야 했다. 마녀가 그레텔을 재촉했다.

"먼저 빵을 구워야지. 이미 화덕에 불을 지펴 놓았고 반죽도 만들어 두었어."

마녀는 불쌍한 그레텔을 불꽃이 넘실거리는 집 바깥의 화덕 쪽으로 밀쳤다.

"안으로 기어 들어가. 그리고 반죽을 넣어도 될 만큼 잘 달아올랐는지 살피라고."

그레텔이 화덕 속으로 들어가면 마녀는 화덕 문을 닫아 버릴 생각이었다. 그리고 그 안에서 구워진 그레텔을 먹어 치우려고 했다. 하지만 그레텔은 마녀의 속셈을 짐작하고 있었으므로 짐짓 말했다.

"어떻게 해야 하는지 모르겠어요. 어떻게 안으로 들어가죠?"

"둔한 거위 같은 년. 문이 이렇게 넓은데 무슨 소리냐. 봐라, 나도 들어갈 수 있겠다."

마녀는 화덕 가까이로 기어 와서는 머리를 그 속에 집어넣었다. 그때 그레텔이 마녀를 뒤에서 힘껏 차 화덕 안으로 밀어 넣고는, 철로 만들어진 문을 닫고 빗장을 질러 버렸다. 마녀는 화덕 속에서 끔찍스레 울부짖기 시작했다. 하지만 그레텔은 모른 척 떠났고, 마녀는 그 안에서 처참하게 불태워졌다.

그레텔은 한눈을 팔지 않고 곧장 오빠에게로 가서 우리 문을 열었다.

"오빠, 우리 살았어. 늙은 마녀는 죽었어."

문이 열리자마자 헨젤은 마치 새장 안에 갇혔던 새처럼 재빨리 뛰어나왔다. 그들은 얼마나 기뻤던지 서로 목을 끌어안고는 껑충 껑충 뛰었고 볼에다 입을 맞추었다! 더 이상 무서워할 것이 없었으므로 둘은 마녀의 집 안으로 들어갔다. 구석구석에 진주와 보석이 가득 찬 궤짝이 있었다.

"자갈돌보다 낫잖아!"

헨젤은 탄성을 지르고는 주머니 가득 보석들을 집어넣었다. 그레텔도 앞치마 속에 보석들을 집어넣으며 말했다.

"나도 집에 가져가야지."

"이제 가자. 어서 이 마녀의 숲에서 벗어나자고."

몇 시간 동안 걷고 나니 그들 앞에 커다란 강이 나타났다.

"우리, 건너갈 수가 없어. 징검다리도 없고 다리도 없어."

헨젤이 말했다.

"배도 지나다니지 않아. 어, 저기 좀 봐! 오리들이 헤엄치고 있네. 오리들에게 부탁하면 우리를 강 저편으로 데리고 가 줄 거야."

그레텔이 말하고는 오리들을 불렀다.

작은 오리야, 작은 오리야
여기 그레텔과 헨젤이 서 있어
징검다리도 다리도 없어
우리를 네 하얀 등 위에 태워 주렴

오리가 가까이 다가왔다. 헨젤은 오리 등에 올라타고는 동생에게 함께 타자고 했다. 그레텔은 고개를 살래살래 흔들었다.

"오리에게 우리 둘은 너무 무거울 거야. 한 사람씩 차례대로 건너게 해 달라고 해."

착한 오리는 그렇게 했고 둘 다 무사히 강을 건넜다. 한참을 걸어가니 점점 낯익은 숲이 모습을 드러냈다. 드디어 저 멀리 아버지의 집이 보였다. 그들은 숨차게 달리기 시작했고 무너지듯 집 안으로 들어가서는 아버지의 목을 끌어안았다. 아이들을 숲에 버리고 난 뒤 아버지는 단 하루도 평안하지 않았다. 계모는 이미 죽고 없었다. 그레텔이 앞치마를 털어 내자 진주들과 다른 보석들이 방 안에 흩어지며 굴러다녔다. 헨젤은 한 움큼 한 움큼씩 보석들을 주머니에서 끄집어내었다. 드디어 가난에 대한 근심은 사라졌고, 가득한 행복 속에 셋은 살았다.

이야기는 여기까지야. 어? 저기 생쥐 한 마리가 기어가네. 누구든 생쥐를 잡으면 커다란 가죽 모자를 만들어도 될 텐데.

2
빨간 모자

옛날에 작고도 귀여운 소녀가 있었다. 소녀를 아는 모든 이들이 그녀를 좋아했지만 그 가운데서도 할머니가 제일로 소녀를 사랑했다. 할머니는 이 세상에 있는 모든 것을 손녀에게 주고 싶어서 안달을 내곤 했다. 언젠가 할머니는 손녀에게 빨간 벨벳으로 만든 작은 모자를 선물했다. 모자는 소녀에게 너무나 잘 어울렸고 그녀 역시 다른 모자는 쓰려고 하지 않고 늘 그 모자만을 쓰고 다녔으므로 사람들은 소녀를 '빨간 모자'라고 불렀다.

어느 날 소녀의 어머니가 소녀에게 부탁했다.

"빨간 모자야, 여기 케이크 한 조각하고 포도주를 할머니께 드리고 오렴. 할머니는 편찮으시고 많이 허약해지셨거든. 이걸 드시고 기운을 차리셔야 해. 날이 뜨거워지기 전에 가. 걸을 때는 얌전하고 조신하게, 길을 따라서만 걸어야 한다. 넘어져서 포도주병을 깨뜨릴 수도 있으니까. 그러면 할머니가 마실 게 없잖니. 할머니 댁에 당도하거든 아침 인사 드리는 거 잊지 말고 집 구석구석을 흘끔거리지 말고."

"제가 알아서 잘할게요."

빨간 모자는 어머니에게 말하면서 어머니의 손 위에 제 손을 얹었다. 할머니는 마을에서 반 시간쯤 떨어진 거리에 있는 숲 속에 살고 있었다. 빨간 모자가 숲에 당도했을 때 늑대와 마주쳤다. 그녀는 늑대가 얼마나 악한 짐승인지 몰랐으므로 겁을 내지도 않았다.

"안녕, 빨간 모자야."

"안녕. 안부를 물어 주다니 정말 고맙구나, 늑대야."

"근데 너, 아침 일찍 어디 가니?"

"할머니에게."

"앞치마 밑에는 뭐가 들어 있니?"

"어제 구운 케이크랑 포도주. 몸이 편찮으셔서 허약해진 할머니가 맛있는 걸 드시고 기운을 차리셨으면 해서."

"빨간 모자야, 할머니는 어디에 사시는데?"

"아직 15분 정도 더 가야 하는 숲 속에, 커다란 참나무 세 그루 밑에, 그곳에 할머니 댁이 있어. 아래에는 호두나무 울타리가 있고. 너도 아는 곳일 거야."

늑대는 그 순간 이런 생각을 하고 있었다.

'어리고 부드러운 계집아이, 정말 좋은 먹잇감이 될 거다. 이 계집아이가 할머니보다는 맛이 좋겠지. 둘 다 잡아먹으려면 시작을 잘해야 해.'

늑대는 한동안 빨간 모자 옆에서 걸어가다가 다시 말을 걸었다.

"빨간 모자야, 여기 피어 있는 아름다운 꽃들 좀 보렴. 왜 주위를 둘러보지도 않니? 새들이 저렇게 곱게 지저귀는 소리를 듣지도 못하는 모양이구나. 꼭 학교에 가는 것처럼 그렇게 걷다니. 이 숲에 재미나는 게 얼마나 많은데."

빨간 모자는 눈을 커다랗게 뜨고 주위를 살펴보았다. 햇살이 나무 사이에서 이리저리 춤을 추고 아름다운 꽃들이 가득 핀 것이 보였다.

'할머니에게 갓 딴 꽃으로 엮은 꽃다발을 가져다 드리면 얼마나 좋아하실까. 아직 이른 시간이니 길을 좀 벗어나더라도 제때에 도착할 수 있을 거야.'

빨간 모자는 가려던 길을 벗어나서 숲 속으로 꽃을 찾으러 나섰다. 꽃을 한 송이 꺾고 나면 안쪽에는 더 아름다운 꽃이 피어 있을 거라는 생각이 들었고, 그렇게 점점 깊은 숲 속으로 소녀는 들어가게 되었다. 하지만 늑대는 할머니가 사는 집을 향해 곧장 걸어가서 문을 두드렸다.

"누구요?"

"빨간 모자예요. 케이크와 포도주를 드리려고 왔어요. 문 열어주세요."

"손잡이를 누르렴. 난 너무 힘이 없어서 일어날 수가 없구나."

늑대는 문손잡이를 눌렀다. 문이 열리자 늑대는 한마디 말도 없이 집 안으로 들어갔고 곧장 침대로 가서는 할머니를 집어삼켰다. 그런 다음 할머니의 옷을 입고 모자를 쓰고는 침대에 누워 커튼을 쳤다.

빨간 모자는 꽃을 찾아 이리저리 다니다가 꽃다발 하나를 만들 만큼 꽃이 모이고 이 이상은 들고 갈 수 없겠다는 생각이 들자 번쩍 할머니가 떠올랐다. 소녀는 서둘러 할머니에게로 갔다. 집에 도착해 보니 문이 열려 있어 빨간 모자는 놀랐다. 방 안으로 들어서는데 묘한 느낌이 밀려왔다.

"어휴, 오늘따라 왜 이렇게 불안하지? 할머니한테 오는 거, 얼마나 좋아하는데!" 소녀는 중얼거리다 외쳤다.

"할머니, 안녕하세요?"

하지만 할머니는 아무 대답도 하지 않았다. 빨간 모자는 할머니의 침대로 가서는 커튼을 열어젖혔다. 침대에는 할머니가 누워 있었다. 하지만 모자로 깊숙이 얼굴을 가리고 있어서 퍽이나 우스꽝스럽게 보였다.

"어머, 할머니, 어쩜 이렇게 귀가 커요!"

"그래야 네 말을 잘 들을 수 있으니까."

"어머, 할머니, 어쩜 이렇게 눈이 커요!"

"그래야 널 잘 볼 수 있으니까."

"어머, 할머니, 어쩜 이렇게 손이 크다니요!"

"그래야 널 잘 잡을 수 있으니까."

"어머, 할머니, 어쩌면 이렇게 커다란 주둥이라니!"

"그래야 널 잘 잡아먹을 수 있으니까."

그 말이 끝나자마자 늑대는 단숨에 침대에서 일어나서 불쌍한 빨간 모자를 집어삼키고 말았다.

배를 채운 늑대는 다시 침대에 누워 잠이 들었다. 그러고는 천장이 떠나가도록 코를 골기 시작했다. 그때 마침 사냥꾼이 할머니의 집을 지나갔다.

'아니, 노인이 저렇게 크게 코를 골다니. 들어가서 무슨 일인지 살펴보는 게 좋겠어.'

사냥꾼은 방으로 들어왔다. 침대 앞으로 갔을 때 그는 침대 속에 누워 있는 늑대를 발견했다.

"이놈을 여기에서 보는구나, 더러운 놈. 오랫동안 찾았는데."

그리고 사냥꾼은 엽총으로 늑대를 쏘려고 했다.

"아 참, 이놈이 노인네를 잡아먹었을 수도 있겠군. 아직 구할 수 있을지 몰라. 쏘지 말자."

사냥꾼은 가위로 잠이 든 늑대의 배를 자르기 시작했다. 몇 번 가위질을 하자 반짝이는 빨간 모자가 보였다. 몇 번 더 가위질을 하니 소녀가 늑대의 배에서 튀어나왔다.

"어휴, 십년감수했네. 늑대 배 속은 너무 어두워요."

할머니도 아직 산 채로 배 속에서 나왔으나 거의 숨을 쉬지도 못했다. 빨간 모자는 재빨리 커다란 돌들을 가지고 와서는 늑대 배 속에 채워 넣었다. 늑대가 깨어나서 도망가려고 했지만 돌은 너무나 무거웠고 결국 찌부러져서 죽고 말았다.

셋은 만족했다. 사냥꾼은 늑대의 가죽을 벗겨 내서는 집으로 갔고, 할머니는 빨간 모자가 가져온 케이크를 먹고 포도주를 마시고는 다시 기운을 차렸다. 빨간 모자가 생각해 낸 교훈은 이랬다.

"다시는 길을 벗어나 혼자서 숲으로 들어가지 말아야지. 엄마가 하지 말라면 안 할 거야."

이 이야기는 다르게도 전해진다. 언젠가 빨간 모자가 늙으신 할머니에게 구운 과자를 가지고 갈 때 다른 늑대가 나타나서는 빨간 모자에게 말을 걸며 길에서 벗어나라고 권했다. 하지만 빨간 모자는 경계하며 곧장 제 길을 갔다. 그러고는 할머니에게 늑대를 만났는데 말로는 좋은 하루 보내라고 했지만 눈은 너무 사악해 보이더라고 일렀다.

"사람들이 많이 다니는 길이 아니었다면 날 잡아먹고 말았을 거예요."

"빨간 모자야, 이리 오렴. 늑대가 들어오지 못하도록 문을 잠그자."

곧 늑대가 문을 두드렸다.

"문을 열어 주세요, 할머니. 빨간 모자예요. 구운 과자를 가지고 왔어요."

빨간 모자와 할머니는 대꾸를 하지 않고 문도 열지 않았다. 늑대는 수십 번 집 주위를 돌다가 결국 지붕 위로 올라가 저녁이 되어 빨간 모자가 집으로 돌아가기를 기다리기로 했다. 이 나쁜 짐승은 소녀의 뒤를 몰래 따라가서는 어둠이 찾아오면 잡아먹으려 한 것이다. 하지만 할머니는 늑대의 속셈을 알아차렸다. 문 앞에는 커다란 돌로 만든 함지가 있었다. 할머니가 손녀에게 말했다.

"빨간 모자야, 부엌에 물통이 있을 거야. 어제 소시지를 끓는 물에 데웠거든. 그 물을 가져오너라."

빨간 모자는 함지에 가득 찰 만큼 물을 실어 날라 채웠다. 그러자 소시지를 데운 물에서 나는 고기 냄새가 늑대의 콧속으로 밀려왔다. 늑대는 코를 킁킁거리면서 아래를 내려다보았다. 마침내 늑대는 더 이상 몸을 지탱하지 못할 만큼 길게 목을 뺐고 아래로 미끄러지기 시작했다. 그렇게 늑대는 커다란 함지 속에 빠져 죽었다. 빨간 모자는 즐겁게 집으로 돌아갔고, 누구도 소녀에게 해코지를 하지 않았다.

3

황금 거위

옛날에 한 남자에게 세 아들이 있었는데 막내의 이름은 멍청이
였다. 그는 무시를 당하고 놀림을 받았으며 모든 일에서 뒤로 내밀
렸다. 한번은 맏아들이 나무를 베기 위해 숲으로 가려고 했다. 그가
집을 나서기 전 어머니는 아들이 배고픔과 갈증에 시달리지 않도
록 잘 구워진 달걀케이크와 포도주 한 병을 주었다. 숲에 도착한 그
는 늙은 회색 난쟁이와 마주쳤다. 난쟁이는 그에게 인사를 하고
말을 이었다.

"내게 주머니에 든 케이크 한 조각과 포도주 한 모금을 주게. 너
무 배가 고프고 목이 마르다네."

현명한 아들은 하지만 이렇게 대답했다.

"네게 케이크와 포도주를 주고 나면 난 뭘 먹고 마시라고. 꺼져."

그는 난쟁이를 남겨 두고 계속 걸어가다가 곧 나무를 패기 시작했다. 그런데 겨냥이 빗나가면서 도끼가 그의 팔을 내리쳤다. 그는 집으로 돌아가서 다친 팔을 치료해야만 했다. 이것은 숲에서 마주친 회색 난쟁이가 한 일이었다.

다음으로 둘째 아들이 숲으로 갔다. 어머니는 큰아들에게 그랬던 것처럼 달걀케이크와 포도주 한 병을 쥐어 주었다. 그 역시 숲에서 늙은 회색 난쟁이와 마주쳤다. 그는 둘째 아들을 붙잡고 케이크한 조각과 포도주 한 모금을 간청했다. 하지만 둘째 아들은 천연덕스럽게 말했다.

"네게 줄 게 있다면 내가 먹을 거다. 꺼져."

그는 난쟁이를 남겨 두고 가 버렸다. 형벌이 그에게도 떨어졌다. 몇 번 나무를 패다가 그만 제 다리를 쳐 버렸고 그는 집으로 돌아가야만 했다.

멍청이가 아버지를 졸랐다.

"한 번만이라도 저를 보내 주세요. 제가 나무를 팰게요."

"아니, 네 형들이 저렇게 다쳤는데도? 그만둬라. 너는 도끼질의 도 자도 모르잖아."

하지만 멍청이는 아버지가 끝내 허락을 할 때까지 버텼다.

"그래, 가렴. 다치고 나면 조금 똑똑해질지도 모르지."

어머니는 그에게 물과 재로 구운 케이크를 주었고 신 맥주 한 병을 들려 주었다. 숲에 당도했을 때 그는 형들과 마찬가지로 늙은 회색 난쟁이와 마주쳤다. 난쟁이는 인사를 하고는 멍청이에게 간청했다.

"나에게 케이크 한 조각과 병에 든 마실 걸 한 모금 주게나. 너무 배가 고프고 목이 마르다네."

멍청이가 대답했다.

"가진 거라고는 재로 만든 케이크와 신 맥주밖에 없어요. 이거라도 드시겠다면 앉아서 같이 먹고 마셔요."

그들은 앉았다. 멍청이가 재로 만든 케이크를 꺼내자 케이크는 아주 좋은 달걀케이크로, 신 맥주는 아주 좋은 포도주로 둔갑했다. 다 먹고 마신 다음 난쟁이가 말했다.

"자네는 마음씨가 좋아서 가진 것을 나눌 줄 아니 나도 자네에게 행운을 주겠네. 저기에 오래된 나무 한 그루가 서 있으니 그걸 패. 나무뿌리에서 뭔가 발견할 거야."

그 말을 끝으로 난쟁이는 이별을 고했다.

멍청이가 나무를 패서 넘어뜨리자 나무뿌리 속에 거위 한 마리가 앉아 있는 것이 보였다. 거위의 깃털은 순금으로 되어 있었다. 그는 거위를 끄집어내어 안고서는 주막으로 갔다. 그곳에서 하룻밤을 보낼 생각이었다. 주막 주인에게는 세 딸이 있었다. 그들은 거위를 보고는 "세상에, 이런 거위가 있다니!" 하며 호기심에 가득 찼고 거

위의 황금 깃털을 가지고 싶어 안달을 했다.

'깃털 하나 정도는 뽑아낼 기회가 생기겠지.'

큰딸은 생각했다. 그리고 멍청이가 주막 바깥으로 나갔을 때 거위의 날개를 살짝 만졌다. 그런데 손가락과 손이 거위에게 찰싹 붙어 버렸다. 곧 둘째 딸이 왔다. 그녀도 황금 깃털을 갖고 싶다는 생각뿐이었다. 하지만 그녀가 언니를 만졌을 때 그녀 역시 언니에게 붙어 버렸다. 드디어 셋째 딸이 왔다. 그녀도 언니들과 똑같은 생각을 하고 있었다. 그때 언니들이 비명을 질렀다.

"다가오지 마. 맙소사, 다가오지 말라고!"

하지만 막내딸은 언니들이 왜 그렇게 소리를 지르는지 알지 못하고 '왜? 언니들이 하는데 나도 해야지!' 생각하며 그들 곁으로 뛰어왔다. 막내가 언니들을 만지자마자 그녀 역시 언니들에게 찰싹 붙어 버렸다. 그렇게 그들은 거위 옆에서 밤을 보내야 했다.

다음 날 멍청이는 거위를 품에 안고 주막을 떠나려고 했다. 그는 거위에 붙어서 따라오는 딸들을 염두에 두지도 않았다. 그들은 계속 멍청이 뒤에서 걸어가야만 했다. 왼쪽, 오른쪽, 그의 발이 가는 곳이면 어디든지. 그들은 들판 한가운데에서 목사와 마주쳤다. 목사는 그 행렬을 보고 소리를 질렀다.

"아니, 부끄러운 줄도 모르고! 버릇없는 여자들아, 어쩌려고 젊은 사내를 뒤쫓아 들판을 지나가! 이 무슨 망측한 짓이냐고!"

그리고 그는 막내딸을 붙잡아 행렬에서 떼어 내려 했다. 그런데 손이 막내딸에게 닿자마자 목사도 막내에게 찰싹 붙어 버렸고, 그역시 행렬의 일행으로 걸어가야만 했다. 얼마 지나지 않아 교회지기가 왔다. 그는 세 여자의 뒤를 따라가는 목사를 보고 깜짝 놀라서 외쳤다.

"아이고, 목사님, 어디로 그렇게 서둘러서 가시나요? 오늘 유아세례식이 있다는 거 잊지 마세요."

그는 목사에게로 다가와서는 팔을 잡았고 마찬가지로 찰싹 달라붙어 버렸다. 그렇게 다섯은 차례대로 걸어갔다. 그때 두 농부가 곡괭이를 들고 들판에서 나왔다. 목사가 그들을 불러서는 세 여자와 교회지기를 떼어 달라고 청을 했다. 하지만 농부들이 교회지기를 만지자마자 그들 역시 붙어 버렸고, 이제 일곱 명이 거위를 안은 멍청이 뒤를 따라 걷게 되었다.

그날 늦게 멍청이는 어떤 도시에 도착했다. 그 도시를 다스리는 왕에게는 딸이 하나 있었는데, 얼마나 진지한지 누구도 공주를 웃길 수 없었다. 그래서 왕은 공주를 웃게 하는 사람에게 그녀를 신부로 주겠다는 법까지 만들었다. 그 말을 듣고 멍청이는 거위와 그를 따르는 행렬과 함께 공주에게로 갔다. 공주는 멍청이를 따라가는 일곱 사람을 보자 웃음을 터뜨렸고 도무지 멈출 줄 몰랐다. 멍청이는 이제 공주를 신부로 달라고 요구했다. 하지만 왕은 멍청이가 마

음에 들지 않았다. 그는 온갖 핑계를 대다가 지하 저장고에 가득 든 포도주를 다 마실 수 있는 사람을 데리고 온 뒤에야 공주와 결혼을 할 수 있다고 말했다. 멍청이는 회색 난쟁이가 도울 수 있으리라고 생각하고 숲으로 갔다. 그가 나무를 팼던 자리에 한 남자가 우울한 얼굴을 하고 앉아 있었다. 멍청이는 무엇이 그를 그렇게 우울하게 하는지 물었다.

"목이 말라 죽겠소. 풀 길이 없네. 차가운 물은 마시지를 못하거든. 포도주 한 통을 다 비웠지만 뜨거운 돌 위에 물방울 하나 떨어진 것 같으니, 이거."

"아, 내가 방법을 알고 있습니다. 나만 따라오십시오. 갈증, 그쯤이야."

멍청이는 남자를 왕의 지하 저장고로 이끌었다. 남자는 커다란 포도주 통 위에 앉아 엉덩이가 아플 때까지 마시고 또 마셨다. 하루가 지나가기도 전에 저장고는 텅텅 비었다. 멍청이는 또 한 번 왕에게 신부를 달라고 청했다. 왕은 화가 났다. 모두 멍청이라고 부르는 못난 놈에게 딸을 주기 싫었다. 그래서 또 다른 조건을 달았다. 멍청이는 산만큼 쌓인 빵을 다 먹어 치울 남자를 찾아야 했다. 그는 길게 생각하지 않고 곧장 숲으로 갔다. 같은 자리에 한 남자가 앉아 있었는데, 배를 허리띠로 꽉 조이고 세상에서 가장 괴로운 얼굴을 하고 있었다.

"한 가마 가득한 빵을 다 먹어 치웠는데도 이토록 배가 고프다니. 내 배는 언제나 이렇게 비어 있어서 허리띠라도 졸라매지 않으면 배고픔으로 죽게 될 거야."

멍청이는 너무나 기뻤다.

"허리띠를 풀고 나를 따라와요. 배부르게 먹게 해 줄 테니."

멍청이는 왕의 궁정으로 남자를 데리고 갔다. 왕은 나라 전체에서 구할 수 있는 밀가루란 밀가루는 다 모아서는 어마어마한 높이의 산만큼 많은 빵을 굽게 했다. 숲에서 온 남자는 그 앞에 서서 빵을 먹기 시작했다. 그리고 하루 만에 빵으로 쌓은 산은 사라졌다. 세 번째로 멍청이는 왕에게 신부를 달라고 요구했다. 하지만 왕은 또 다른 핑계를 대다가 땅 위도 물 위도 달릴 수 있는 배를 구해 오라고 했다.

"네가 배를 타고 이곳으로 오면 즉시 내 딸을 주겠다."

멍청이는 바로 길을 나서서 숲으로 갔다. 숲에는 늙은 회색 난쟁이가 앉아 있었다. 멍청이가 재로 만든 케이크를 나누어 주었던 남자였다. 그가 말했다.

"난 자네를 위해 마셨고 먹었네. 그리고 배도 자네에게 주지. 자네가 나에게 자비를 베풀었으니 나도 이 모든 것을 주는 거야."

남자는 멍청이에게 배 한 척을 주었다. 그 배는 땅 위로도 물 위로도 달릴 수 있었다. 왕은 그 배를 보았고 더 이상 공주를 감출 수만은 없었다. 결혼식은 성대하게 치러졌다. 왕이 죽고 난 뒤 멍청이는 왕국을 물려받았으며 아내와 함께 오래도록 만족스럽게 살았다.

Schneewittchen

4

백설 공주

한겨울이었다. 눈송이가 하늘에서 깃털처럼 내려오고 있었다. 왕비는 흑단으로 틀을 한 창문 옆에 앉아서 수를 놓고 있었다. 수를 놓으면서 눈을 바라보다가 왕비는 그만 바늘에 손가락을 찔리고 말았고 세 방울의 피가 눈 속으로 떨어졌다. 흰 눈 속에 떨어져 번진 피가 너무도 아름답게 보여 왕비는 이런 생각을 했다.

'내가 낳을 아기가 이렇게 눈처럼 흰 피부와 피처럼 붉은 입술과 흑단처럼 검은 머리카락을 가지고 이 세상에 온다면.'

머지않아 왕비는 딸을 낳았다. 눈처럼 흰 피부와 피처럼 붉은 입술과 흑단처럼 검은 머리카락을 가진 아기였다. 그래서 아기의 이름을 백설(白雪)이라고 지었다. 그런데 아기가 태어나고 왕비는 곧 죽고 말았다.

1년이 지나고 난 뒤 왕은 새 부인을 맞아들였다. 새 왕비는 아름다운 여자였지만 오만하고 거만해서 다른 여자들이 자신보다 더 예쁘면 참지 못했다. 그녀는 이상한 거울을 하나 가지고 있었는데, 그녀가 거울 앞에 서서 안을 들여다보며 이렇게 물으면,

거울아, 벽에 걸린 거울아,
이 나라에서 누가 가장 아름다우냐?

거울은 이렇게 대답했다.

왕비여, 그대가 이 나라에서 가장 아름답습니다

그러면 왕비는 흡족했다. 거울이 진실을 말한다는 것을 알고 있었기 때문이다.

하지만 백설 공주가 자라나고 있었다. 날이 가면 갈수록 백설 공주의 아름다움은 빛을 더했다. 일곱 살이 되었을 때는 마치 맑은 날처럼 함초롬했다. 왕비조차도 공주의 아름다움을 따라잡지 못했다. 왕비가 어느 날 거울에게 물었다.

거울아, 벽에 걸린 거울아,

이 나라에서 누가 가장 아름다우냐?

거울은 이렇게 대답했다.

왕비여, 그대는 이곳에서 가장 아름다우십니다
하지만 백설 공주는 그대보다 천배나 더 아름답습니다

왕비는 경악했고 시기심으로 얼굴이 붉으락푸르락했다. 그때부
터 왕비는 백설 공주를 볼 때마다 몸속에서 심장의 피가 거꾸로 치
솟는 것 같았고, 점점 더 백설 공주가 미워졌다. 질투와 오만은 그녀
의 마음속에서 마치 잡초처럼 하루가 멀다 하고 높이 자라났고, 낮
이든 밤이든 그녀를 붙잡고 못살게 굴었다. 그래서 왕비는 사냥꾼
을 불러서는 명했다.

"아이를 숲 속으로 데리고 가. 더 이상 내 눈으로 그 아이를 보고
싶지 않으니. 너는 아이를 죽여야 한다. 그 증표로 폐와 간을 나에게
가져와라."

사냥꾼은 그 말을 따라 소녀를 바깥으로 데리고 나갔다. 그가 총
을 겨누어 백설 공주의 죄 없는 심장을 뚫으려고 하자 공주가 울면
서 애원했다.

"사냥꾼님, 나를 살려 주어요. 깊은 숲 속으로 들어가서 다시는

집으로 돌아오지 않을게요."

소녀가 너무나 아름다웠으므로 사냥꾼은 동정심이 생겼다.

"그래, 달아나라, 가여운 것."

아마도 곧 숲 속 짐승들이 소녀를 잡아먹으리라고 사냥꾼은 생각했다. 소녀를 죽이지 않아도 되니 가슴을 짓누르던 돌덩이가 사라진 것 같았다. 마침 새끼 멧돼지 한 마리가 오는 것이 보이자 사냥꾼은 그놈을 잡아서 폐와 간을 도려내어 왕비에게 증표로 가지고 갔다. 요리사가 소금을 넣은 물에 내장을 끓였고, 나쁜 여자는 그것이 백설 공주의 폐와 간이라고 생각하며 먹어 치웠다.

불쌍한 소녀는 커다란 숲 속에 천애 고아로 남겨졌다. 나무에 달린 무성한 잎들을 보면서 소녀는 잔뜩 겁이 났다. 어떻게 이 어려움을 헤치고 나아갈지 알 수가 없었다. 소녀는 달리기 시작했다. 뾰족한 돌멩이에 걸려 넘어지기도 하고 가시덤불을 지나기도 했다. 포악한 짐승들이 소녀를 지나치기도 했으나 아무도 그녀에게 해코지를 하지 않았다. 걸을 수 있을 때까지 그녀는 걸었다.

이윽고 저녁이 찾아왔을 때 백설 공주는 아주 작은 집 한 채를 발견했다. 소녀는 잠시 쉬기 위해 집 안으로 들어갔다. 안에 있는 모든 것이 작았지만 불평을 하기에는 너무 귀엽고 깨끗했다. 하얀 식탁보가 덮인 식탁 위에 일곱 개의 작은 접시가 놓여 있었다. 모든 작은 접시 옆에는 작은 숟가락이, 조금 사이를 두고 작은 칼과 포크가, 그리고 일곱 개의 작은 컵이 놓여 있었다. 벽 옆에는 일곱 개의 작은 침대가 나란히 있었고, 눈처럼 흰 침대보가 덮여 있었다. 백설 공주는 너무나 배가 고프고 목이 말랐지만 한 사람의 식사를 몽땅 먹어 치우고 싶지는 않으므로 각각의 접시로부터 채소와 빵을 조금씩 덜어 내고 각각의 컵에서 한 방울씩 포도주도 따라 내었다. 먹고 마시고 나자 피곤이 밀려왔다. 소녀는 작은 침대에 누우려고 했지만 어떤 침대도 크기가 맞지 않았다. 한 침대는 너무 길었고 다른 침대는 너무 짧았다. 마침내 소녀는 일곱 번째 침대가 자신에게 맞는다는 것을 발견하고 그 안에 누워 곧 잠이 들었다.

어두워졌을 때 집주인들이 돌아왔다. 그들은 일곱 난쟁이였는데

산속에서 광석 캐는 일을 하고 있었다. 그들은 일곱 개의 작은 램프를 켰다. 집 안이 밝아졌을 때 그들은 집에 누군가 있었다는 것을 눈치챘다. 모든 것이 집을 떠날 때대로 있지 않았다.

첫 번째 난쟁이가 말했다.

"누가 내 의자에 앉았어?"

두 번째 난쟁이가 말했다.

"누가 내 접시에 든 걸 먹었어?"

세 번째 난쟁이가 말했다.

"누가 내 빵을 뜯어 먹었어?"

네 번째 난쟁이가 말했다.

"누가 내 채소를 먹었어?"

다섯 번째 난쟁이가 말했다.

"누가 내 포크를 썼어?"

여섯 번째 난쟁이가 말했다.

"누가 내 칼을 썼어?"

일곱 번째 난쟁이가 말했다.

"누가 내 컵을 썼어?"

그런 다음 첫 번째 난쟁이는 주위를 둘러보다가 그의 침대에 오목한 작은 자국이 있는 것을 보았다.

"누가 내 침대를 밟았어?"

다른 난쟁이들도 달려와서는 말했다.

"내 침대에도 누군가가 누웠던 자국이 있어."

일곱 번째 난쟁이가 그의 침대를 바라보니 백설 공주가 누워서 자고 있었다. 그는 다른 난쟁이를 불렀고 모두 침대 주위로 모여들었다. 그들은 놀라서 비명을 지르며 일곱 램프를 들어 올려서는 백설 공주를 비추었다.

"세상에나! 세상에나!"

그들은 웅성거렸다.

"이렇게 예쁜 소녀라니!"

그들은 기뻐하며 소녀를 깨우지 않고 그대로 자게 내버려 두었다. 일곱 번째 난쟁이는 다른 난쟁이들의 침대에서 번갈아 가며 한 시간씩 잤고 그러다 보니 날이 밝았다.

아침이 왔을 때 백설 공주는 잠에서 깨어났다. 일곱 난쟁이를 보고 공주는 깜짝 놀랐다. 난쟁이들은 친절하게 물었다.

"이름이 뭐니?"

"나는 백설 공주예요."

"어떻게 우리 집으로 들어왔니?"

두 번째 난쟁이가 공주에게 물었다. 백설 공주는 계모가 자신을 죽이려고 했고 사냥꾼이 놓아주었으며 이 작은 집을 발견할 때까지 하루 종일 걸었노라고 했다. 난쟁이들은 공주에게 말했다.

"너, 우리 집 살림을 돌볼 수 있겠니? 음식을 만들고, 침대를 정리하고, 빨래도 하고, 바느질과 수놓기 등등을 하는 것 말이다. 네가 이 모든 일을 잘하고 집 안을 깨끗하게 해 놓는다면 우리 집에서 함께 살 수 있어. 네게 필요한 건 다 줄 수 있단다."

백설 공주는 기꺼이 난쟁이의 제안을 받아들였고 그들 곁에 머물렀다. 아침이면 그들은 산으로 가서 광석과 황금을 찾다가 저녁이면 집으로 돌아왔다. 그들이 돌아왔을 때는 음식이 준비되어 있어야 했다. 백설 공주는 하루 종일 혼자였으므로 마음씨 좋은 난쟁이들은 공주에게 주의를 주었다.

"계모가 올지 모르니 조심해. 곧 네가 어디에 있는지 알아낼 거야. 아무도 집 안에 들이지 마."

백설 공주의 폐와 간을 먹었다고 믿고 있던 왕비는 자신이 다시

이 나라에서 가장 아름다운 여자가 되었다는
사실을 의심치 않으며 거울 앞에 섰다.

　거울아, 벽에 걸린 거울아,
　이 나라에서 누가 가장 아름다우냐?

거울이 대답했다.

왕비여, 그대는 이곳에서 가장 아름답지요
하지만 산 너머 일곱 난쟁이들과
함께 사는 백설 공주가 그대보다 천배나 더 아름답습니다

　왕비는 기함을 할 뻔했다. 거울이 진실만을 말한다는 것을 알고
있었기 때문이다. 사냥꾼이 자신을 속였으며 백설 공주가 아직 죽
지 않았다는 것도 왕비는 확신했다. 그리고 어떻게 해야 공주를 죽
일 수 있을지 이리저리 궁리했다. 나라 전체에서 가장 아름다운 여
자가 아니라는 사실에 그녀의 마음은 질투심으로 편할 날이 없었
다. 드디어 왕비는 간교한 술책을 생각해 냈다. 먼저 아무도 그녀를
알아보지 못하도록 얼굴에 물감을 칠해서 잡동사니를 파는 늙은
여인처럼 분장을 했다. 분장을 마치고 나서는 일곱 산을 넘어서 일

곱 난쟁이가 사는 곳까지 갔다. 그녀는 문을 두들기며 말했다.

"좋은 물건 팝니다!"

백설 공주는 창문으로 바깥을 내다보았다.

"안녕하세요. 뭘 파시는데요?"

"품질 좋고 예쁜 물건들이죠. 색색의 끈도 있어요."

왕비는 이렇게 말하고는 알록달록한 비단으로 엮어 만든 끈 하나를 꺼내 보였다.

'착한 여자처럼 보이는데. 들어오게 해도 괜찮을 거야.' 하고 생각한 백설 공주는 빗장을 풀고는 예쁘게 생긴 끈 하나를 샀다.

"아가씨, 진짜 예쁘네요. 이리 오세요. 내가 제대로 매 줄게."

공주는 아무 의심 없이 왕비 앞에 섰고 새 끈을 매게 했다. 왕비는 재빨리 끈을 매어 단단하게 조여 버렸고, 숨이 막힌 백설 공주는 죽은 듯이 쓰러지고 말았다.

"그래, 너는 가장 아름다운 여자'였'지."

왕비는 중얼거리고는 서둘러 사라졌다.

얼마 지나지 않아서 저녁 무렵이 되자 일곱 난쟁이들이 집으로 돌아왔다. 안으로 들어온 그들은 얼마나 놀랐는지. 사랑하는 백설 공주가 바닥에 쓰러져 있었다. 공주는 미동도 없어서 마치 죽은 것처럼 보였다. 난쟁이들은 공주를 들어 올리다가 끈이 너무 꽉 조인 것을 보고 끈을 잘라 냈다. 그러자 공주는 조금씩 숨을 쉬기 시작했

고 천천히 생기를 되찾았다. 난쟁이들은 무슨 일이 있었는지 듣고
는 백설 공주에게 다시 경고했다.

"잡동사니를 파는 노파는 다름 아닌 나쁜 왕비였어. 조심해, 그리
고 누구도 집 안에 들이지 마. 우리가 집에 없을 때 말이다."

집으로 돌아온 나쁜 왕비는 거울 앞으로 가서 물었다.

거울아, 벽에 걸린 거울아,
이 나라에서 누가 가장 아름다우냐?

거울은 언제나처럼 대답했다.

왕비여, 그대는 이곳에서 가장 아름답지요
하지만 산 너머 일곱 난쟁이들과
함께 사는 백설 공주가
그대보다 천배나 더 아름답습니다

그 말을 듣고 왕비는 피가 온통 심장으로 몰려오는 것 같았다. 백
설 공주가 다시 살아났다니! 그녀는 소스라치게 놀랐다.

"하지만 이번에는 확실히 널 처치할 방법을 생각해 내겠어."

왕비는 자신이 할 줄 아는 마술로 독이 든 빗을 만들어 냈다. 그

런 다음 지난번과는 다른 노파로 변장을 했다. 그렇게 그녀는 일곱 산을 넘어 일곱 난쟁이의 집으로 가서는 문을 두들겼다.

"좋은 물건 있어요. 팝니다, 팔아요!"

백설 공주는 바깥을 내다보더니 말했다.

"그냥 지나가세요. 나는 누구도 집 안에 들여놓을 수가 없답니다."

"보기만 해요."

왕비는 독이 묻은 빗을 끄집어내어서는 들어 보였다. 백설 공주는 빗이 마음에 들었으므로 그만 속임수에 넘어가 문을 열고 말았다. 흥정이 끝나자 왕비가 말했다.

"내가 잘 빗겨 줄게요."

불쌍한 백설 공주는 아무 의심도 하지 않고 왕비의 손에 모든 것을 맡겨 버렸다. 왕비가 빗을 머리카락 사이로 넣자마자 빗에 든 독이 효력을 보이기 시작했다. 백설 공주는 정신을 잃고 쓰러졌다.

"너, 아름다움의 화신이라더니 이렇게 끝이 나는구나."

사악한 왕비는 그렇게 중얼거리고는 사라졌다.

다행히도 곧 저녁이 왔고 난쟁이들이 집으로 돌아왔다. 백설 공주가 마치 죽은 것처럼 바닥에 쓰러져 있는 모습을 본 난쟁이들은 금세 계모가 다녀갔음을 알아차렸고, 무엇이 백설 공주를 쓰러지게 했는지 찾다가 마침내 독이 든 빗을 발견했다. 빗을 머리로부터 떼어 내자마자 백설 공주가 다시 깨어나서는 무슨 일이 있었는지 들려주었다. 난쟁이들은 다시 한 번 주의를 단단히 하고 절대 문을 열어 주지 말라고 했다.

집으로 돌아온 왕비는 거울 앞에 서서 물었다.

거울아, 벽에 걸린 거울아,
이 나라에서 누가 가장 아름다우냐?

거울은 지난번과 마찬가지로 대답했다.

왕비여, 그대는 이곳에서 가장 아름답지요
하지만 산 너머 일곱 난쟁이들과
함께 사는 백설 공주가
그대보다 천배나 더 아름답습니다

거울의 대답에 왕비는 화가 나서 온몸이 부들부들 떨릴 지경이었다.

"백설 공주는 죽어야 해. 설령 내 목숨으로 대가를 치르게 되더라도."

곧 왕비는 동떨어진 곳에 숨겨진 누구도 알지 못하는 방으로 가서 아주 강한 독이 든 사과를 만들었다. 겉으로 보기에 사과는 참

먹음직스러웠다. 붉은 뺨에 하얀 빛이 돌고 있어서 누구든 보면 먹고 싶어 군침을 흘렸지만, 한 입이라도 베어 물었다가는 죽음을 면치 못할 터였다. 사과가 다 만들어지자 왕비는 얼굴에다 물감을 칠하고 농부의 아낙으로 변장을 하고는 일곱 산을 넘어 일곱 난쟁이집으로 갔다. 그녀는 문을 두들겼다. 백설 공주는 창문으로 머리를 내밀면서 말했다.

"나는 누구도 집 안에 들여놓을 수 없어요. 일곱 난쟁이가 금지했답니다."

"괜찮아. 나는 사과만 팔면 되거든. 이거, 아가씨에게 그냥 줄게."

"아니에요. 나는 아무것도 받을 수 없어요."

"독이 들었을까 봐? 그럼 아가씨, 사과를 반으로 갈라서 붉은 쪽은 아가씨에게 주고 하얀 쪽은 내가 먹지 뭐."

독은 사과의 붉은 쪽에만 들어 있었다. 백설 공주는 사과를 보자 탐이 났고, 농부의 아낙이 사과를 맛있게 먹는 모습까지 보고는 더 이상 참을 수가 없었다. 손을 내밀어 공주는 독이 든 반쪽을 받았다. 그리고 한 입 베어 무는 순간 바닥으로 쓰러져 죽고 말았다. 왕비는 사악한 눈으로 공주를 꼼꼼히 살피더니 큰 소리로 웃기 시작했다.

"눈처럼 하얗고 피처럼 붉고 흑단처럼 검다더니! 이번에야말로 난쟁이들이 너를 다시 깨우지 못할 거다."

왕비는 집으로 돌아와 거울 앞에 섰다.

거울아, 벽에 걸린 거울아,

이 나라에서 누가 가장 아름다우냐?

드디어 거울은 대답했다.

왕비여, 그대가 이 나라에서 가장 아름답습니다

그러자 질투로 가득 찼던 심장은 질투로 가득 찬 심장이 얻을 수 있는 만큼의 휴식을 얻었다.

난쟁이들은 집으로 돌아와 바닥에 누워 있는 공주를 발견했다. 공주는 숨 한 오라기도 쉬지 않아 정말 죽은 것만 같았다. 그들은 공주를 들어 올려서 독이 든 무언가를 찾았다. 조인 끈도 풀었고 머리도 빗겼으며 물과 포도주로 씻기기도 했으나 아무 소용이 없었다. 공주는 죽었고 다시 살아나지 않았다. 그들은 공주를 관대 위에 뉘어 놓고 모두 그 주위에 앉아서는 사흘이나 울었다. 그들은 공주를 묻으려고 했지만 그녀의 뺨이 아직도 빨갛고 아름다워 마치 살아 있는 사람처럼 보였다. 난쟁이들은 의논을 했다.

"공주를 어두컴컴한 땅속에 묻히게 할 순 없어."

난쟁이들은 유리로 사방이 들여다보이는 관을 만들어 공주를 그 안에 뉘고는, 겉에는 마치 왕의 딸에게 하는 것처럼 황금으로 그녀의 이름을 새겼다. 그런 다음 관을 산 위에 옮겨 두고 난쟁이들 가운데 하나가 언제나 옆에서 관을 지켰다. 짐승들도 와서 백설 공주를 위하여 울었다. 처음에는 부엉이가, 다음으로는 까마귀가, 마지막으로는 작은 비둘기도 왔다.

그렇게 백설 공주는 오랜 시간 동안 관 속에 있었으나 썩지 않았

고 마치 잠이 든 것처럼 보였다. 아직도 피부는 눈처럼 희고 입술은 피처럼 붉고 머리카락은 흑단처럼 검었다.

그러던 어느 날 한 왕자가 숲으로 들어왔다가 난쟁이의 집에서 하룻밤을 지내게 되었다. 그는 산 위에 놓인 관과 그 안에 누워 있는 아름다운 백설 공주를 보았고, 관에 황금으로 새겨진 글씨 또한 읽었다. 왕자는 난쟁이들에게 부탁했다.

"관을 나에게 주오. 그대들이 원하는 것은 다 줄 테니."

난쟁이들은 말했다.

"이 세상에 있는 황금을 다 준다고 하더라도 관은 내놓지 않을 거요."

"그럼 나에게 선물로 주오. 나는 이제 백설 공주를 보지 못하면 살 수 없을 것 같으니. 관에 든 공주를 내가 가장 아끼는 사람처럼 섬기며 모시겠소."

왕자가 간곡하게 청하자 마음 좋은 난쟁이들은 동정심이 들어 그에게 관을 주었다. 왕자는 시종들에게 관을 어깨에 메고 나르게 했다. 그런데 시종들이 덤불에 걸려 넘어지면서 관이 흔들렸고, 공주가 베어 문 독이 든 사과 조각이 목에서 튀어나왔다. 눈을 뜬 지 얼마 되지도 않아 공주는 관의 뚜껑을 열고 일어나더니 다시 산 사람으로 변했다.

"어머나, 여기가 어디예요?"

공주가 말했다.

왕자는 기쁨에 가득 차서 말했다.

"당신은 내 곁에 있어요."

그러고는 무슨 일이 있었는지 공주에게 들려주었다.

"나는 이 세상에 있는 그 무엇보다 당신이 좋습니다. 나와 함께 내 아버지의 성으로 가요. 내 아내가 되어 주세요."

공주도 왕자가 마음에 들었으므로 왕자와 함께 갔다. 그들의 결혼식은 화려하고도 성대하게 치러졌다.

결혼식에는 공주의 사악한 계모도 초대되었다. 계모는 아름다운 옷을 입고 거울 앞에 서서는 말했다.

거울아, 벽에 걸린 거울아,

이 나라에서 누가 가장 아름다우냐?

거울은 대답했다.

왕비여, 그대는 이곳에서 가장 아름답습니다

하지만 갓 왕비가 된 분은

그대보다 천배나 더 아름답습니다

사악한 왕비는 저주를 퍼부었다. 도대체 어떻게 해야 할지 알 수 없어 공포에 질린 채 저주의 말만을 계속 내뱉었다. 처음에는 결혼식에 가려 하지 않았다. 하지만 젊은 왕비를 보지 않고는 견딜 수가 없었다. 결혼식장에 들어갔을 때 왕비는 백설 공주를 알아보았다. 겁과 공포로 왕비는 그 자리에 얼어붙었다. 하지만 이미 철로 만든 신발이 석탄불 위에 놓여 있었다. 시종들이 집게로 신발을 가지고 와서 왕비 앞에 놓았다. 왕비는 붉게 달구어진 신발을 신어야만 했고 죽어서 바닥에 쓰러질 때까지 춤을 추어야만 했다.

5

흰 뱀

아주 오래전에 한 왕이 살았다. 왕의 현명함은 온 나라에 잘 알려져 있었다. 그가 모르는 것은 아무것도 없다고 사람들은 수군거렸다. 가장 비밀스러운 일들에 대한 전갈이 바람을 타고 그에게로 전해지는 것 같다고들 속닥댔다. 그런데 왕에게는 참으로 기이한 버릇이 하나 있었다. 매일 점심때 식탁이 치워지고 난 뒤 옆에 아무도 없으면, 그가 믿는 시종을 시켜 종지 하나를 가지고 오게 했다. 종지에는 뚜껑이 덮여 있어서 아무도, 시종조차도 그 안에 무엇이 들어 있는지 몰랐다. 왕은 혼자가 될 때까지 종지를 열지도 않았으며 그 안에 든 것을 먹지도 않았기 때문이다. 그렇게 오랜 시간이 지난 어느 날, 종지를 치우던 시종은 결국 호기심을 참지 못하고 종지를 자신의 방으로 가지고 갔다. 조심스럽게 문을 잠그고 뚜껑을 열어 보니 안에는 흰 뱀이 들어 있었다. 흰 뱀을 보고 시종은 먹어 보고 싶다는 유혹에 사로잡혀 한 조각을 잘라 내서 입안으로 가지고 갔다. 혀에 뱀 고기가 닿은 순간 그는 창문 앞에서 아름다운 목소리가 내는 기이한 소곤거림을 들을 수 있었다. 시종이 창가로 다가가서는 귀를 기울여 보니 참새들이 서로 이야기를 나누고 있었다. 참새들은 들판에서 그리고 숲에서 들은 모든 이야기를 재재거리며 주거니 받거니 했다. 뱀 고기가 그에게 짐승들의 말을 알아듣는 능력을 부여한 것이다.

마침 이날 왕비는 가장 아름다운 반지를 도둑맞았는데, 신뢰를 받아 온 시종이 혐의를 쓰게 되었다. 왕과 왕비를 제외하고는 그만이 이 궁정 어디든 들어갈 수 있었기 때문이다. 왕은 시종을 불러다 놓고 엄청난 비난을 쏟아부었다. 만일 내일까지 범인을 데려오지 못한다면 유죄라 판단해 사형할 것이라고 으름장도 놓았다. 아무리 그가 자신은 무죄임을 탄원해도 소용이 없었고, 여전히 왕은 같은 말을 되풀이할 뿐이었다.

불안과 공포 속에서 그는 궁정 뜰을 이리저리 걸으며 어떻게 이 난관에서 빠져나올지 궁리하고 있었다. 오리들이 흐르는 물에 한적하게 나란히 앉아서는 부리로 깃털을 매끄럽게 닦으며 친근하게 이야기를 나누는 소리가 시종에게 들렸다. 그는 멈추어 서서 대화에 귀를 기울였다. 그들은 오늘 아침에 어디를 뒤뚱거리며 다녔는지, 어떤 좋은 먹이를 찾았는지에 대해 수다를 떨고 있었다. 그때 한 오리가 기분이 나쁜 듯 말했다.

"속이 조금 더부룩해. 왕비의 방 창문 밑에 있는 먹이를 급하게 먹느라 반지까지 삼켰지 뭐야."

시종은 단박에 오리의 목을 잡아채어 부엌으로 들고 가서는 요리사에게 말했다.

"당장 잡아라. 이놈, 통통하게 살이 올랐으니."

요리사는 "예", 대답하고서는 손으로 대략 오리의 무게를 재었다.

"이놈, 먹는 데 용 참 많이 썼네. 구워 먹기 딱 좋은데요? 진작 구이가 되었어야 했는데."

요리사가 오리의 목을 자르고 내장을 빼내자 위에서 왕비의 반지가 나왔다. 시종은 가뿐하게 자신의 무죄를 증명할 수 있었다. 왕은 죄 없는 시종에게 부당하게 혐의를 씌운 것이 미안해서, 그의 소원 하나를 들어줄 것이며 그가 원한다면 궁정에서 가장 높은 명예직을 주겠노라 약속했다.

시종은 모든 제안을 거절하고 다만 말 한 마리와 여행 경비를 원한다고 말했다. 그는 세상 구경을 하며 한동안 여행을 하고 싶었다. 왕은 청을 들어주었고 시종은 마침내 여행을 떠날 수 있었다.

어느 날 그는 연못을 지나다가 갈대에 걸려 물속으로 돌아가지 못하는 물고기 세 마리를 보았다.

사람들은 물고기가 말을 못한다고 하지만 시종은 그토록 비참한 죽음을 앞둔 물고기의 비탄을 들을 수 있었다. 시종은 살아 있는 것에 대한 동정심이 많은 사람이었으므로 말에서 내려 물고기 세 마리를 물속으로 풀어 주었다. 물고기들은 기쁨으로 몸을 떨며 머리를 물 바깥으로 내밀고 외쳤다.

"우리는 널 잊지 않을 거야. 언젠가 우리를 구해 준 은혜를 갚을 거야."

시종은 계속 말을 타고 달렸다. 얼마가 지난 뒤 그는 발밑 모래 속에서 들리는 목소리를 감지했다. 귀를 기울여 들어 보니 개미 왕이 불평을 터뜨리고 있었다.

"저런 미욱한 짐승을 데리고 다니는 인간들이 우리를 비켜 지나갈 생각을 할 수 있다면! 우둔한 말이 무거운 말발굽으로 내 신하들을 무자비하게 짓밟는단 말이다!"

시종은 말을 돌길로 돌려서 개미들이 다치지 않게 해 주었다. 개미 왕은 감사하며 머리를 숙였다.

"우리는 널 잊지 않을 거야. 은혜를 갚을 거라고."

얼마간 더 말을 타고 달렸을 때 그는 숲에 다다랐다. 까마귀 부부가 둥지 옆에 앉아서는 새끼들을 쫓아내고 있었다.

"꺼져라, 이 지독한 새끼들아. 우리는 더 이상 너희들을 배부르게 할 수 없단 말이야. 너희들도 다 컸으니 알아서 먹을거리를 구하라고."

불쌍한 새끼들은 땅 위로 던져져서는 날개를 푸드덕거리며 소리를 질렀다.

"아직 다 자라지도 않았는데 우리더러 알아서 먹을거리를 찾으라니요. 우린 아직 날 수도 없다고요! 굶어 죽는 것 말고 무슨 도리가 있나요!"

착한 시종은 말에서 내리더니 말을 단칼로 베어서는 어린 까마귀들에게 먹이로 내주었다. 어린 새들은 깡충거리며 다가와서 배부르게 말고기를 쪼아 먹고는 외쳤다.

"우리는 널 잊지 않을 거야. 은혜를 갚을 거라고."

그때부터 시종은 걸어야만 했다. 한참을 걸었을 때 그는 큰 도시에 이르렀다. 거리는 시끄러웠고 사람들이 삼삼오오 모여 웅성거리고 있었다. 이윽고 말을 탄 전령이 와서는 왕의 전갈을 큰 소리로 외쳤다.

"공주가 신랑을 구하고 있다. 공주를 아내로 맞이하고 싶은 사람은 어려운 과제를 해결해야 하며, 만일 그러지 못하면 목숨을 내놓아야 하리라."

공주를 본 시종은 그녀의 아름다움에 넋이 빠져, 그만 모든 위험을 잊고 왕 앞에 나가서는 공주에게 청혼을 하겠다고 당당히 말했다.

그는 곧장 바다로 끌려갔다. 바닷가에 도착하자마자 왕은 시종이 보는 앞에서 금반지를 바닷속으로 내던진 뒤 반지를 건져 오라고 명령했다.

"만일 반지 없이 물속에서 나온다면, 너는 계속해서 바닷속으로 던져질 거야. 파도에 휩쓸려 죽을 때까지."

모두 젊은 시종에게 동정을 보내면서도 그를 혼자 바닷가에 남겨 두고 가 버렸다. 해변에 우두커니 서서 그는 어떻게 이 과제를 풀까 전전긍긍했다. 그때 불현듯 바다에서 물고기 세 마리가 헤엄을 치며 다가왔다. 바로 시종이 목숨을 구해 준 물고기였다. 가운데에서 헤엄치던 물고기의 입에는 조개가 물려 있었다. 물고기는 해변에 서 있는 시종의 발끝 가까이로 조개를 가지고 왔다. 시종이 조개를 주워서 입을 여니 그 안에 금반지가 들어 있었다. 환호성을 지르며 그는 반지를 왕에게 가지고 갔고, 왕이 그가 그렇게 원하는 공주를 신부로 주기를 염원했다. 자만심 강한 공주는 그러나 과제를 해결한 사내가 저와 동등한 계급이 아니라는 말을 듣고는 그를 업신여기며 두 번째 과제를 풀 것을 요구했다. 그녀는 정원으로 내려가서 직접 열 자루의 기장을 풀밭에다 흩뿌렸다.

"이 기장을 내일 아침 해가 뜨기 전에 다 주워 모아야 해요. 한 알도 빠뜨려서는 안 돼요."

시종은 정원에 앉아서 어떻게 이 과제를 풀 수 있을지 궁리했으나 아무런 방법도 떠올릴 수가 없었고, 풀이 죽은 채 아침이 와서 죽음을 맞이하기만을 기다렸다. 하지만 첫 햇살이 정원을 비추었을 때 그는 기장으로 가득 찬 자루 열 개가 일렬로 서 있는 것을 보았다. 자루 속에는 기장이 작은 알 하나도 빠짐없이 들어 있었다. 개미 왕이 밤에 수천의 개미들을 데리고 와서 온 힘을 다하여 자루에 기장을 모았던 것이다. 직접 정원으로 온 공주는 놀라움을 감추지 못한 채 시종이 과제를 해낸 것을 보았다. 하지만 여전히 그녀는 자존심을 버리지 못하고 말했다.

"아무리 그대가 두 가지 과제를 해결했다고는 해도 아직 내 신랑이 될 수는 없어요. 생명의 나무에 달린 황금 사과 한 알을 내게로 가져오세요. 그러면 청혼을 받아들일게요."

시종은 생명의 나무가 어디에 있는지도 몰랐다. 그는 길을 나서서는 다리의 힘이 허락할 때까지 앞으로만 걸어가려고 했다. 생명의 나무를 발견할 희망은 눈곱만큼도 없었다. 벌써 세 왕국을 지나고, 저녁 무렵 숲에 다다랐을 때 그는 나무 밑에 앉아 조금 잠을 자두려고 했다. 그때 나뭇가지 사이에서 소리가 들리더니 황금 사과 한 알이 그의 손으로 떨어졌다. 동시에 세 마리의 젊은 까마귀가 날아와서는 그의 무릎에 앉더니 말했다.

"우리는 네가 배곯음에서 구해 준 까마귀야. 이렇게 자라났어. 네가 황금 사과를 찾는다는 소식을 듣고는 바다를 건너서 세계의

끝으로 날아갔지. 그곳에 생명의 나무가 있거든. 그리고 사과를 따서 여기까지 왔어."

기쁜 마음으로 시종은 왕국에 도착해서는 공주에게 황금 사과를 주었다. 그녀는 이제 아무런 토도 달 수가 없었다. 둘은 생명의 사과를 나누어 먹었다. 그러자 공주의 가슴은 시종에 대한 사랑으로 꽉 차올랐다. 그들은 나이가 아주 많이 들 때까지 누구도 방해하지 못하는 행복 속에서 살았다.

6

룸펠슈틸츠헨

　옛날에 아주 예쁜 딸을 둔 가난한 방아꾼이 있었다. 어느 날 그에게 왕을 알현하여 이야기를 나눌 기회가 생겼다. 왕 앞에서 뻐기고 싶었던 그는 짐짓 없는 말을 지어냈다.

　"제 딸아이는 짚으로 금실을 만드는 기술이 있답니다."

　왕의 눈이 휘둥그레졌다.

　"그것 참 마음에 드는 기술이구나. 네가 말한 대로 딸에게 그런 재주가 있다면 내일 성으로 데리고 오너라. 내가 시험해 보겠다."

　방아꾼이 딸을 데리고 오자 왕은 짚이 가득 찬 작은 방으로 그녀를 데리고 갔고, 물레와 얼레를 주고는 재촉했다.

　"이제 일을 시작해라. 오늘 밤부터 내일 아침 일찍까지 이 짚들을 금실로 만들지 않으면 너는 죽어야만 하느니라."

그 말을 하고 난 뒤 왕은 직접 작은 방의 문을 잠갔고 딸은 혼자 남겨졌다.

불쌍한 딸은 어떻게 목숨을 구해야 할지 알 수 없어 덩그러니 앉아 있었다. 그녀는 짚으로 금실을 만들 줄 몰랐기에 겁은 점점 부풀어 올랐고, 끝내는 울음이 터졌다. 그때 갑자기 문이 열리더니 난쟁이가 나타나서 그녀에게 말을 걸었다.

"안녕, 아가씨. 왜 그렇게 울고 있소?"

"휴, 왕이 나더러 짚으로 금실을 만들라는군요. 그런데 나는 정말 어떻게 하는지 모른다고요."

"음, 내가 그런 요술을 부려 준다면 나에게 무얼 줄 수 있소?"

"내 목걸이요."

난쟁이는 목걸이를 받고는 물레 앞에 앉아 슥, 슥, 슥, 세 번 짚을 잡아당겼다. 그러자 실꾸리에 금실이 가득하게 감겼다. 그런 다음 다른 짚을 물레에 꽂아서 슥, 슥, 슥, 세 번 잡아당겼다. 두 번째 실꾸리도 금실로 가득해졌다. 아침까지 난쟁이는 쉴 새 없이 일을 했고, 모든 실꾸리가 금실로 채워졌다. 아침 해가 떠오르자마자 왕은 허겁지겁 방아꾼 딸을 찾아왔고, 금실을 바라보며 놀라서 어쩔 줄 몰라 했다. 왕은 기뻤으나 가슴에는 더 많은 금을 가지고 싶은 욕심이 넘실거렸다. 그는 방아꾼 딸을 짚이 가득 찬 다른 방으로 데리고 갔다. 그 방은 처음 방보다 더 컸다. 왕은 다시 그녀의 목숨을 위협하면서 날이 새기 전에 이 짚을 모두 금실로 자아 두라고 명령했다. 그녀가 어찌할 바를 모른 채 울고 있을 때 다시 문이 열리더니 난쟁이가 나타나서는 말했다.

"내가 짚으로 금실을 만들어 주면 내게 무얼 줄 수 있소?"

"내가 손가락에 끼고 있는 반지요."

반지를 받은 난쟁이는 다시 물레를 드르륵거리며 돌리기 시작했고, 아침까지 모든 짚을 번쩍거리는 금실로 자아냈다. 왕은 그렇게 많은 금을 보고 기뻐서 어쩔 줄 몰랐지만 금에 대한 욕심만은 잦아들지 않았다. 그는 방아꾼 딸을 더 많은 짚이 들어 있는 큰 방으로 데리고 갔다.

"오늘 밤 안으로 이 짚들을 다 금실로 만들어라. 네가 이 일을 해낸다면 너를 아내로 맞이하겠다."

'비록 방아꾼 딸이기는 하지만 이 여자보다 더 부유한 여자는 세상에 없을 거야.'

왕은 속으로 그런 계산을 하고 있었다.

그녀가 혼자 남았을 때 세 번째로 난쟁이가 찾아왔다.

"이번에도 내가 이 일을 해 주면 내게 무얼 줄 수 있소?"

"아, 드릴 수 있는 것이 더 이상 없네요."

"만일 아가씨가 왕비가 되면 첫 번째 아이를 내게 주시오."

'일이 어떻게 될지 누가 알까.'

아가씨는 단순하게 생각했고 이 어려움을 헤쳐 나갈 다른 방법은 떠올릴 수가 없었으므로 난쟁이에게 요구를 들어주겠다고 덜컥 약속해 버렸다. 난쟁이는 약속을 받고는 다시 짚을 금실로 자아 주었다. 그리고 아침이 되어 방으로 온 왕은 자신의 소망이 다 이루어져 있는 것을 보았다. 왕은 그녀를 아내로 맞아들였고, 그렇게 아름다운 아가씨는 방아꾼 딸에서 왕비가 되었다.

1년이 지나 그녀는 귀여운 아이를 낳았는데, 그때는 이미 난쟁이의 말 따위는 까맣게 잊어버리고 있었다. 그런데 어느 날 난쟁이가 불쑥 왕비의 방에 나타났다.

"이제 약속한 것을 주시오."

왕비는 너무나 놀라서 난쟁이에게 왕국의 모든 재산을 줄 테니 아이를 그녀 곁에 두어 달라고 간청했으나 난쟁이는 딱 잘라 말했다.

"그럴 수는 없소. 살아서 꼼짝거리는 아이가 이 세상의 전 재산보다 내게는 더 귀중하니까."

그러자 왕비는 비탄에 잠겨서 울기 시작했고, 난쟁이는 왕비에게 동정심이 일어났다.

"사흘 말미를 주지. 만일 그때까지 내 이름을 알아맞힐 수 있다면 아이를 당신 곁에 두겠소."

그때부터 왕비는 밤을 새워 가며 태어나서 지금까지 들어 보았던 이름이란 이름은 모조리 생각해 냈다. 그리고 전국 방방곡곡에 전령을 보내서는 모든 이름을 샅샅이 살펴 이 나라에 어떤 진귀한 이름들이 더 있는지 찾아보라 명했다. 그다음 날 난쟁이가 왔을 때 왕비는 알고 있는 이름을 모두 주워섬기기 시작했다. 카스파르, 멜키오르, 발타자르 그리고 그녀가 알고 있는 이름을 차례로 다 불렀지만 난쟁이는 고개를 내저을 뿐이었다.

"내 이름이 아니오."

둘째 날 왕비는 이웃 나라에는 어떤 이름이 있는지 물어보게 했다. 그리고 난쟁이가 왔을 때 가장 진기하고도 기이한 이름들을 나열했다.

"음, 당신은 갈빗대짐승, 아니면 숫양장딴지, 그도 아니라면 구두끈다리?"

하지만 난쟁이는 매번 고개를 내저으며 "그건 내 이름이 아니오"라고 말할 뿐이었다.

셋째 날 한 전령이 돌아와서 보고했다.

"새로운 이름을 하나도 찾지 못했습니다. 그런데 제가 여우와 산토끼가 서로 밤 인사를 나누는 숲 구석의 높은 산에 이르렀을 때 작은 오두막 하나를 보았습니다. 집 앞에는 불이 피워져 있고, 그 주위에서 아주 우습게 생긴 난쟁이가 한 발로 껑충거리며 이렇게 말했습니다."

오늘은 빵을 굽고, 내일은 술을 빚으리
모레는 왕비에게서 아이를 데리고 오리
아, 아무도 모르니 얼마나 좋아
내 이름이 룸펠슈틸츠헨이라는 걸!

그 이름을 들었을 때 왕비가 얼마나 기뻤을지 상상할 수 있을 것이다. 곧 난쟁이가 나타나 왕비에게 물었다.

"자, 왕비, 내 이름이 뭐요?"

왕비는 짐짓, "쿤츠?"라고 물었다.

"아니오."

"하인츠?"

"아니오."

"그렇다면 룸펠슈틸츠헨?"

"악마가 네게 고자질했구나, 악마가 네게 고자질했구나!"

난쟁이는 고함을 지르며 오른쪽 발로 몸이 들어갈 만큼 깊이 땅을 파헤쳤고, 성을 펄펄 내며 왼쪽 발을 두 손으로 잡아서는 제 몸을 둘로 갈라 버렸다.

»So komm nach Haus«, sprach der Junge, faßte sie am Strickchen, führte sie in den Stall und band sie fest.

»Nun«, sagte der alte Schneider, »hat die Ziege ihr gehörig Futter?«

»Ach«, antwortete der Sohn, »die ist so satt, sie mag

[...] aber wollte sich selbst überzeugen, [...] das liebe Tier und fragte: »Z[...]

Der goldene Vogel

7

황금 새

옛날에 한 왕이 살았다. 그의 성 뒤에 있는 아름다운 놀이 정원
에는 황금 사과가 열리는 나무가 한 그루 있었다. 사과가 익자 왕은
일일이 숫자를 세어 두었는데, 그다음 날 아침에 보니 사과 한 알이
모자랐다. 그 사실을 보고하자 왕은 밤마다 나무 밑에 경비를 세우
라고 명령했다.

왕에게는 세 아들이 있었다. 왕은 그 가운데 맏아들을 밤이 올
무렵 정원으로 보냈다. 하지만 한밤중이 되자 그는 쏟아지는 잠을
참지 못했다. 그다음 날 아침, 역시 사과 한 알이 사라졌다. 그다음
날 밤에는 둘째 아들이 경비를 서야만 했다. 그도 첫째 아들과 마찬
가지였다. 밤 12시 종이 울렸을 때 그는 잠이 들었고, 다음 날 아침
사과 한 알이 모자랐다. 이번에는 셋째 아들 차례였다. 셋째 아들은

만반의 준비가 되어 있었으나 왕은 셋째가 미덥지 않아 형들보다 못하리라고 여겼다. 하지만 결국 왕은 셋째가 경비를 서도록 허락했다. 셋째 왕자는 나무 밑에 누워 경비를 서며 쏟아져 내리는 잠을 온 힘을 다해서 참아 냈다. 12시 종이 울리자 뭔가가 공기 속에서 살랑거리는 소리를 내었다. 셋째는 달빛 속에서 나무 쪽으로 날아오는 새 한 마리를 보았다. 새의 깃털은 황금으로 번쩍거리고 있었다. 새는 나무 위에 앉더니 사과 한 알을 쪼았다. 그때 셋째가 새를 향해 화살을 쏘았다. 새는 겨우 달아났지만 화살은 깃털을 맞혔고, 황금 깃털 하나가 땅으로 떨어졌다. 셋째는 그것을 주워서는 다음날 아침 왕에게로 가져갔다. 그리고 지난밤 그가 본 것에 대해 보고를 올렸다. 왕은 자신의 신하들을 불러 모아서 의견을 물었다. 조언자들은 이 깃털 하나가 왕국 전체보다 값이 더 나갈 것이라고 입을 모았다.

"이 깃털이 그렇게 값비싸다면 하나만으로는 충분치 않다. 나는 이 새를 통째로 가져야겠다."

큰아들이 길을 나섰다. 그는 자신의 현명함을 믿어 의심치 않았고 곧 황금 새를 찾으리라고 확신했다. 얼마간 길을 걸었을 때 그는 숲 가장자리에 앉아 있는 여우 한 마리를 보았다. 첫째는 곧 총을 끄집어내어 여우를 겨냥했다. 여우가 애원했다.

"날 쏘지 마. 내가 유익한 조언을 들려줄 테니. 황금 새를 찾아가는 길이지? 너는 오늘 밤 한 마을에 도착할 거야. 그 마을에는 두 개의 주막이 마주 보고 있을 거고. 그중 하나는 불빛이 밝고 흥겨움으로 가득할 거야. 하지만 그곳으로는 가지 마. 좀 허름하게 보이더라도 다른 집으로 가."

'참 나, 멍청한 짐승이 내게 올바른 조언을 할 수 있겠냐고!'

첫째는 비웃으면서 총으로 여우를 쐈지만 맞히지는 못했다. 여우는 꼬리를 쭉 뻗고는 재빨리 숲 속으로 도망갔다. 첫째는 계속 길을 갔고, 저녁 무렵 한 마을에 도착했다. 두 주막이 마주 보고 서 있는 마을이었다. 한 주막에서는 노랫소리가 크게 들리고 사람들이 그 안에서 뛰고 구르며 즐겁게 즐기고 있었다. 다른 한 주막은 허름하고 어두침침해 보였다.

"내가 바보냐, 저런 거지 같은 주막을 가게. 이렇게 좋은 주막을 내버려 두고 말이야."

그래서 첫째는 재미나 보이는 주막으로 갔고, 그 안에서 흥청망청 노느라 새와 아버지 그리고 모든 좋은 가르침을 깡그리 잊어버렸다.

시간이 지나가도 큰아들이 집으로 돌아오지 않자 둘째가 길을 떠나 황금 새를 찾기로 했다. 첫째처럼 둘째도 길에서 여우를 만났고 좋은 조언도 들었지만 눈길 한번 주지 않았다. 둘째는 두 주막까지 갔다. 형이 환성이 흘러나오는 첫 번째 주막의 창가에 서서 그를 불렀다. 둘째는 유혹을 이겨 내지 못하고 오직 마음이 끌리는 대로 그곳에서 흥청거렸다.

다시 시간이 갔다. 막내도 길을 떠나서 자신의 운을 시험해 보고 싶었으나 아버지는 허락하려 하지 않았다.

'아무 소용 없어. 막내는 제 형들보다도 못할 거야. 무슨 문제라도 생긴다면 어떻게 처신해야 할지 알지도 못할걸. 제일 모자란 녀석이니.'

왕은 그렇게 생각했으나 아들이 계속 성화를 하자 떠나라고 승낙하고야 말았다. 이번에도 숲 앞에 여우 한 마리가 앉아 있다가 셋째에게 살려 달라고 애원하더니 좋은 조언을 해 주겠다고 했다. 막내는 마음씨가 좋았다.

"불안해하지 마, 여우야. 네게 아무 해도 끼치지 않을 테니."

"나를 살려 준 것을 후회하지 않을 거야. 더 빨리 도착할 수 있게 내 꼬리 위에 올라타렴."

그가 꼬리에 올라타자마자 여우는 달리기 시작했다. 돌과 나뭇등걸을 지나 바람 속에서 머리카락이 휘파람을 불 만큼 빠른 속도로 달렸다. 마을에 도착하자 여우는 막내를 내려 주었다. 막내는 여우의 충고를 따라서 한눈을 팔지 않고 허름해 보이는 여관으로 들어가 편안하게 하룻밤을 잤다. 그다음 날 아침 들판에 이르러 보니 여우가 이미 앉아서 막내를 기다리고 있었다.

"네가 앞으로 어떻게 해야 하는지 일러 주려고 왔어. 그냥 곧장 가기만 해. 그러면 어떤 성에 도착할 거야. 그 앞에는 한 무리의 병사들이 누워 있을 거고. 하지만 쳐다도 보지 말고 그냥 가. 군인들은 코를 골며 자고 있을 테니까. 그들 사이로 똑바로 걸어서 성으로 들어가. 모든 방을 다 지나고 나면 마지막으로 황금 새가 든 나무 새장이 걸려 있는 작은 방에 도착할 거야. 그 옆에는 금으로 만든 빈 새장이 있을 거고. 하지만 새를 허름한 새장에서 끄집어내서 화려한 새장에 넣지 마. 그렇게 했다가는 네게 좋을 게 하나도 없을 테니 조심하라고."

그 말을 한 다음 여우는 다시 꼬리를 길게 뻗었고 막내는 그 위에 앉았다. 돌과 나뭇등걸을 지나 바람 속에서 머리카락이 휘파람을 불 만큼 빠른 속도로 여우는 달렸다. 성에 다다르니 모든 것이 여우가 알려 준 대로였다. 그는 황금 새가 든 나무 새장이 걸려 있는 방에 도착했다. 황금 새장은 그 옆에 있었고, 황금 사과 세 알이 방 안에 뒹굴고 있었다. '이렇게 아름다운 새를 평범하고 허름한 새장에 넣어 두다니 얼마나 어울리지 않는가' 하는 마음이 막내에게는 그만 생겨나고 말았다. 그는 새장을 열어서는 새를 끄집어내어 황금 새장에 넣어 버렸다. 그때였다. 새가 귀청을 찢을 듯한 비명을 지르기 시작했다. 그 소리에 군인들이 깨어났고 방 안으로 밀려 들어와 막내를 잡아서는 감옥에 가두어 버렸다. 그다음 날 그는 법정에 세워졌고, 모든 것을 시인했으므로 사형선고를 받고 말았다. 하지만 왕은 조건 하나를 달고 그를 사면해 주겠다고 했다. 만일 그가 바람보다 더 빠르게 달린다는 황금 말을 데리고 온다면 그를 살려 줄 뿐만 아니라 황금 새까지 선사하겠다는 것이었다.

막내는 길을 나섰지만 슬픔에 잠겨 한숨을 내쉬었다. 어디에서 황금 말을 찾는단 말인가? 그때 여우가 나타났다. 여우는 길 위에 앉아 있었다.

"그것 봐. 내 말을 듣지 않아서 이런 일이 생긴 거야. 하지만 걱정하지 마. 내가 너를 돌봐 줄 테니. 어떻게 황금 말이 있는 곳으로 갈 수 있는지 알려 줄게. 이대로 곧장 가. 그러면 마구간에 황금 말이 서 있는 성에 도착할 거야. 마구간 앞에는 말을 돌보는 이들이 누워 있을 거고. 하지만 코를 골며 자고 있을 테니 너는 아무 문제 없이 황금 말을 데리고 나올 수 있어. 하지만 명심해. 말 위에 허름한 나무와 가죽으로 된 안장을 올려 주어야 해. 그 옆에 있는 황금 안장 말고. 그러지 않으면 어려운 일을 당하게 될 거야."

그 말을 한 다음 여우는 꼬리를 내밀었고 막내는 그 위에 앉았다. 돌과 나뭇등걸을 지나 바람 속에서 머리카락이 휘파람을 불 만큼 빠른 속도로 여우는 달렸다. 모든 것이 여우가 말한 대로였다.

막내는 황금 말이 서 있는 마구간에 도착했다. 하지만 허름한 안장을 말 위에 얹으려니 망설여졌다.

"이렇게 멋진 놈에게 허름한 안장을 얹어 주다니, 이건 말도 안 돼. 이놈에게 걸맞은 안장을 주어야지."

하지만 황금 안장이 몸에 닿자마자 황금 말은 큰 소리로 힝힝거리기 시작했다. 마구간을 돌보는 이들이 깨어나 막내를 잡아서는 감옥에 던졌다. 그다음 날 아침 법정에서 막내는 사형선고를 받았다. 하지만 왕은 사면을 해 주겠다고 약속했으며 덤으로 황금 말까지 선물하겠다고 했다. 만일 막내가 황금 성에 있는 아름다운 공주를 데려온다면 말이다.

무거운 가슴으로 막내는 길을 나섰다. 다행히도 그는 신실한 여우를 다시 만나게 되었다.

"네가 불행하든 말든 내버려 두어야 하지만 불쌍하니 한 번 더 도와주마. 이 길이 너를 황금 성까지 이끌어 줄 테니 곧장 가. 저녁이면 성에 도착할 거다. 모두가 잠이 드는 밤이 되면 공주는 목욕을 하기 위해 목욕탕으로 갈 거야. 공주가 안으로 들어가면 덮치고 입맞춤을 해. 그러면 공주는 널 따라올 거야. 그렇게 공주를 데리고 오면 돼. 하지만 공주가 마지막으로 부모와 작별 인사를 하겠다고 해도 절대로 그 말을 들어주어서는 안 돼. 그랬다가는 네 처지가 사나워질 거야."

여우는 다시 꼬리를 뻗었고 왕자는 그 위에 올라탔다. 돌과 나뭇 등걸을 지나 바람 속에서 머리카락이 휘파람을 불 만큼 빠른 속도로 여우는 달렸다. 막내가 황금 성에 도착해 보니 모든 것이 여우가 말한 대로였다. 그는 자정이 될 때까지 기다렸다. 모든 이들이 깊이 잠이 들고 아름다운 공주가 목욕탕으로 향했을 때 그는 공주를 덮쳐 입맞춤을 했다. 공주는 그와 함께 기꺼이 가기는 하겠지만 그 전에 부모에게 작별 인사를 하게 해 달라고 눈물을 흘리면서 애원했다. 막내는 처음에는 그 청을 거절했으나 공주가 더 서럽게 눈물을 쏟으며 무릎을 꿇고 간청하자 어쩔 수 없이 공주의 소원을 들어주었다. 공주가 아버지의 침대 곁으로 가자마자 아버지와 성의 모든 이들이 깨어났고, 막내는 체포되어 감옥에 갇혔다.

그다음 날 아침 왕은 그에게 말했다.

"네 목숨은 이제 끝이다. 하지만 네가 이 창문 앞에 서 있는 산을 허문다면 자비를 얻게 될 거야. 이 산 때문에 저 너머를 볼 수가 없거든. 네가 8일 안에 이 일을 해낸다면 내 딸을 주겠다."

막내는 쉬지 않고 흙을 파고 삽질을 했다. 7일이 지났지만 산은 한 귀퉁이도 허물어지지 않았다. 막내는 슬펐고 모든 희망을 잃고는 망연자실했다. 그런데 그날 저녁에 여우가 나타났다.

"내가 너를 돌보아 준 게 다 헛일이구나. 가, 그리고 조금 잠을 자두렴. 내가 너를 위해 이 일을 해 줄 테니."

그다음 날 아침 막내가 일어나서 창문 너머를 바라보았을 때 산은 감쪽같이 사라지고 없었다. 막내는 기쁨에 넘쳐 왕에게로 가서는 제시한 조건을 이행했노라 보고했다. 왕은 약속을 했으므로 그 말을 지켜야 했고 딸을 막내에게 주어야만 했다.

그렇게 둘은 함께 길을 떠났다. 오래 지나지 않아서 신실한 여우가 그들에게로 왔다.

"가장 좋은 걸 가지긴 했지만 황금 성에서 온 공주에게는 황금 말이 어울리지."

"황금 말을 어떻게 차지할 수 있지?"

"먼저 너를 황금 성으로 보낸 왕에게 공주를 데리고 가. 왕은 기뻐서 어쩔 줄 몰라 할 거야. 그리고 황금 말을 기꺼이 주기 위해 네 앞으로 데리고 올 거다. 말이 네게로 오면 주저 말고 올라타. 그리고 작별 인사를 하며 모두와 악수를 하고, 마지막으로 공주에게 손을 내밀어. 공주의 손을 잡으면 한 번에 공주를 끌어 올려서 말에 태우고 얼른 도망가. 누구도 황금 말을 따라오지 못해. 말은 바람보다 빠르거든."

다행히도 모든 것이 여우가 말한 대로 이루어졌고 막내는 공주를 황금 말에 태우고 달렸다. 여우는 계속 그에게 조언을 했다.

"이제 네가 황금 새를 얻도록 도와줄게. 황금 새가 사는 성 가까이에 도착하면 공주를 말에서 내리게 해. 내가 공주를 보호할게. 너는 황금 말을 타고 성의 마당으로 가. 황금 말을 타고 들어오는 너를 보면 사람들은 기뻐하면서 네게 황금 새를 데리고 올 거야. 새장을 손에 넣자마자 말을 타고 도망쳐. 그리고 우리에게로 와서 공주를 데리고 가."

이 일이 성공하자 여우는 막내에게 말했다.

"이제 내 도움에 대한 보답을 해야 해."

"내가 뭘 해 주면 좋겠니?"

"우리가 저 숲에 도착하면 날 총으로 쏘아서 죽여. 그리고 내 머리와 발을 잘라 줘."

"그게 보답이라고? 그런 일을 나는 절대로 할 수 없어."

"그렇다면 난 너를 떠날 수밖에 없어. 떠나기 전에 충고 하나 더 해 줄게. 두 가지 일을 조심해야 해. 교수대에 걸린 고기를 사지 말고, 우물 가장자리에는 앉지 마."

그 말을 끝으로 여우는 숲으로 사라졌다.

'정말 이상한 놈이야, 그런 괴상한 망상을 품다니. 누가 교수대에 걸린 고기를 산담. 그리고 우물 가장자리에 앉는 일은 꿈조차 꾸지 않았는데.'

그런 생각을 하면서 그는 공주를 말에 태우고 달렸다. 길은 다시 형들이 머무르고 있는 마을로 그를 이끌었다. 그곳에는 많은 사람들이 모여 있어 북적이고 시끄러웠다. 무슨 일이냐고 막내가 물으니 사람들은 두 남자가 교수형에 처해질 것이라고 대답했다. 가까이 다가가 보니 두 형이 바로 사형수였다. 형들은 온갖 악행을 저지르며 가지고 있던 모든 것을 탕진한 듯했다. 막내는 그들을 풀어 줄 수 없느냐고 물었다.

"돈을 낸다면야. 하지만 저렇게 나쁜 놈들에게 돈을 쓰려고?"

막내는 더 생각하지도 않고 돈을 지불했다. 그들이 풀려나고 난 뒤 모두 함께 길을 떠났다.

그들은 여우를 처음 마주쳤던 숲에 도착했다. 숲은 서늘하고 편안했다. 해가 뜨겁게 달아올랐으므로 두 형은 말했다.

"우리, 우물 옆에서 조금 쉬다 가자. 먹고 마시기도 하고."

막내도 찬성했다. 이야기를 나누는 동안 그는 여우의 충고를 잊어버리고 우물가에 앉고 말았다. 어떤 사악한 의도도 알아차리지 못했다. 두 형은 그를 우물 안으로 밀어 버렸고, 공주와 말 그리고 새를 빼앗아서는 집으로 향했다.

"황금 새만 가져온 게 아니에요, 아버지. 황금 말 그리고 황금 성에서 온 공주도 데리고 왔답니다."

아버지는 기뻐했으나 말은 아무것도 먹지 않았고 새는 노래하지도 않았으며 공주는 앉아서 울기만 했다.

그러나 막내는 죽지 않았다. 우물은 다행히도 말라 있었고, 부드러운 이끼 위로 떨어져서 다치지도 않았다. 하지만 다시 우물 바깥으로 나올 수가 없었다. 이 불운의 순간에도 신실한 친구인 여우는 잊지 않고 막내에게로 뛰어왔다. 그리고 충고를 잊어버린 그를 꾸짖었다.

"하지만 널 그대로 둘 수는 없어. 다시 우물에서 나오도록 도와

줄게."

여우는 막내에게 꼬리를 잡고 단단히 붙들라고 하고는 그를 공중으로 끌어 올렸다.

"너는 아직 모든 위험에서 벗어난 게 아냐. 네 형들은 네가 죽었다는 사실을 확인하지 못했기 때문에 숲 군데군데에 경비원들을 풀어놓았어. 네가 나타나면 그들은 널 죽일 거야."

마침 어느 가난한 남자가 길 위에 앉아 있었다. 막내는 옷을 그 남자와 바꾸어 입고 왕의 궁정에 도착했다. 아무도 그를 알아보지 못했으나 새는 다시 노래하기 시작했고 말은 다시 먹기 시작했으며 공주는 울기를 그쳤다. 왕이 이상하게 생각하고는 물었다.

"이게 무슨 일이냐?"

공주가 대답했다.

"저도 몰라요. 그렇게 슬펐는데 이제는 이렇게 기쁘네요. 꼭 내 진짜 신랑이 다시 돌아온 것처럼요."

두 형은 입만 뻥긋해도 죽이겠다고 공주를 위협했으나 그녀는 있었던 모든 일을 왕에게 들려주었다. 왕은 궁정에 있는 모든 사람들에게 모이라고 명령했다. 그러자 막내도 왔다. 넝마를 걸친 가난한 남자로 나타났지만 공주는 금방 막내를 알아보고 달려가서 그를 껴안았다. 사악한 두 형은 붙잡혀서 사형을 당했고, 막내는 공주와 결혼해서 왕의 후계자가 되었다.

그런데 불쌍한 여우는 어떻게 되었을까? 오랜 시간이 지난 어느 날, 막내는 숲으로 산책을 나갔다가 여우를 만났다.

"너는 네가 원하던 모든 것을 가졌구나. 하지만 내 불운은 아직 끝나지 않았어. 나를 자유롭게 해 줄 힘이 있는 사람은 너뿐이야."

그리고 다시 한 번 자신을 죽여서 머리와 발을 잘라 달라고 애원했다. 막내는 마침내 여우의 뜻대로 해 주었다. 곧 여우는 사람으로 돌아왔다. 그는 다름 아닌 공주의 오빠였다. 드디어 마법에서 풀려난 것이다. 그렇게 모든 일이 해결되었고, 셋은 살아 있는 동안 행복하게 지냈다.

8
농부의 현명한 딸

언젠가 가난한 농부가 있었다. 그에게는 땅 한 뼘도 없었고 작은 집 한 채와 외동딸이 가진 것의 전부였다. 어느 날 딸이 단호하게 말했다.

"우리, 왕에게로 가서 새로 경작할 작은 땅뙈기 하나라도 달라고 해요."

왕은 그들이 얼마나 가난한지를 듣고는 작은 밭을 주었다. 농부와 딸은 조금이기는 하지만 곡식알과 그 밖의 열매가 달릴 수 있는 씨앗들을 뿌리려고 열심히 밭을 일구었다. 그들이 밭을 거의 다 갈았을 때 땅속에서 순금으로 된 작은 절구가 나왔다. 아버지가 딸에게 말했다.

"왕이 은혜를 베풀어서 이런 밭을 우리에게 주었으니 우리는 이

절구를 왕에게 바쳐야 하지 않겠니."

하지만 딸은 아버지의 말을 듣고 고개를 설레설레 저었다.

"아버지, 우리가 공이 없이 절구만 드린다면 왕은 공이를 찾아내라고 할 거예요. 그러니 입을 다물고 조용히 있는 편이 나아요."

아버지는 딸의 말을 듣지 않고 절구를 들고 왕에게로 가서는, 이것을 밭에서 발견했는데 왕을 위해서 가져왔으니 받아 주시겠냐고 물었다. 왕은 절구를 받더니 달리 찾은 것은 없느냐고 물었다. 농부가 절구 말고는 찾지 못했노라고 고하자 왕은 공이는 어디 있느냐며 공이도 가지고 오라고 명했다. 농부는 공이는 찾을 수 없었다고 했지만 마치 벽에게 말을 한 것처럼 왕은 듣는 척도 하지 않았다. 그는 감옥으로 보내졌고, 공이를 찾을 때까지 갇혀 있어야만 한다는 명령이 떨어졌다. 감옥지기들은 그에게 매일 물과 빵을 가져다 주었다. 딱 감옥에 어울리는 음식 말이다. 그들은 농부가 울부짖는 소리를 들었다.

"아, 내 딸의 말을 들었더라면! 내 딸의 말을 들었더라면!"

감옥지기들은 왕에게 가서 농부가 계속 울부짖으며 '내 딸의 말을 들었더라면!'이라고만 하면서 아무것도 먹지 않고 마시지 않는다고 고했다. 왕은 농부를 데리고 오라고 명하고는 그가 오자 물어보았다.

"아니, 네 딸이 무슨 말을 했기에 그렇게 소란을 떠는 것이냐?"

"예, 딸이 그랬답니다, 절구를 전하에게 가지고 가지 말라고. 그럼 공이까지 찾아내야 할 거라고요."

"현명한 딸을 두었군. 딸을 내게 데리고 오너라."

그런 연유로 딸은 왕에게로 와야만 했다. 왕은 딸에게 그대가 정말 그렇게 현명하다면 수수께끼를 낼 테니 풀어 보라, 만일 수수께끼를 푼다면 아내로 삼겠노라고 말했다. 딸은 곧 해 보겠다고 대답했다.

"옷을 입지도 그렇다고 벗지도 않고, 말을 타고 오는 것도 아니고 탈것을 타고 오는 것도 아니고, 길 안도 아니고 그렇다고 길 바깥도 아닌 곳을 걸어서 나에게 오너라. 이걸 해낼 수 있다면 너와 결혼하겠다."

농부의 딸은 왕을 떠나 집으로 와서는 입고 있던 옷들을 홀라당 벗어 버렸다. 그리고 그대로 물고기 잡는 그물을 가져다가 안으로 들어가 앉아서는 몸 주위에 뚤뚤 쌌다. 그러니 벗은 것도 벗지 않은 것도 아니었다. 그러고는 돈을 주고 당나귀 한 마리를 빌려서 당나귀 꼬리에다 그물을 묶어 당나귀가 그녀를 끌고 가게 했다. 그러니 말을 타고 가는 것도 아니고 탈것을 타고 가는 것도 아니었다. 또 당나귀가 바퀴 자국을 따라서만 자신을 끌고 가게끔 했으므로 엄지발가락 말고는 땅에 닿은 것이 없었다. 그러니 그녀는 길 안도 아니고 바깥도 아닌 곳을 디딘 것이다. 그렇게 왕에게로 가자 왕은 그녀가 수수께끼를 풀고 모든 요건을 충족했다고 공표했다. 아버지는 감옥에서 풀려났고 왕은 농부의 딸과 결혼했으며 왕국의 재산을 그녀가 관리하도록 했다.

몇십 년이 흘러갔다. 한번은 왕이 퍼레이드를 하는데, 농부들이 성 앞에 수레를 세우고는 땔감을 팔고 있었다. 몇몇 농부는 황소가, 다른 농부들은 말이 수레를 끌도록 매어 두었다. 그중 한 농부에게 말 세 마리가 있었는데 그 가운데 하나가 망아지를 낳았다. 그런데 망아지가 도망을 가서는 다른 수레 앞에 있는 두 황소 사이에 누워 버렸다. 농부들이 모여서는 서로 다투고 밀치며 소리소리 질렀다. 황소의 주인인 농부가 망아지를 가지려고 하면서 황소가 망아지를 낳았노라, 그러니 망아지는 내 것이라 주장했다. 다른 농부는 아니다, 말이 망아지를 낳았노라, 그러니 저놈은 내 것이라 열을 올렸다. 농부들이 이 다툼을 가지고 왕의 판결을 받기 위해 왔다. 왕은 망아지가 누워 있던 자리의 임자가 망아지 임자라는 판결을 내렸다. 망아지 임자가 아닌 농부가 결과적으로 망아지를 차지하게 된 것이다. 진짜 망아지 임자인 농부는 그 자리를 떠나며 제 것인 망아지 생각에 억울해서 슬피 울었다. 그때 농부는 왕비가 자비롭다는 말을 들었다. 그녀 역시 가난한 농부의 딸에서 왕비가 되었기 때문이라고 사람들은 이구동성으로 말했다. 농부는 왕비에게로 가서 망아지를 돌려받도록 도와줄 수 있는지 물었다.

"도와 드리지요. 농부님이 날 배신하지 않겠다고 약속을 한다면 말이에요. 내일 아침 일찍 왕이 시찰을 돌 때, 길 한가운데에 서 있으세요. 왕이 지나가야 하는 자리에요. 커다란 그물을 가지고 가서는 마치 물고기를 잡는 양하세요. 계속 그물질을 하고 그물을 털어요, 안에 물고기가 꽉 차 있는 것처럼요."

그리고 왕이 질문을 하면 어떤 대답을 해야 하는지도 가르쳐 주었다.

그다음 날 왕비의 꾀대로 농부는 물도 없는 길 중간에 서서 물고기를 낚는 시늉을 하고 있었다. 왕이 지나가다가 그것을 보고는 전령을 보내서 저 바보 같은 남자가 무슨 생각으로 저러는지 알아보라고 했다. 농부는 대답했다.

"물고기를 잡는 것이 보이지 않습니까."

전령은 물이 없는데 어떻게 물고기를 잡을 수 있는지 물었다.

"아니, 황소 두 마리가 망아지를 낳을 수 있는 판에, 물 없는 곳에서 물고기를 잡지 못할까 봐요."

전령은 왕에게로 와서는 농부의 대답을 보고했다. 왕은 농부를 데려오라고 했고, 추궁하며 누구에게서 이 꾀가 나왔는지 이실직고하라고 했다. 하지만 농부는 입을 굳게 다물고 자신이 생각해 낸 것이라고만 되풀이해서 중얼거릴 뿐이었다. 그들은 농부를 짚단 위에 엎어 놓고 자백을 할 때까지 계속 매를 쏟아부었다. 너무나 고통이

심했으므로 결국 농부는 참지 못하고 왕비의 꾀라고 발설해 버렸다.

왕은 집으로 돌아와서 왕비를 꾸짖었다.

"어찌 이리도 나를 기만하는 것이오? 더 이상 그대를 아내로 여기지 않겠소. 이 궁정에서 그대의 시간은 다 지나갔소. 가시오, 다시. 그대가 온 곳으로, 작고 허름한 농가로."

하지만 왕은 그녀가 가장 아끼고 좋아하는 것 하나만은 가져가도 좋다고 허락했다. 그것이 이별 선물이라고 했다. 왕비가 말했다.

"그래요, 당신의 명령이라면 따라야지요."

왕비는 왕의 품으로 뛰어들어 입맞춤을 하고 이별 인사라고 울먹였다. 그러고는 시종을 시켜 강력한 수면제가 든 음료수를 가져오게 해서는 이별주로 함께 마시자고 왕에게 권했다. 왕은 크게 한모금을 마셨지만 왕비는 아주 작은 모금을 찔끔 넘겼다. 곧 왕은 깊은 잠에 빠졌다. 그 모습을 본 왕비는 시종들을 불러 가장 질 좋은 하얀 아마포를 가져오게 해서는 왕을 그 안에 감싸 넣었다. 시종들은 왕을 짊어지고 문 앞에서 대기 중이던 마차로 옮겼다. 그길로 왕비는 왕과 함께 작은 농가로 가서 왕을 작은 침대에 눕혔다. 왕은 밤인지도 낮인지도 모르고 자다가 깨어나서는 주위를 둘러보았다.

"이런, 여긴 어디인가?"

왕은 시종들을 불렀으나 아무도 없었다. 마침내 왕비가 침대 앞에 나타났다.

"왕이여, 당신이 명령하지 않았나요, 내가 가장 아끼고 좋아하는 것 하나만을 성에서 가지고 나가라고. 당신 말고는 아끼고 좋아하는 것이 나에게는 없어요. 그래서 당신을 데리고 왔지요."

왕의 눈에서 눈물이 저절로 흘러내렸다.

"미안하오. 그대는 나의 아내고 나는 그대의 남편이오."

왕은 다시 왕비를 성으로 데리고 왔고 다시 결혼식을 올렸다. 아마도 그들은 오늘까지 잘 살고 있을 것이다.

9

라푼첼

옛날에 한 부부가 오래전부터 아이를 지극히 원하다가 드디어 주님의 은총으로 아이를 가졌다. 그들이 사는 집 뒤채에는 작은 창문이 하나 있었고, 창문 너머로는 아주 화려한 정원이 보였다. 정원에는 매우 아름다운 꽃과 약초가 흐드러지게 자라고 있었다. 하지만 높은 담장이 정원을 둘러싸고 있었고 온 세상 사람들이 무서워하는 마녀가 정원의 주인이어서, 누구도 감히 그 안으로 들어가려고 하지 않았다. 어느 날 아내는 창가에 서서 정원을 내려다보다가 더없이 싱싱한 라푼첼*이 심어진 화단을 보게 되었다. 탐이 나고 먹고 싶어서 안달이 날 만큼 라푼첼은 싱싱하고 푸르렀다. 라푼첼

---

* 들상추라고도 불리는 겨울 채소. 샐러드를 해서 먹는다.

을 먹고 싶은 열망은 하루가 멀다 하고 깊어 갔고, 끝내 그것을 얻지 못하리라는 생각에 아내의 몸은 야위고 얼굴은 창백해져서 불행을 어깨 위에 짊어진 듯 보였다. 남편이 깜짝 놀라서 물었다.

"여보, 뭐가 부족하오?"

"아, 우리 집 뒤편 정원에서 자라는 라푼첼을 먹지 못하면 저는 죽을 거예요."

아내를 너무나 사랑한 남편은 생각했다.

'아내를 죽게 하느니 차라리 라푼첼을 캐 오자. 아무리 대가가 크다 해도.'

해가 질 무렵 그는 마녀 정원의 담장을 타고 넘어가서 서둘러 라푼첼을 한 움큼 캐어서는 아내에게 가져다주었다. 그녀는 라푼첼로 샐러드를 만들어 허겁지겁 먹어 치웠다. 라푼첼이 어찌나 맛이 좋았던지 다음 날 아내는 먹고 싶은 마음이 세 곱절이나 커졌다. 아내가 마음의 평정을 얻으려면 남편이 다시 한 번 정원으로 갈 수밖에 없었다. 그래서 남편은 해가 질 무렵 다시 정원으로 갔다. 하지만 담장을 내려갔을 때 그는 소스라치게 놀라고 말았다. 마녀가 그 앞에 버티고 서 있었기 때문이다.

"감히 여기가 어디라고!"

그녀는 성난 눈길로 그를 꾸짖었다.

"내 정원으로 기어 들어와서 라푼첼을 훔치다니! 대가를 치르게

될 것이야."

"아이고, 은혜를 베풀어 주십시오. 저는 다만 피치 못할 사정으로 이런 도둑질을 하고 말았네요. 제 아내가 창문으로 댁의 정원에서 자라는 라푼첼을 보고는 그걸 먹지 않으면 죽을 것 같다고 하기에……."

대답을 듣고 난 뒤 마녀는 화를 가라앉히며 그에게 말했다.

"네가 말한 대로라면 원하는 만큼 라푼첼을 캐 가도록 허락하겠어. 하지만 단 한 가지 조건이 있지. 네 아내가 낳을 아이를 나에게 쥐야만 해. 아이는 내 옆에서 잘 지내게 될 거다. 내가 엄마처럼 돌보아 줄 테니까."

남편은 겁에 질려 마녀가 제시한 조건에 동의하고 말았고, 마녀는 아내가 해산을 하자마자 나타나서 아이에게 라푼첼이라는 이름을 지어 주고 데리고 가 버렸다.

라푼첼은 하늘 아래에서 가장 아름다운 소녀로 자라났다. 그녀가 열두 살이 되었을 때 마녀는 소녀를 어느 숲에 있는 탑에 가두어 두었다. 그 탑에는 계단도 문도 없고, 맨 꼭대기에 작은 창문만이 있었다. 탑 안으로 들어가고 싶을 때마다 마녀는 아래에 서서 외쳤다.

라푼첼, 라푼첼
네 머리카락을 내려 주렴

라푼첼의 머리카락은 길고도 아름다우며 금실처럼 섬세했다. 라푼첼은 마녀의 목소리가 들리면 땋은 머리를 풀어 위에 있는 창문 고리에 묶어서는 20엘레* 밑에 있는 아래로 던졌다. 그러면 마녀는 머리카락을 잡고 위로 올라왔다.

몇 년이 그렇게 흐르고, 한 왕자가 말을 타고 숲을 달리다가 탑

---

* Elle, 독일의 옛 길이 단위. 1엘레는 약 66센티미터에 해당한다.

옆을 지나게 되었다. 그곳에서 그는 노랫소리를 들었다. 노래가 너무나 사랑스러워 조용히 서서 엿들었다. 그것은 라푼첼이 부르는 노래였다. 그녀는 외로움 속에서 달콤한 목소리를 울려 퍼뜨리며 시간을 보내고 있었다. 왕자는 그 목소리의 주인을 만나고 싶어서 탑으로 들어가는 문을 찾았지만 어디에서도 발견할 수 없었다. 그는 말을 타고 집으로 돌아왔으나 노래가 마음을 온통 흔들어 놓았기에 매일 숲 속으로 가서는 노랫소리에 귀를 기울였다. 어느 날 왕자는 나무 뒤에 서서 몰래 탑을 바라보다가, 마녀가 와서 위를 향해 외치는 소리를 듣게 되었다.

  라푼첼, 라푼첼
  네 머리카락을 내려 주렴

  라푼첼이 머리채를 내려 주자마자 마녀는 그녀에게로 올라갔다.
"저게 위로 올라가는 사다리구나. 나도 내 행운을 한번 시험해 봐야겠다."
  그리고 다음 날 어두워지기 시작했을 때 왕자는 탑으로 가서 외쳤다.

  라푼첼, 라푼첼

네 머리카락을 내려 주렴

머리채가 내려오자마자 왕자는 위로 올라갔다.

처음에 라푼첼은 남자가 들어오는 것을 보고 소스라치게 놀랐다. 그녀는 단 한 번도 남자를 본 적이 없었기 때문이다. 왕자는 친절하게 말을 걸며 자신이 왜 여기에 왔는지를 설명했다. 그녀가 부르는 노래에 마음이 한 번도 쉴 수 없을 만큼 흔들려 직접 봐야만 했다고 말이다. 그 말을 듣고 라푼첼은 안심이 되었다. 또한 왕자가 청혼을 하자, 왕자는 젊고 잘생긴 데다 늙은 여자 고텔보다 왕자가 차라리 나를 더 사랑한다는 생각이 들었다. 라푼첼은 왕자의 손을 잡으며 청혼을 받아들이고는 말했다.

"저도 당신과 함께 가고 싶어요. 하지만 어떻게 아래로 내려가야 할지 모르겠어요. 제게 올 때마다 비단실 한 타래를 가져다주세요. 그 실로 사다리를 짤 수 있게요. 그리고 사다리가 완성되면 밑으로 내려갈 테니 당신이 저를 말에 태워 데리고 가세요."

그때까지 매일 저녁 왕자가 그녀에게로 오기로 약속했다. 낮이면 마녀가 오기 때문이었다. 마녀는 아무것도 눈치채지 못하다가, 어느 날 라푼첼이 불쑥 이렇게 말을 꺼냈을 때 어떤 일이 벌어졌는지 금방 알아챘다.

"고텔 아주머니, 말해 주세요. 왜 아주머니를 위로 끌어 올리기

가 왕자보다 더 힘든지. 젊은 왕자는 내게로 순식간
에 올라오는데."

마녀는 화가 머리끝까지 치솟아 고래고래 소리를
질렀다.

"아, 이 배은망덕한 것아. 내가 네게서 이런 말을 듣
다니. 너를 이 세상으로부터 완전히 떨어뜨려 놓았다고
생각했건만. 너는 날 속여 먹었어!"

마녀는 성이 나서 라푼첼의 아름다운 머리카락을 거머쥐고는 왼
쪽 손에 몇 번 똘똘 감더니, 오른손으로 가위를 집어 들고는 쓱싹쓱
싹 순식간에 잘랐다. 아름다운 머리채는 땅 위에 던져졌다. 마녀는
무자비하게도 불쌍한 라푼첼을 황야로 보내 버렸다. 그곳에서 라푼
첼은 고통과 비탄에 잠겨 지내야만 했다.

라푼첼을 내친 그날 저녁 무렵 마녀는 잘린 라푼첼의 머리채를
위에 있는 창문 고리에 단단하게 매달아 두었다. 잠시 후 왕자가 라
푼첼을 불렀다.

라푼첼, 라푼첼
네 머리카락을 내려 주렴

마녀는 기다리고 있었다는 듯 머리채를 밑으로 내려 주었다. 왕

자는 위로 올라왔으나 그는 그곳에서 사랑하는 라푼첼이 아니라 악하고도 독한 눈길로 쏘아보고 있는 마녀를 발견했다. 마녀는 왕자를 비웃었다.

"아하, 사랑하는 아내를 데리러 왔구나. 하지만 아름다운 새는 더 이상 둥지에 앉아 있지도 않고 노래하지도 않아. 고양이가 물어 갔지. 그리고 그 고양이가 네 눈마저 도려낼 거다. 넌 라푼첼을 잃어버린 거야. 다시는 라푼첼을 보지 못할 거라고."

왕자는 고통으로 제정신이 아니었고, 절망 속에서 탑에서 뛰어내렸다. 그는 목숨을 잃지는 않았지만 그가 떨어진 가시덤불의 가시들이 눈을 찔러 눈이 멀고야 말았다. 그래서 그는 숲 속을 헤매고 다녔다. 나무뿌리와 산딸기 말고는 아무것도 먹지 않았으며 애통해하는 것 말고는 아무것도 하지 않았고, 잃어버린 사랑하는 아내를 생각하며 울었다. 그렇게 몇 년을 비참함 속에서 헤매다가 마침내 왕자는 라푼첼이 쌍둥이 남매를 데리고 가난하게 살고 있는 황야에 이르렀다. 그곳에서 그는 아주 친숙한 목소리를 듣고는 그 소리를 쫓아갔다. 가까이 다가갔을 때 라푼첼이 그를 알아보았고 그녀는 왕자의 목을 껴안고는 울었다. 그녀의 눈물 두 방울이 왕자의 눈을 적시자 멀었던 눈이 밝아져서 그는 그전처럼 다시 볼 수 있게 되었다. 왕자는 라푼첼을 기쁨으로 맞이하는 왕국으로 데리고 갔다. 그들은 오랫동안 행복하고도 만족스럽게 살았다.

10

브레멘 음악대

그 언젠가 한 남자가 있었다. 그에게는 당나귀 한 마리가 있었는데, 이 당나귀는 이미 여러 해 동안 무거운 자루들을 물레방앗간으로 실어 날랐으므로 기력이 쇠약해져서 점점 일을 할 수 없게 되었다. 주인은 그에게 더 이상 먹이를 주지 않기로 마음먹었고, 당나귀는 주인의 속내를 눈치채고 도망을 쳐서는 브레멘으로 길을 나섰다. 그곳에서 음악대의 일원이 될 수 있을지도 모른다고 생각한 것이다. 잠시 걷다가 당나귀는 길가에 누워 있는 사냥개와 마주쳤다. 사냥개는 피곤할 대로 피곤해서 헉헉대고 있었다.

"견공, 왜 그리 숨을 헐떡거리고 있소?"

당나귀가 물었다.

"아이고, 내가 늙어서 날이 지날수록 기운이 없어지고 사냥할 때면 빨리 뛸 수도 없으니까 주인이 날 때려죽이려고 했다네. 그래서 재빨리 도망길에 올랐다오. 그런데 이제부터 뭘 먹고 살아야 할 거나."

"내게 좋은 생각이 있소. 나, 지금 브레멘으로 가서 도시 음악대가 되려고 한다오. 나와 함께 가지 않으려오? 견공도 음악대에 지원하면 되잖소. 나는 류트를 연주할 줄 안다오. 견공은 북을 치면 될 것 같은데."

개는 선뜻 그 제안을 받아들였고, 둘은 함께 브레멘을 향해 걷기 시작했다. 얼마 지나지 않아 길가에 앉아 있는 고양이를 만났다. 고양이는 사흘 동안 비를 맞은 양 울상이었다.

"묘공, 무슨 문제라도 생겼소?"

당나귀가 물었다.

"누구라도 내 신세라면 웃을 수는 없을 거요. 나이가 들고 이가 무뎌져서 쥐를 잡기보다 난로 옆에서 실뭉당이 가지고 놀기를 더 좋아하니까 주인 여자가 날 물에 빠뜨려 죽이려고 하잖아. 비록 도망을 친 것은 좋은 아이디어였지만 모든 일에는 대가가 따르는 법. 나, 어디로 가야 할지 막막하다오."

"우리와 함께 브레멘으로 가면 어떻겠소? 묘공도 세레나데를 좀 알잖아. 브레멘으로 가서 음악대원이 될 수 있을 거요."

고양이는 그 생각이 좋다고 여겼고, 그들과 동행했다. 세 도망자들은 농가를 지나게 되었다. 한 대문 위에 수탉이 앉아서는 혼신의 힘을 다하여 꼬꼬댁거리고 있었다.

"계공, 정말 뼛골이 빠지도록 소리를 지르고 있구려. 왜 그러는 거요?"

당나귀가 물었다.

"날씨를 알려 주었소. 오늘이 주인 여자가 세례받을 아기의 셔츠를 빨아 너는 날이거든. 내일 일요일에 손님들이 오는데, 주인 여자는 인정이라고는 눈곱만큼도 없어서 요리사에게 말하지 않겠어? 내 고기를 넣은 국을 끓이라고. 오늘 저녁이면 내 머리는 잘려질 게야. 그래서 할 수 있는 한 목청을 다해 소리를 지르고 있었다오."

"계공, 차라리 우리와 길을 떠나는 것이 어떻소? 우리는 브레멘으로 간다오. 죽음보다 나은 건 어디서나 찾을 수 있어요. 계공은 목소리가 좋으니 우리와 함께 음악을 연주하면 잘 맞을 거요."

수탉은 그 제안이 맘에 들었고, 이제는 넷이 함께 길을 가기 시작했다.

하지만 하루 만에 브레멘에 당도할 수는 없었다. 저녁 무렵 그들은 숲에 이르렀고, 그곳에서 하룻밤을 지내기로 했다. 당나귀와 사냥개는 큰 나무 밑에 누웠고 고양이는 가지 위에 앉았다. 수탉은 나무 꼭대기 위로 올라갔다. 그곳이야말로 수탉에게는 가장 안전한 장소였다. 수탉은 잠이 들기 전에 다시 한 번 사방을 둘러보다가 멀리서 작은 불빛이 깜빡이는 것을 보았다. 그래서 일행을 불러 빛이 있는 걸 보니 멀지 않은 곳에 집이 있을지도 모른다고 알렸다. 당나귀가 말했다.

"우리, 그곳으로 가는 거요. 여기에서 잠을 자기에는 불편하잖아."

개는 약간의 고기가 붙어 있는 뼈 몇 개를 얻을 수 있다면 나쁘지 않겠다고 응답했다. 그래서 그들은 빛이 깜빡이는 곳을 향해 걷기 시작했다. 곧 은은하게 새어 나오는 불빛이 보이더니 점점 빛이 커져 갔다. 드디어 밝게 불이 켜진 도둑들의 집까지 그들은 오게 되었다. 일행 중에 가장 큰 당나귀가 창문으로 다가가서 안을 들여다보았다.

"뭐가 보이나, 나귀선생?"

닭이 물었다.

"뭐가 보이느냐고? 좋은 음식과 마실 것이 잔뜩 차려진 식탁이 보이네. 도둑들이 식탁에 둘러앉아 잘 먹고 마시고 있어."

"그 식탁, 우리에게도 있었으면."

닭이 말했다.

"그렇지? 정말 우리 것이었으면 좋겠어!"

당나귀가 말했다.

　일행은 머리를 맞대고 꾀를 내기 시작했다. 어떻게 해야 도둑들을 집 바깥으로 내쫓을 수 있을까? 그러다가 좋은 생각이 떠올랐다. 당나귀는 앞발로 창문 앞에 서고, 개는 당나귀의 등 위로 올라가고 고양이는 개 위로, 끝으로 닭이 제일 위로 올라가서는 고양이 머리 위에 앉았다. 그리고 신호가 떨어지자 함께 음악을 연주하기 시작했다. 당나귀는 힝힝, 개는 멍멍, 고양이는 야옹, 닭은 꼬꼬댁. 그런 다음 창문을 통해 창유리가 덜컹거릴 만큼 쏜살같이 방 안으로 들어갔다. 도둑들은 이 끔찍한 음악에 놀라서는 펄쩍 뛰어올랐다. 그리고 유령들이 집 안으로 들어왔다고 여겨 겁에 사로잡힌 채 숲으로 허겁지겁 빠져나갔다. 자, 이제 네 벗은 식탁에 둘러앉아 도둑들이 먹고 남은 것을 마음에 드는 대로 집어먹었다. 마치 한 달이나 굶었던 것처럼.

다 먹고 나자 네 음악가들은 불을 끄고는 원하는 대로 잠자리를 찾았다. 당나귀는 거름 위에 누웠고, 개는 문 뒤에, 고양이는 따뜻한 재가 있는 화덕 위에, 수탉은 들보 위에 앉았다. 먼 길을 걸었던 탓에 피곤했으므로 그들은 곧 잠이 들었다. 자정이 지났을 때 도둑들이 멀리서 바라보니 집 안에는 불이 꺼져 있고 사위가 조용해 보였다. 두목이 말했다.

"우리, 너무 쉽게 겁먹은 거 아냐?"

그는 부하 가운데 하나에게 집을 살펴보라고 시켰다. 부하는 집 안이 조용한 것을 확인하고는 부엌으로 가서 불을 켜려고 했다. 그는 불타는 듯한 고양이의 눈을 아직 타오르고 있는 석탄이라 착각하고 유황을 묻힌 나뭇가지를 그 앞에 들이대었다. 하지만 고양이는 그런 짓 따위는 재미있다고 여기지 않았으므로 도둑의 얼굴로 뛰어 올랐다. 도둑은 깜짝 놀라서는 뒷문으로 나가려 했으나 그 옆에 누워 있던 개가 뛰어올라서 그의 다리를 물었다. 도둑은 마당을 건너 거름 더미를 지나서 뛰어갔다. 그곳에 누워 있던 당나귀가 뒷

발로 그를 힘차게 걷어찼다. 수탉은 주변이 시끄러웠던 까닭에 잠에서 깨어나 정신이 번쩍 들자 들보 위에서 아래를 향해 소리를 질렀다. 꼬꼬댁!

도둑은 죽을힘을 다해서 두목에게로 달려갔다.

"두목님, 집 안에 무시무시한 마녀가 앉아서는 나에게 입김을 보내더니 긴 손가락으로 제 얼굴을 긁었답니다. 문 앞에서는 칼을 든 사내가 제 발을 찔렀고요. 마당에는 검은 괴물이 누워 있다가 나무방망이로 저를 때렸고, 지붕 위에는 기사가 앉아 있다가 소리를 지르길 '내게 저 무뢰한을 데리고 오너라!' 하는 겁니다. 얼마나 식겁했는지 달아날 수밖에는 없었답니다."

그 뒤로 도둑들은 더 이상 집 안으로 들어갈 엄두를 내지 못했고 네 명의 브레멘 음악대는 이 집이 너무나 마음에 들었으므로 더 이상 집 바깥으로 나오려고 하지 않았다. 그리고 이 이야기를 마지막으로 들려준 사람의 입은 아직도 뜨듯하다.

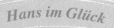

Hans im Glück

11

운 좋은 한스

한스가 주인을 위해 7년 동안 일하고 난 뒤 말했다.

"주인님, 떠날 때가 왔습니다. 이제 어머니가 있는 집으로 돌아가고 싶습니다. 제 품삯을 주십시오."

"그래. 그동안 충직하고 정직하게 일했으니 나도 충분히 보상해 주어야지."

주인은 흔쾌히 한스의 머리보다 더 큰 금덩어리를 주었다. 한스는 수건으로 금덩어리를 싸서는 어깨에 걸치고 집으로 가기 위해 길을 나섰다. 한 발 한 발 번갈아 움직여 가며 터벅터벅 걷고 있는데, 씩씩한 말을 타고 상쾌하고 평온하게 달려가는 기사가 눈에 들어왔다. 한스는 기사를 향해 크게 말했다.

"말을 타고 가니 참으로 좋군요! 의자 위에 앉은 것처럼 앉아서

는, 돌에 부딪히지도 않으니 신발도 아낄 수 있고, 앞으로 가는 것
도 모른 채 잘도 나가네요."

그 말을 들은 기사가 멈추어 서서는 한스를 불렀다.

"한스, 자네는 왜 걷고 있는가?"

"걷지 않으면 무슨 다른 수가 있나요? 저는 이 큰 덩어리 하나를
집으로 지고 가야 해요. 금덩어리이긴 하지만 이걸 짊어지고 있으면
머리를 똑바로 들 수가 없어요. 어깨는 또 얼마나 짓누르는데요."

"음, 이러면 어떨까. 우리, 바꾸는 거야. 내가 너에게 말을 줄 테
니 너는 나에게 금덩어리를 주렴."

"너무 좋죠. 하지만 기사님, 스스로 무덤을 파고 계시다는 것만
알아 두세요."

기사는 말에서 내려 황금을 받고는 한스를 말 위로 올려 주면서
고삐를 손에 단단하게 쥐여 주고 말했다.

"빨리 가야 한다면 혀를 차면서 '이랴 이랴' 해라."

말 위에 타고 자유롭게 달리면서 한스는 정말로 기뻤다. 얼마쯤

지나니 더 빨리 달려 보자 싶은 생각이 들었고, 그는 혀를 차면서 '이랴 이랴' 하고 외쳤다. 말은 기운차게 속도를 높이더니, 한스가 채 마음의 준비도 하기 전에 그를 내던져 버렸다. 한스는 밭과 길을 가르는 고랑에 빠졌다. 소를 몰고 오던 농부가 잡지 않았더라면 말은 그대로 도망가고 말았을 것이다. 한스는 사지를 주섬주섬 추스르고는 다시 일어났지만 화가 풀리지 않아 농부에게 말했다.

"말타기는 재미있는 일이 아니네요. 특히 이런 놈에게 걸리면 밀치고 내동댕이쳐 버려서 목이 부러질 수도 있다고요. 다시는 저놈 위에 타지 않겠어요. 그런데 참 좋은 소를 가지셨네요. 여유 있게 뒤를 따라가면서 걸을 수도 있고, 게다가 우유, 버터, 치즈까지 매일매일 얻을 수 있으니. 이런 소를 가질 수 있다면 못 내놓을 것이 없지요!"

"만일 자네에게 좋은 일이라면 우리, 바꾸세나. 소랑 말이랑 말일세."

한스는 기뻐 어쩔 줄 모르면서 승낙을 했다. 농부는 재빨리 말 위에 올라서는 뒤도 보지 않고 말을 몰고 달렸다.

한스는 유유히 제 앞으로 소를 몰고 가면서 좋은 거래를 했다고 생각했다.

"빵 한 조각이 있다면 뭘 더 바라리. 그러면 버터랑 치즈를 곁들여 먹을 텐데. 목이 마르면 소젖을 짜서 마시면 되고. 더 이상 바랄

게 없구나."

주막에 당도했을 때 그는 쉬기로 했다. 가진 먹을 것, 점심은 물론이고 저녁거리까지 모두 흡족한 마음으로 먹어 치웠다. 그리고 마지막 남아 있던 헬러*를 다 털어서 맥주 반 잔도 사 마셨다. 그런 다음 한스는 어머니가 있는 마을로 계속 소를 몰고 갔다. 정오에 다가갈수록 한낮의 열기도 점점 더 몰려왔다. 한스는 다 지나가려면 한 시간이나 걸리는 황야를 걷고 있었다. 너무나 더워서 혀가 다 말라붙은 듯했다.

"이럴 때 쓰라고 소가 있는 거야. 소젖을 짜 마셔서 보양을 해야겠다."

한스는 소를 말라비틀어진 나무에 묶었다. 동이가 없었으므로 가죽 모자를 소 밑에 두었다. 하지만 아무리 애를 써 봐도 우유는 한 방울도 떨어지지 않았다. 한스가 얼마나 서툴렀는지 인내심을 잃은 소는 결국 뒷발로 한스의 머리를 차 버렸다. 한스는 바닥으로 넘어지며 정신을 잃어 한동안 자신이 있는 곳이 어디인지 알 수조차 없었다. 다행히도 곧 수레에 어린 돼지 한 마리를 실은 푸줏간 주인이 나타났다.

"우스운 꼴을 당했구려!"

---

* Heller, 독일의 옛 동전 이름.

그는 놀라서 한스를 일으켰다. 한스는 무슨 일이 있었는지 들려
주었다. 푸줏간 주인은 물병을 건네주며 말했다.

"마시게. 그리고 기운을 차려. 이 소는 우유를 줄 수 없을 거야,
늙은 놈이거든. 기껏해야 뭘 끌게 하거나 아니면 잡아먹을 수밖에
는 없다네."

"이런 낭패가! 누가 이런 일이 있으리라고 생각이나 했나요. 물론 이놈을 잡는 건 멋진 일일 거예요. 고기가 엄청나겠죠. 하지만 나는 젖소 고기는 좋아하지 않아요, 부드럽지가 않거든요. 아무렴요. 저런 어린 돼지를 가졌다면! 맛부터 다르고 소시지도 만들 수 있을 텐데."

"한스, 잘 듣게나. 자네를 위해서 돼지랑 소를 바꾸어 주겠네."

"정말 친절하시군요."

한스는 소를 푸줏간 주인에게 넘기고 수레에서 돼지를 데리고 와서는 돼지 목에 묶여 있던 끈을 잡았다.

한스는 돼지를 몰면서 계속 걸어갔다. 그리고 모든 것이 자신의 소망대로 이루어졌다고 생각했다. 기분 나쁜 일이 생겨도 언제나 좋은 일로 변하지 않았던가. 잠시 후 한스는 한 사내와 길동무가 되었다. 그는 하얀 거위 한 마리를 끌어안고 있었다. 둘은 서로 이야기를 나누었다. 한스는 언제나 이로운 거래만을 했던 자신의 행운에 대해서 들려주기 시작했다. 사내는 한스에게 유아세례식 후의 잔치를 위해서 거위를 가져가는 중이라고 했다.

"한번 들어 봐."

사내는 날개를 잡아 거위를 들어 올렸다.

"얼마나 무거운지. 8주 동안이나 먹였다니까. 이걸 구워서 한입 베어 물면 입술 양쪽으로 줄줄 흐르는 기름을 닦아 내야 할걸."

"그러네."

한스는 한 손으로 거위의 무게를 가늠해 보았다.

"이놈도 나쁘지는 않지만 내 돼지도 만만치 않아."

그사이에 사내는 의심이 간다는 듯 돼지를 사방으로 살펴보다가 잠시 후 도리질을 쳤다.

"이것 봐, 네 돼지가 좀 이상해. 내가 조금 전에 지나온 마을의 이장 집에서 돼지 한 마리를 도둑맞았다고 했거든. 걱정이 되네, 정말 걱정이 돼. 자네가 얻은 것이 그 돼지 아닌가 하고 말이야. 그들이 사람을 보냈어. 자네가 돼지와 함께 잡힌다면…… 어휴, 나는 절대 그 처지가 되고 싶지 않아. 최소한 자네를 구덩이에 처넣을 테니까."

한스는 겁이 났다.

"뭐라고? 도와줘. 이 주변 일에 대해서는 자네가 더 잘 알지 않나. 내 돼지를 받고 거위를 내게 주게."

"나에게도 위험이 따르는 일이야. 하지만 자네가 불운해지는 걸 보고 있지는 못하겠군."

그는 줄을 잡고는 재빨리 곁길로 돼지를 몰고 갔다. 마음 좋은 한스도 근심을 버리고 팔에 거위를 안고 집으로 향해 갔다. 길 위에서 한스는 혼잣말을 했다.

"곰곰이 생각해 보면 말이야, 바꾼 게 내게는 이득이란 말이지. 처음에는 구운 거위 고기, 그다음은 고기를 구울 때 떨어지는 그 많은 기름. 석 달은 빵에 발라 먹을 수 있겠군. 마지막으로는 아름답고 하얀 깃털. 그걸로 베갯속을 만들어야지. 그 베개를 베고 편안하게 잠이 들 수 있을 테니. 어머니가 얼마나 좋아하실까!"

그가 마지막 마을을 지나가는데, 가위 갈아 주는 사람이 수레와 함께 서 있었다. 그는 바퀴를 쓱쓱 돌리며 노래했다.

나는 가위를 갈고 바퀴를 빨리 돌린다네
그리고 내 작은 외투를 바람에 따라 걸어 두지

한스는 멈추어 서서 그를 지켜보다가 마침내 말을 걸었다.
"일이 잘되나 봅니다. 가위를 갈면서 그렇게 즐겁다니."
"그려, 그려. 장사가 얼마나 잘되는지 몰라. 솜씨 좋은 칼갈이가 얼마나 돈을 잘 버는지 알아? 주머니에 손을 넣을 때마다 그 안에서 돈이 잡힌다니까. 그런데 자네, 어디에서 저렇게 좋은 거위를 샀는가?"
"산 게 아니고요, 제 돼지와 바꾼 겁니다."
"그리고 돼지는?"
"소하고 바꾸어서 얻었지요."
"그리고 소는?"

"말하고 바꾸었어요."

"그리고 말은?"

"제 머리만 한 금덩어리와 바꾸었어요."

"그리고 금은?"

"7년 동안 일하고 받은 품삯이었지요."

"그동안 잘해 왔구먼. 이제는 말일세, 일어날 때마다 돈이 주머니로 뛰어 들어오는 소리가 들리도록 하는 거야."

"무슨 말씀이신지?"

"칼갈이가 되란 말이네, 나처럼. 숫돌 하나 말고는 아무것도 필요 없어. 다른 것들은 저절로 따라올 테니. 내가 숫돌 하나를 더 가지고 있는데, 쪼금 홈이 있긴 하지만 괜찮아. 다른 건 필요 없고 자네 거위만 내게 주면 된다네. 어떤가?"

한스는 얼른 대답했다.

"그걸 뭐하러 물어보세요? 저는 이 지상에서 가장 행복한 사람이 될 텐데요. 주머니에 손을 집어넣을 때마다 돈이 들어 있는데 더이상 근심할 일이 뭐가 있겠어요."

한스는 그에게 거위를 주고 숫돌을 받았다. 칼갈이는 제 옆에 있던 평범한 무거운 돌을 집어 올리며 말했다.

"자, 받아. 자네는 정말로 튼실한 돌까지 덤으로 얻었네. 돌 위에 물건을 올려놓고 칠 수 있을 거야. 헌 못 같은 것을 똑바로 펼 수 있게 말이지. 받게나. 잘 간직해."

한스는 돌을 짊어지고 흡족해하며 계속 걸어갔다. 그의 눈은 기쁨으로 반짝거렸다.

"나는 행운아로 태어났나 봐. 원하는 건 무엇이든 손에 쥐게 되니. 마치 일요일의 아이*처럼."

하루 종일 걸었기 때문에 한스는 그사이에 피곤해졌다. 배고픔도 밀려왔다. 소를 얻었을 때 그 기쁨으로 가진 것을 한꺼번에 다 까먹었기 때문이다. 그는 자주 멈추어 서며 겨우겨우 걸었다. 게다가 짊어진 돌이 어깨를 무자비하게 짓눌렀다. 한스는 지금 짊어질 것이 없다면 얼마나 좋을까 하는 생각에서 벗어날 수 없었다. 달팽이처럼 기어서 그는 들판에 있는 우물로 갔다. 차가운 물을 마시고 쉬면서 기운을 차리려고 했다. 하지만 앉다가 돌을 상하게 하고 싶지 않아서 조심스럽게 제 옆 우물가에 내려놓았다. 그러고는 물을

---

* 로마 시대부터 전해 내려오는 표현으로, 사람들은 일요일에 태어난 아이들에게 특별한 재능과 행운이 있다고 믿었다. 원래 게르만 전통에서는 '목요일의 아이'가 신 토르의 보호를 받는 행운을 가졌다고 했지만 기독교의 영향으로 '일요일의 아이'로 바뀌었다.

마시기 위해 몸을 구부리다가 실수로 돌들을 조금 건드리고 말았다. 그 순간 두 돌이 우물 속으로 풍덩 빠져 버렸다. 우물 속 깊이 빠진 돌을 제 눈으로 보고서 한스는 기쁨으로 소스라치며 뛰어올랐다. 그는 무릎을 꿇고 눈물 어린 눈으로 신에게 감사를 드렸다. 이런 자비를 내려 주시다니, 자책을 하지 않아도 되는 이런 방법으로 짐이 되었던 무거운 돌에서 해방시켜 주시다니.

"나처럼 운 좋은 사람은 이 세상에 없을 거야."

홀가분한 마음으로 모든 짐에서 풀려나와 그는 뛰어갔다. 집으로, 어머니에게로 도착할 때까지.

»So gl wie ich«, rief er aus, »gibt es keinen Menschen unter der Sonne.« Mit leichtem Herzen und f Last sprang er n ner Mutter war.

12

고양이와 쥐의 동거

　고양이가 쥐와 사귀게 되었다. 고양이는 자신의 사랑과 우정에 대해 끊임없이 떠들었고, 마침내 쥐도 고양이와 살림을 꾸리는 데 동의했다.

　고양이가 말했다.

　"그런데 말이지, 우리는 겨울을 날 준비를 해야만 해. 그렇지 않으면 굶게 될 거야. 너처럼 작은 쥐가 먹이를 찾아서 여기저기 다니는 건 너무 위험해. 끝내는 덫에 걸리고 말 테니까."

　쥐는 이 훌륭한 조언에 동의했고, 그들은 굳기름이 든 작은 단지를 샀다. 하지만 단지를 어디에 보관해야 할지 알 수가 없었다. 오랫동안 곰곰이 생각한 끝에 고양이가 꾀를 냈다.

　"교회보다 더 좋은 장소는 없는 것 같아. 그곳에서는 누구도 남의 것을 빼앗지 않을 테니. 우리 단지를 제단 밑에 숨겨 두자. 정말 필요할 때까지 만지지도 말고."

단지는 안전한 장소로 옮겨졌다. 하지만 오래 지나지 않아 고양이는 기름을 먹고 싶어 죽을 지경이 되었으므로 쥐에게 간청했다.

"작은 쥐야, 내게 전갈이 왔구나. 내 조카아이의 대부가 되어 달라고 말이야. 사촌이 하얀 털에 갈색 무늬가 있는 예쁜 아들을 낳았는데, 내게 세례식에 와 달래. 오늘 외출을 할 테니 혼자 집안일을 할 수 있겠니?"

"그럼, 그럼. 가도 되고말고. 뭔가 좋은 걸 먹으면 날 생각해 줘. 달콤하고 붉은 세례식 포도주를 나도 한 방울쯤 마셨으면."

하지만 이 모든 것은 거짓말이었다. 고양이는 조카가 없었고 대부가 되어 달라는 청도 받지 않았다. 고양이는 그길로 교회로 가서는 살금살금 기름 단지에 다가가 기름을 핥기 시작했고, 기름막을 다 먹어 치워 버렸다. 그러고는 또 다른 기회를 궁리하며 지붕 위를 산보했고, 그 후에는 해를 향해 길게 몸을 뻗고는 기름 단지가 생각날 때마다 수염을 닦았다. 마침내 고양이가 집으로 돌아갔을 때는 저녁이었다. 쥐가 물었다.

"집으로 돌아왔구나. 즐거운 하루였지?"

"그럼, 좋았어."

"아이 이름을 뭐라고 지어 주었니?"

"기름막을 벗겼네."

고양이는 건성으로 말했다.

"'기름막을 벗겼네'라고? 참 이상하고 진기한 이름도 다 있구나. 네 집안에서 자주 지어 주는 이름이니?"

"더 심한 이름도 있는걸. 네 대부 이름인 '빵부스러기도둑'보단 낫다고."

얼마 지나지 않아 다시 고양이는 기름이 먹고 싶었다. 고양이가 쥐에게 말했다.

"너, 혼자서 집안일을 돌볼 수 있겠니? 나 두 번째로 대부가 되어야 한단다. 목에 흰 고리가 있는 녀석이 태어났어. 이 부탁을 거절할 수 있어야지."

마음 좋은 쥐는 다시 승낙했다. 하지만 고양이는 도시의 장벽 뒤로 숨어들어서는 교회로 갔다. 그리고 기름 단지에 든 기름을 반이나 먹어 치웠다.

'직접 먹어 보는 것보다 더 맛있는 건 없지.'

고양이는 이렇게 생각했고, 오늘 일이 무척이나 만족스러웠다. 고양이가 집으로 왔을 때 쥐가 물었다.

"아이에게 무슨 이름을 주었니?"

"반은 없앴네."

"'반은 없앴네'! 그런 이름은 내 평생 들어 본 적도 없어. 성인(聖人)

달력에도 없을걸? 내기해도 좋아."

고양이는 곧 다시 그 맛있는 기름을 생각하며 침을 질질 흘렸다.

"모든 좋은 일은 세 번 일어나나 봐. 나, 다시 대부가 되어 달라는 청을 받았어. 이번에는 아주 새까만 놈인데 발만 하얗다고 하더라. 발 말고는 몸뚱이에 하얀 털이 한 올도 없다는군. 그런 털을 가진 고양이는 몇 년 동안 한 번 태어날까 말까 하대. 나, 다녀와도 될까?"

"기름막을 벗겼네! 반은 없앴네! 정말 이상한 이름이야. 생각, 많이 하게 만드네."

"넌 하루 종일 진회색 털 코트를 입고 머리채를 길게 늘어뜨린 채 집에만 앉아 있잖아. 그게 널 예민하게 만드는 거야. 이래서 낮에는 집에만 있으면 안 된다고."

쥐는 고양이가 없는 동안 집 안을 치우고 정리 정돈을 했다. 하지만 군것질을 좋아하는 고양이는 단지에 든 기름을 다 먹어 치웠다.

"다 먹어 치워야 더 먹을 생각이 없어지지."

고양이는 중얼거리며 부른 배를 안고 밤이 되어서야 집으로 돌아왔다. 곧바로 쥐는 고양이에게 세 번째 아이의 이름을 물었다.

"이 이름도 네 마음엔 들지 않을 거야. '다 없앴네'야."

"'다 없앴네'! 세상에, 이건 내가 들어 본 이름 가운데 젤로 이상한 이름이네. 글자로 쓰인 건 아직 한 번도 본 적이 없으니. 아니 그 이름, 뜻이 뭐야?"

쥐는 고개를 저으며 몸을 오그리고는 잠자리에 들었다.

그다음부터는 누구도 고양이를 대부로 부르지 않았다. 겨울이 다가오고 바깥에서 아무런 먹을 것을 찾을 수 없어지자 쥐는 저장해 놓은 기름을 떠올렸다.

"와, 고양이야. 우리가 저장해 놓은 기름 단지를 찾으러 가자. 맛있을 거야."

"그럼, 그럼. 네 섬세한 혀를 창문 바깥에 내놓고 공기를 맛보는 것처럼 맛있을 거야."

둘은 길을 나섰다. 교회에 도착했을 때 단지는 그 자리에 있었지만 단지 속에는 아무것도 들어 있지 않았다. 쥐가 말했다.

"아이고, 이제야 무슨 일이 있었는지 알겠네. 오늘에야 네가 얼마나 진정한 친구인지 밝혀졌구나. 네가 다 먹어 치웠지, 대부로 선다면서. 처음에는 기름막을 벗겼네, 반쯤 없앴네, 그다음……"

"조용히 해. 한마디만 더 하면 너를 잡아먹을 거야."

"다 없앴네."

불쌍한 쥐는 이 말을 입 밖으로 내고 말았다. 고양이는 한달음에 쥐 앞으로 튀어서는 쥐를 잡아 입안으로 넘기고 말았다. 자, 보라고. 세계는 이렇게 움직인다니까.

Aschenputtel

13
아셴푸텔

부유한 남자의 아내가 죽을병에 걸리고 말았다. 그녀는 곧 끝이 도착할 것을 짐작했고, 외동딸을 침대 곁으로 불러서 당부했다.

"애야, 언제나 믿음을 가지고 착하게 지내렴. 하느님이 늘 네 곁에 있을 거다. 나도 하늘에서 너를 내려다보면서 항상 지켜 주마."

얼마 지나지 않아 어머니는 눈을 감았다. 소녀는 매일 어머니의 무덤으로 찾아가 그 앞에서 울었고, 믿음을 잃지 않으며 조신하게 지냈다. 겨울이 오자 눈이 무덤에 하얀 수건을 덮어 주었다. 그리고 초봄의 해가 찾아와 수건을 걷어 갔을 때, 아버지는 다른 여자와 결혼을 해 버렸다.

계모는 두 딸을 데리고 왔는데, 딸들은 겉으로 보면 아름답고 순결했으나 속마음은 음흉하고 컴컴했다. 불쌍한 소녀에게는 불행한 시간이 시작된 것이다.

"저 멍청한 거위 같은 년이 왜 우리 방에 앉아 있담? 빵 조각이라도 먹으려거든 그 빵을 벌어 와야지. 부엌데기 일이라도 하라고!"

그들은 소녀에게서 고운 옷들을 빼앗더니 낡은 잿빛 허드레옷 하나와 나막신을 내던졌다.

"이 자존심 강한 공주를 보라고! 잘 꾸미고 입었네."

그들은 소녀를 놀리면서 부엌으로 끌고 갔다. 그 뒤로 그녀는 아침부터 저녁까지 온갖 궂은일을 해치워야 했다. 아침 일찍 일어나서는 물을 긷고 불을 피우고 음식을 만들고 그릇들을 줄기차게 씻어야 했다. 게다가 의붓언니들은 갖은 방법으로 그녀를 놀리며 가슴에 상처를 주었다. 언니들은 재 속으로 강낭콩과 렌틸콩을 던지기도 했는데, 그러면 그녀는 그 앞에 앉아서 콩들을 다시 주워 모아야 했다. 저녁이 되면 죽을 만큼 피곤했지만 그녀에게는 침대조차 없었고 화덕 옆 재 속에서 잠을 자야 했다. 그래서 그녀는 날이 가면 갈수록 먼지에 덮이고 더러운 모습으로 변해 갔다. 그들은 그녀를 아셴푸텔*이라고 불렀다.

어느 날 아버지는 장사를 하러 떠나면서 두 수양딸에게 무엇을

---

* 독일어로 '신데렐라(cendrillon)', 즉 부엌데기 또는 하녀를 뜻한다. 그림 형제의 〈아셴푸텔〉은 17세기 프랑스의 동화 작가 샤를 페로의 〈신데렐라〉와 유사한 이야기이나 요정과 호박 마차가 등장하지 않는 등 세부에 차이를 보인다.

선물로 가지고 올까 물었다. 한 딸은 "고운 옷을 가져다주세요"라고 말했고, 다른 딸은 "구슬과 보석이요"라며 법석을 떨었다.

"아셴푸텔, 넌 무얼 받았으면 좋겠니?"

"아버지, 집으로 오시는 길에 아버지 모자에 부딪힌 첫 번째 가지를 꺾어다가 가져다주세요."

아버지는 두 의붓딸을 위해서 고운 옷과 구슬과 보석을 샀다. 그리고 말을 타고 집으로 돌아오는 길에 푸른 덤불 가를 지나다 개암나무 가지 하나가 그의 모자를 스치자 그 가지를 꺾어서 집으로 가지고 왔다. 아버지는 두 의붓딸에게는 원하던 것을 주었고, 아셴푸텔에게는 개암나무 가지를 주었다. 아셴푸텔은 아버지에게 고맙다고 말하고 어머니의 무덤으로 가서 가지를 무덤 곁에 심으며 눈물이 떨어져 가지를 적실 만큼 서럽게 울었다. 가지는 자라나서 아주 튼실한 나무가 되었다. 그녀는 하루에 세 번 무덤가로 가서는 울면서 기도했다. 그때마다 하얀 새가 와서 나무 위에 앉아 있다가 그녀가 소망을 말할 때마다 원하는 것을 아래로 던져 주었다.

그러던 어느 날 왕이 사흘 동안 계속되는 큰 무도회를 열기로 했다. 왕자의 신부를 구하기 위하여 나라에 있는 아름다운 아가씨들을 다 초대한다고 했다. 두 의붓딸은 그 소식을 듣고 들떠서는 아셴푸텔을 불러서 말했다.

"우리 머리를 빗겨. 구두도 닦고, 버클도 단단히 조여 주고. 우리는 왕의 성에서 열리는 무도회에 갈 거라고."

그녀는 의붓언니들의 말대로 다 해 주고는 막상 자신도 춤을 추러 가고 싶어서 울다가, 계모에게 성으로 가는 것을 허락해 달라고 간청했다.

"얘, 아셴푸텔. 그렇게 먼지가 덕지덕지한 더러운 꼴로 무도회에 간다고? 너는 옷도 구두도 없는데 어떻게 춤을 추겠다고 그러니!"

하지만 그녀는 수없이 간청했고 결국 계모는 마지못해 승낙을 했다.

"내가 재 속에 렌틸콩을 뿌려 두었다. 두 시간 안에 그 콩을 다 골라내거든 같이 가도 좋아."

그녀는 정원으로 통하는 뒷문으로 가서는 말했다.

말 잘 듣는 작은 비둘기들아, 멧비둘기들아, 하늘 아래 모든 새들아, 와서는 내가 콩 줍는 것을 도와주렴
성한 콩은 단지 안에
상한 콩은 너희들의 모이주머니에

그러자 하얀 비둘기 두 마리가 부엌 창문으로 왔고, 그다음으로는 멧비둘기들이 왔으며 드디어 하늘 아래에 있는 모든 새들이 날개를 퍼덕거리며 모여들어 재 위에 앉았다. 비둘기가 머리를 끄덕

이며 톡톡톡, 쪼기 시작하자 다른 새들도 함께 톡톡톡, 쪼며 성한 콩 알을 단지에 모았다. 한 시간이 지나기도 전에 새들은 모든 콩을 주워 모았고 일이 끝나고 난 뒤 창문 바깥으로 날아갔다. 그녀는 계모에게 단지를 가지고 가면서 기분이 좋아 어쩔 줄 몰라 했다.

'아, 나도 무도회에 같이 갈 수 있을 거야.'

하지만 계모는 애먼 소리를 했다.

"안 돼, 아셴푸텔. 옷이 없는데 어떻게 춤을 추려고 그러니. 다들 너를 비웃을 거야."

그녀가 울기 시작하자 계모는 다른 꾀를 생각해 냈다.

"한 시간 안에 재에서 두 단지 가득 콩을 주워 모을 수 있다면 같이 가도 좋아."

그러면서 계모는 '이건 해내지 못하겠지' 하고 생각했다. 계모가 두 단지 가득 든 콩을 재에 뿌려 놓고는 사라지자 그녀는 정원으로 통하는 뒷문을 향해 말했다.

말 잘 듣는 작은 비둘기들아, 멧비둘기들아, 하늘 아래 모든 새 들아, 와서는 내가 콩 줍는 것을 도와주렴

성한 콩은 단지 안에

상한 콩은 모이주머니에

그러자 하얀 비둘기 두 마리가 부엌 창문으로 왔다. 그다음으로는 멧비둘기들이 왔고, 드디어 하늘 아래에 있는 모든 새들이 날개를 퍼덕거리며 모여들어 재 위에 앉았다. 비둘기가 머리를 끄덕이며 톡톡톡, 쪼기 시작했다. 그러자 다른 새들도 함께 톡톡톡, 쪼며 성한 콩알을 단지에 모았다. 반 시간이 지나기도 전에 새들은 모든 콩을 주워 모으고 창문 바깥으로 날아갔다. 그녀는 계모에게 단지를 가지고 가면서 기분이 좋아 어쩔 줄 몰라 했다.

'아, 나도 무도회에 같이 갈 수 있을 거야.'

하지만 계모는 이번에도 딴소리를 했다.

"아무리 단지마다 콩을 주워 모아도 너는 무도회에 못 간다. 너는 옷도 없고 춤을 출 줄도 모르잖니. 너 때문에 우리는 얼굴도 못 들 거다."

그 말을 남기고는 계모는 등을 돌려 자만심 가득한 두 딸을 데리고 가 버렸다.

집에 혼자 남겨졌을 때, 그녀는 개암나무 밑에 있는 어머니의 무덤으로 가서는 노래했다.

작은 나무야, 흔들어라 그리고 털어라
금과 은을 내게 던져 주렴

새가 와서는 그녀에게 금빛과 은빛으
로 된 옷을 내려 주었고, 비단과 은으로
수가 놓인 구두도 함께 던져 주었다. 그
녀는 재빨리 옷을 입고 무도회에 갔다.

의붓언니들과 계모조차 그녀를 알아보지 못하고 어느 낯선 곳에서
온 공주라고 여길 만큼 황금 옷을 입은 그녀는 아름다웠다. 그들은
그 옷을 입은 아가씨가 아셴푸텔이라고는 꿈에도 상상할 수 없었
으며, 그 아이는 집에 앉아서 더러운 재를 뒤집어쓴 채 재 속에 든
콩알이나 줍고 있을 거라 생각했다.

그때 왕자가 와서 그녀의 손을 잡고는 춤을 추었다. 왕자는 그녀
말고는 아무하고도 춤추기를 원하지 않았다. 그래서 결코 그녀의
손을 놓지 않았고, 다른 이가 와서 춤을 청하면 "이 아가씨는 내 상
대요"라고 말했다.

그녀가 저녁까지 춤을 추고 마침내 집으로 가려고 하자 왕자가
말했다.

"나와 함께 가지요. 집까지 바래다주겠소."

왕자는 이토록 아름다운 이가 어느 집 아가씨인지 알고 싶었다.
하지만 그녀는 왕자를 뿌리치고 비둘기 집으로 뛰어올랐다. 왕자
는 그녀의 아버지가 오기를 기다렸다가 낯선 아가씨가 비둘기 집
으로 뛰어올라 사라졌다고 말했다.

'아셴푸텔일까?'

아버지는 생각했다.

시종들은 그가 비둘기 집을 두 동강 낼 수 있게 도끼와 괭이를 가져다주어야만 했다. 비둘기 집 안에는 그러나 아무도 없었다.

계모와 의붓언니들이 집으로 돌아왔을 때 아셴푸텔은 이미 더러운 옷을 입고 재 속에 앉아 있었고, 희뿌연 기름 램프가 굴뚝 속에서 빛을 내고 있었다. 그녀는 재빠르게 비둘기 집 뒤편으로 뛰어내려서는 개암나무에게 달려갔다. 나무 밑에서 아름다운 옷을 벗어 무덤 위에 놓아두니 새가 와서 옷을 물고 갔고, 그녀는 다시 잿빛 허드레옷을 입고 부엌의 재 옆에서 식구들이 돌아오기를 기다리고 있었던 것이다.

다음 날 다시 무도회가 열리고 부모와 의붓언니들이 성으로 떠나자 그녀는 개암나무에게 가서 노래했다.

작은 나무야, 흔들어라 그리고 털어라
금과 은을 내게 던져 주렴

새가 와서 이번에는 그 전날보다 더 휘황찬란한 옷을 내려 주었다. 그녀가 그 옷을 입고 무도회에 나타나자 모두 아셴푸텔의 아름다움에 놀라 입이 쩍 벌어졌다. 왕자는 그녀가 오기를 기다리다가 얼른 손을 잡고는 오직 그녀와만 춤을 추었다. 다른 이들이 와서 춤을 청하면 그는 "이 아가씨는 내 상대요"라고 말했다. 저녁이 와서 그녀는 무도회를 떠나려고 했다. 그녀의 집이 어디에 있는지 알고 싶었던 왕자는 몰래 뒤를 밟았다. 하지만 그녀는 왕자를 따돌리고 어느 집 뒤에 있는 정원으로 들어갔다. 그 안에는 울창하고 커다란 나무 한 그루가 서 있었는데 나무에는 탐스러운 배가 주렁주렁 열려 있었다. 그녀는 마치 가지 사이를 오가는 다람쥐처럼 재빠르게 나무 위로 올라가 버렸다. 왕자는 그녀가 어디로 사라졌는지 도무지 알 수 없었다. 그는 그녀의 아버지가 올 때까지 기다렸다가 영문을 모르겠다는 듯 중얼거렸다.

"낯선 소녀를 놓쳤어요. 제 생각에는 배나무 속으로 뛰어올라 사라진 것 같아요."

아버지는 '아셴푸텔일까' 하고 생각하며 도끼를 가져오라고 해서는 나무를 팼지만, 나무 위에는 아무도 없었다.

식구들이 집으로 돌아왔을 때 그녀는 언제나처럼 재 속에 앉아 있었다. 나무의 다른 편으로 뛰어내려 개암나무 위에 있던 새에게 아름다운 옷을 돌려주고, 그녀의 잿빛 허드레옷을 돌려받아서는 갈아입은 것이었다.

셋째 날 부모와 의붓언니들이 집을 떠나고 난 뒤 아셴푸텔은 다시 어머니의 무덤으로 가서는 나무에게 말했다.

작은 나무야, 흔들어라 그리고 털어라
금과 은을 내게 던져 주렴

그러자 새는 그녀에게 옷을 내려 주었다. 그 옷은 지금까지 그녀
가 받았던 어떤 옷보다 화려하고 광채가 났으며, 구두는 순금으로
되어 있었다. 그녀가 새 옷을 입고 연회에 나타나자 모두 그 아름다
움에 반해서 입을 다물지 못할 따름이었다. 왕자는 오직 그녀와만
춤을 추었고, 다른 이들이 와서 춤을 청하면 "이 아가씨는 내 상대
요"라고 퉁명스럽게 대꾸했다.

저녁이 오자 그녀는 가려고 했다. 왕자가 따라가려고 했으나 그
녀는 왕자가 쫓아갈 수 없을 만큼 재빨리 달아나 버렸다. 그러나 왕
자는 꾀를 하나 생각해 놓았는데, 바로 계단 전체에 미리 끈적거리
는 역청을 발라 두는 것이었다. 그녀가 계단을 뛰어내릴 때 왼쪽 구
두 한 짝이 계단 위에 남겨져 버렸다. 왕자는 구두를 들어 올렸다.
작고도 정교했으며 순금으로 되어 있었다. 다음 날 왕자는 그 구두
를 가지고 아셴푸텔의 아버지에게로 갔다.

"이 황금 구두의 주인 말고는 누구도 신부로 삼지 않을 거요."

그 이야기를 듣고 두 의붓딸들은 기뻐했다. 그들은 발이 예뻤기
때문이다. 큰딸이 방으로 가서 그 구두를 신어 보려고 했다. 그 옆
에는 어머니가 지키고 서 있었다. 하지만 큰딸의 엄지발가락이 너

... hen die ...   ... le herum war.
... nun durfte ... mit ... er Stiefmutter, freute sich
... Es hilft dir alles nichts: Du ... die **Hochzeit** gehen. Da tru
... e **Kleider und kannst** nicht tanzen: Du kommst nicht mit.
... nen.« **Darauf** kehrte sie ihm den tanzen; wir müßte
... e stolzen **Töchtern** fort.   den **Rücken** zu un
... ... iemand mehr daheim war, ging As-b
... ... rab unter den **Haselbaum** ...
... ... lein, rüttel ...

무 커서 발은 들어가지 않았다. 그러자 어머니가 칼을 주며 말했다.

"발가락을 잘라라. 네가 왕비가 되면 더 이상 발로 걷지 않아도 된다."

큰딸은 발가락을 잘랐고, 억지로 발을 구두 속에 밀어 넣었다. 그리고 아픔을 참으며 왕자에게로 나아갔다. 왕자는 큰딸을 신부로 여기고 말에 태우고 갔다. 그들은 무덤 앞을 지나가야 했는데, 개암나무 위에 두 마리의 비둘기가 앉아서는 재재거렸다.

구구구구, 구구구구
피가 구두 속에
구두는 너무 작아
진짜 신부는 집에 앉아 있다네

왕자는 큰딸의 발을 보았다. 구두 바깥으로 얼마나 피가 뭉글거리던지. 그는 말을 돌려 가짜 신부를 다시 집에 데려다주었다. 그러고는 이 아가씨는 구두의 진짜 주인이 아니라며 다른 딸이 구두를 신어 보도록 명령했다. 작은딸이 방으로 가서는 구두를 신어 보았다. 발가락은 다행히도 구두 속으로 들어갔으나, 이번에는 뒤꿈치가 들어가지 않았다. 어머니가 칼을 주며 말했다.

"뒤꿈치 한 조각을 잘라 내라. 왕비가 되면 걸을 일이 없을 거다."

작은딸은 뒤꿈치 한 조각을 잘라 내고는 억지로 발을 구두 속에 밀어 넣었다. 아픔을 참으며 작은딸은 왕자에게 나아갔다. 왕자는 작은딸을 신부로 여기고 말에 태우고 달렸다. 그들이 개암나무를 지나갈 때 그 위에 앉아 있던 비둘기 두 마리가 재재거렸다.

구구구구, 구구구구
피가 구두 속에
구두는 너무 작아
진짜 신부는 집에 앉아 있다네

그는 작은딸의 발을 내려다보았다. 구두 바깥으로 얼마나 피가 뭉글거리던지. 하얀 스타킹 위로 붉고도 붉게 피가 올라오고 있었다. 그래서 말을 돌려 가짜 신부를 집으로 데리고 갔다.

"이 아가씨도 진짜가 아니오. 다른 딸, 이 집에 없소?"

"없습니다."

아버지가 말했다.

"내 죽은 전처가 낳은 딸이 하나 있긴 한데, 아직 어리고 잘 자라지도 못한 아셴푸텔이랍니다. 그 아이가 왕자의 신붓감이라니, 그럴 리가 있나."

하지만 왕자는 딸을 데리고 오라고 했다. 이번에는 계모가 나섰다.

"안 됩니다. 그 아이는 너무나 더러워요. 여기가 어디라고 나타나요."

하지만 왕자는 고집을 부렸고 아셴푸텔은 왕자 앞으로 와야 했다. 그녀는 손과 얼굴을 깨끗하게 씻고서 왕자에게로 가서 고개를 숙였다. 왕자는 그녀에게 황금 구두를 내밀었다. 그녀는 작은 의자에 앉아서는 무거운 나막신에서 발을 빼내어 황금 구두에 집어넣었다. 구두는 딱 맞았다. 그녀가 고개를 들자 왕자는 그녀의 얼굴을 보았다. 함께 춤을 추었던 주인공의 얼굴을 왕자는 알아보았다.

"아, 아가씨가 진짜 내 신부요!"

계모와 의붓언니들은 놀라고 화가 나서 얼굴이 하얘졌다. 하지만 그는 그녀를 말에 태우고 달렸다. 그들이 개암나무 옆을 지날 때 하얀 비둘기 두 마리가 재재거렸다.

구구구구, 구구구구
피가 구두 속에 없네
구두는 작지 않아
진짜 신부를 왕자가 데리고 가네

왕자와 아셴푸텔은 비둘기들을 불렀고 새들은 아래로 날아왔다.

그러고는 하나는 그녀의 오른쪽 어깨 위에, 다른 하나는 왼쪽 어깨 위에 앉아서 신랑과 신부를 따라갔다.

왕자의 결혼식이 열리기로 한 날, 의붓언니들이 와서는 아양을 떨면서 그녀와 행복을 나누어 가지려고 했다. 신랑과 신부가 교회로 갈 때 큰딸은 신부의 오른편에서, 작은딸은 왼편에서 따라갔다. 비둘기 두 마리가 둘의 눈알 하나씩을 쪼았다. 그 뒤 신랑과 신부가 교회 바깥으로 나왔을 때 큰딸은 신부의 왼편에서, 작은딸은 오른편에서 나란히 걸었다. 비둘기 두 마리가 와서 나머지 눈도 쪼아 버렸다. 의붓언니들은 사악함과 거짓됨 때문에 죽을 때까지 장님으로 살았다.

14

푸른 등불

옛날에 오랫동안 왕을 위해 충직하게 복무해 온 병사가 있었다. 하지만 전쟁이 끝나고 수많은 부상을 입은 탓에 더 이상 일할 수 없게 되자 왕은 그에게 말했다.

"집으로 돌아가거라. 더는 네가 필요 없도다. 이제 급료도 줄 수 없다. 급료란 일한 대가로 받는 것이니."

병사는 무엇으로 생계를 이어 갈지 알 수 없었다. 가슴속에 걱정을 가득 안고 그는 떠났다. 온종일 걷다 보니 저녁 무렵 한 숲에 이르렀다. 어둠이 내려앉을 즈음 불빛 하나가 보여 가까이 다가가니 집이 나왔다. 그 집에는 마녀가 살고 있었다. 병사는 마녀에게 청했다.

"나에게 잠자리와 음식과 마실 것을 조금만 주오. 그러지 않으면 배고픔과 갈증으로 죽어 버릴 거요."

"오호, 누가 길 잃은 병사에게 뭔가를 주겠나? 하지만 자비를 베풀어 너를 받아 주마. 만일 내 요구를 들어준다면 말이다."

"요구가 무엇이오?"

"내일 내 정원을 파서 일구어라."

병사는 동의했고, 다음 날 하루 종일 온 힘을 다해서 일했지만 저녁이 오기 전에 다 마칠 수가 없었다. 마녀가 말했다.

"오늘은 더 일할 수 없겠구나. 오늘 밤에도 너를 재워 줄 테니 내일 1푸더*의 나무를 장작으로 패라."

그 일을 하는 데 하루가 다 갔고, 저녁이 되자 마녀는 하룻밤을 더 머무를 수 있는 제안을 했다.

"내일은 그저 사소한 일 하나만 하면 돼. 내 집 뒤에 물이 말라 버린 오래된 우물이 있는데, 그 안에 등불을 빠뜨리고 말았구나. 푸른 불빛이 꺼지지 않는 등불이지. 그것을 위로 가져오너라."

다음 날 늙은 마녀는 우물로 그를 데리고 갔고 두레박에 태워 아래로 내려보냈다. 병사는 푸른 등불을 발견하자 마녀에게 다시 끌어 올려 달라고 신호를 보냈다. 마녀는 그를 끌어 올렸다. 우물 가장자리에 병사가 가까워졌을 때 그녀는 손을 아래로 내밀어 푸른 등불을 받으려고 했다. 그는 마녀의 사악

---

* Fuder. 마차 한 대에 실을 수 있는 화물량.

한 속셈을 알아차렸다.

"안 돼. 내 두 발이 땅 위에 닿기 전에는 등불을 주지 않을 거요."

불같이 화가 난 마녀는 그를 다시 우물 속으로 빠뜨린 다음 그 자리를 떠나 버렸다.

불쌍한 병사는 다행히 다치지 않고 축축한 우물 바닥에 떨어졌다. 푸른 등불은 계속 빛을 내고 있었지만, 그렇다고 무슨 도움이 되겠는가? 그는 죽음을 면치 못하리라고 여기며 한동안 슬픔에 잠겨 앉아 있었다. 그러다 우연히 호주머니를 더듬거리게 되었는데, 그 안에 아직 담배가 반쯤 남은 담뱃대가 들어 있었다.

'이게 내 삶의 마지막 즐거움이 되겠군.'

병사는 그렇게 생각하며 담뱃대를 끄집어내어 푸른 등불로 불을 붙이고는 담배를 피우기 시작했다. 담배 연기가 동굴 속에서 사방으로 흩어졌을 때 갑자기 검은 난쟁이가 병사 앞에 나타나더니 물었다.

"주인님, 무엇을 명령하십니까?"

"무엇을 명령하느냐니?"

병사는 깜짝 놀라서 응답했다.

"저는 주인님이 요구하는 일이라면 무엇이든 다 해야 한답니다."

"좋다. 무엇보다도 먼저 날 우물에서 벗어나게 해 다오."

난쟁이는 그의 손을 잡고는 지하 통로로 이끌었다. 그 와중에 푸른 등불을 가져가는 것도 잊지 않았다. 도중에 난쟁이는 마녀가 모은 보물을 숨겨 둔 곳을 알려 주었고, 병사는 짊어지고 갈 수 있는 만큼 금을 주었다.

땅 위로 올라왔을 때 그는 난쟁이에게 말했다.

"이제 가서 늙은 마녀를 묶어 법정으로 데려가라."

끔찍한 비명을 지르며 마녀가 들고양이를 타고 바람처럼 빠르게 지나가기까지는 오래 걸리지 않았다. 또한 난쟁이가 돌아오기까지도 오래 걸리지 않았다.

"모두 처리했습니다. 마녀는 이미 교수대에 매달렸어요. 또 명령할 것이 있는지요?"

난쟁이가 병사에게 물었다.

"지금은 없어. 집으로 돌아가도 된다. 다만 내가 부르면 곧 나에게로 와야 한다."

"푸른 등불로 담뱃대에 불을 붙이기만 하면 됩니다. 그럼 곧바로 주인님 앞에 나타나지요."

그 말을 하고 난쟁이는 병사의 눈앞에서 사라졌다.

병사는 그가 떠나온 도시로 돌아갔다. 그리고 가장 좋은 여관으로 가서 좋은 옷을 맞추고, 여관 주인에게 방 하나를 가능한 한 화려하게 꾸미라고 일렀다. 방이 준비되자 그 방으로 옮겨 와서는 검은 난쟁이를 불렀다.

"나는 왕을 위해 충직하게 복무했지만 그는 나를 쫓아 보내고는 굶게 만들었지. 이제 왕에게 복수를 하고 싶구나."

"제가 무엇을 할까요?"

"밤늦게 공주가 침대에 누워 잠들었거든 그녀가 깨지 않도록 나에게로 데리고 와라. 내 하녀로 시중들게 하겠다."

"제게는 아주 쉬운 일이지만 주인님에게는 참으로 위험한 일입니다. 그 사실이 알려지면 주인님 신상에 해로울 거예요."

시계가 열두 번 울리자 문이 열리더니 난쟁이가 공주를 짊어지고 안으로 들어왔다.

"아하, 공주를 데려왔느냐? 당장 일을 시작해. 빗자루를 가져와서 방을 쓸어라."

공주가 일을 마치자 병사는 그녀를 소파 쪽으로 오게 하고는 발을 뻗었다.

"내 장화를 벗겨."

그러고는 장화를 그녀의 얼굴에 던졌다. 공주는 그것들을 주워 닦고 광을 내어야만 했다. 그녀는 병사가 명령하는 모든 일을 저항도 하지 않고 반쯤 감겨진 눈으로 다 했다. 첫 번째 수탉 울음소리가 들리자 난쟁이는 그녀를 짊어지고 왕의 성으로 가서 다시 침대에 눕혔다.

아침이 되어 깨어난 공주는 아버지에게로 가서는 이상한 꿈을 꾸었노라고 말했다.

"번개처럼 빠르게 거리를 지나가서는 어떤 병사의 방으로 보내졌어요. 그의 하녀가 되어 시중을 들어야만 했고, 온갖 구차스러운 일들을 해야 했어요. 비질을 하고 장화를 닦아야만 했고요. 꿈일 뿐인데도 진짜로 그 일을 다 한 것처럼 피곤해요."

"꿈이 진짜일지도 모르겠구나. 딸아, 내가 조언을 하마. 호주머니에 강낭콩을 가득 채우고 작은 구멍을 뚫어 두어라. 다시 누가 너를 데려가면 콩이 떨어져서는 거리에 흔적을 남길 거다."

왕이 그렇게 말하는 동안 난쟁이는 보이지 않게 그 자리에 서서 전부 다 엿들었다. 그날 밤 난쟁이가 다시 잠자는 공주를 짊어지고 거리를 지날 때 몇몇 강낭콩이 바닥으로 떨어졌지만 흔적이 남지는 않았다. 꾀 많은 난쟁이가 먼저 거리 전체에 강낭콩을 뿌려 두었기 때문이다. 공주는 다시 새벽닭이 울기까지 하녀가 되어 시중을 들어야만 했다.

다음 날 아침 왕은 사람들을 거리로 보내서 흔적을 찾으라고 했으나 아무 소용이 없었다. 거리마다 가난한 아이들이 앉아서 강낭콩을 주우며 말하고 있었다.

"지난밤 강낭콩이 비처럼 쏟아졌네."

"다른 수를 생각해 내어야만 해."

왕이 말했다.

"신발을 신은 채 잠자리에 들거라. 그리고 그 방을 떠나기 전 신발 한 짝을 숨겨 두어라. 내가 찾아내마."

검은 난쟁이는 왕의 계략을 다 들었다. 그날 밤 병사가 공주를 다시 데려오라고 요구하자 난쟁이는 그를 말렸다. 이 수에 대항할 방법은 없으며, 만일 공주의 신발이 병사의 방에서 발견된다면 신상에 좋지 않은 일이 생길 거라고 말했다.

"내 말대로 하기나 해."

병사는 난쟁이에게 말했다. 세 번째 밤에도 공주는 하녀처럼 일을 해야 했으나 성으로 돌려보내지기 전, 침대 밑에 신발 한 짝을 숨겼다.

다음 날 아침 왕은 딸의 신발을 찾기 위해 도시 전체를 뒤지게 했다. 신발은 병사의 방에서 발견되었다. 난쟁이가 간청해 성문 바깥으로 도망갔던 병사는 곧 붙잡혀서 감옥에 던져졌다. 급하게 달아나느라 가장 귀중한 소장품인 푸른 등불과 금을 두고 오는 바람에 주머니에는 금화 한 닢만 달랑 들어 있었다. 그가 사슬에 묶인 채 감옥 창문 옆에 서 있는데, 전우 하나가 지나가는 것이 보였다. 병사가 창문을 두들기자 전우가 다가왔다. 병사는 말했다.

"나에게 친절을 베풀어 주겠나? 여관에 두고 온 작은 꾸러미를 가져다주게. 금화 한 닢을 대가로 주겠네."

전우는 달려가서는 그가 요구한 것을 가져다주었다. 다시 혼자가 되었을 때 병사는 담뱃대에 푸른 등불로 불을 붙여 난쟁이가 나타나게 했다.

"겁내지 마세요. 그들이 이끄는 곳으로 그냥 가세요. 그들이 무얼 하든 그냥 하게 두고요. 다만 푸른 등불을 가져가는 것만은 잊지 마세요."

다음 날 병사에 대한 재판이 열렸고, 병사가 아무런 나쁜 짓을 하지 않았는데도 판사는 사형을 선고했다. 사형장으로 끌려 나가며 병사는 마지막 자비를 왕에게 간청했다.

"무슨 자비 말이냐?"

"가는 길에 담배 한 모금 피울 수 있도록 해 주십시오."

"한 번이 아니라 세 번이라도 피워도 된다. 하지만 내가 너의 목숨 줄을 놓아주리라는 기대는 하지 않는 게 좋아."

병사는 담뱃대를 끄집어내어 푸른 등불로 불을 붙였다. 담배 연기의 고리가 피어오르자마자 난쟁이가 작은 몽둥이를 들고 그 자리에 서서는 말했다.

"무엇을 명령하십니까, 주인님?"

"저기 앉아 있는 엉터리 판사와 포리(捕吏)를 바닥에 때려눕혀라. 나를 이렇게 나쁘게 대우한 왕도 그냥 두지 말고."

난쟁이는 마치 번개처럼 요리조리 이리저리 달려갔다. 몽둥이에 닿은 누구나 바닥으로 쓰러져서는 움직일 엄두도 내지 못했다. 왕은 겁을 잔뜩 먹고 목숨만은 살려 달라고 간청했으며 병사에게 왕국을 넘기고 딸을 아내로 주었다.

15

물렛가락과 북과 바늘

어릴 때 아버지와 어머니를 잃은 소녀가 있었다. 마을 끝에 있는 한 작은 집에는 소녀의 대모가 물레질, 베 짜기 그리고 바느질로 연명하면서 살고 있었다. 그녀는 고아인 아이를 받아들였고, 소녀에게 일을 가르치면서 믿음이 두텁도록 길렀다. 소녀가 열다섯 살이 되었을 때 대모는 죽을병에 걸렸다. 그녀는 죽음의 침상에 소녀를 불러 말했다.

"애야, 내 끝이 다가오는 걸 알겠구나. 너에게 이 작은 집을 물려주니 집 안에서 바람과 나쁜 날씨로부터 널 지켜라. 또 물렛가락하고 북하고 바늘을 물려주니 그것으로 빵을 벌고 살렴."

대모는 소녀의 머리에 손을 얹고 축복을 해 주었다.

"믿음을 항상 가슴에 담고 있으면 모든 것이 잘될 거야."

그 말을 끝으로 대모는 눈을 감았다. 대모의 장례를 지낼 때 소녀는 쓰라리게 울면서 관 뒤를 따라가 대모의 마지막 길을 배웅했다.

그때부터 소녀는 그 작은 집에서 혼자 살았다. 부지런하게 물레질을 하고 베를 짜고 바느질을 했다. 무슨 일을 하든 대모의 축복이 그녀를 따라다녔다. 아마포는 방 안에서 저절로 짜이는 듯했고, 소녀가 수건 한 장, 양탄자 하나를 짜거나 셔츠 한 벌을 만들어도 곧 사겠다는 사람이 나서서는 물건값을 두둑하게 지불했다. 그리하여 소녀는 어려움이 없었고 다른 이들에게도 베풀 만큼 사정이 나아졌다.

이즈음 왕국의 왕자가 신붓감을 찾느라 온 나라를 돌아다니고 있었다. 가난한 신부도 부유한 신부도 그는 맞이하려 하지 않았다. 왕자는 말하곤 했다.

"가장 가난하고도 가장 부유한 이가 내 신부가 되어야 하리."

왕자는 소녀가 사는 마을에 이르자 가는 곳 어디에서나 그랬듯, 이 마을에서 가장 가난하고도 가장 부유한 소녀가 어디에 사는지 물어보았다. 마을 사람들은 가장 부유한 소녀를 먼저 알려 주었다. 그리고 가장 가난한 소녀는 이 마을 끝에 살고 있다고 입을 모았다. 가장 부유한 소녀는 잔뜩 차려입고 대문 앞에 앉아 있다가, 왕자가 다가오자 일어나서 그에게로 다가가 몸을 굽히며 인사했다. 왕자는 그녀를 보았지만 단 한마디도 하지 않고 말을 타고 그대로 지나갔다. 왕자는 가장 가난한 소녀의 집으로 갔다. 그녀는 문 앞이 아니라 방 안에 앉아 있었다. 왕자는 말을 멈추고 창문을 통해 안을 들여다보았다. 창으로는 밝은 햇빛이 들어왔고 소녀는 물레바퀴 옆에 앉아서 열심히 물레질을 하고 있었다. 그녀는 창밖을 바라보다가 왕자가 안을 들여다보고 있다는 것을 눈치챘다. 얼굴이 빨갛게 달아오른 채 소녀는 눈을 지그시 감고 물레질을 계속했다. 실이 마침맞게 감기는지 아닌지도 모르는 채 왕자가 떠날 때까지 일에 열중하는 시늉을 했다. 그런 다음 일어나서 창으로 가서는 창문을 열면서 말했다.

"방 안이 덥네."

그렇게 말하고 소녀는 왕자의 모자에 달린 하얀 깃털을 알아볼 수 없을 때까지 그의 뒷모습을 바라보았다.

소녀는 다시 방 안에 앉아서 일을 계속했다. 그때 대모가 소녀에게 해 주던 말이 생각났다. 소녀가 일을 할 때면 해 주곤 했던 말이었다. 소녀는 나직이 흥얼거렸다.

물렛가락아, 물렛가락아, 나가렴
청혼자를 집으로 데려오렴

무슨 일이 일어났을까? 물렛가락이 순식간에 튀어 오르더니 그

녀의 손을 벗어나서는 문을 나갔다. 소녀는 놀라서 벌떡 일어나 물 렛가락을 눈으로 뒤쫓았다. 물렛가락은 반짝거리는 황금빛 실 한 가닥을 뒤로 끌며 즐겁게 춤을 추듯이 들판을 가로질렀다. 오래 지 나지 않아 물렛가락은 소녀의 눈에서 사라졌다. 물렛가락을 잃은 소녀는 북을 손에 잡고 베틀에 앉아 천을 짜기 시작했다.

물렛가락은 계속해서 춤을 추며 갔다. 실이 끝나자 물렛가락은 왕자에게 당도했다.

"이게 뭐지? 물렛가락이 나에게 길을 가르쳐 주려는 것인가?"

왕자는 말을 돌려 황금빛 실을 따라갔다. 소녀는 일을 하면서 노래했다.

작은 북아, 작은 북아, 섬세하게 짜 주렴
청혼자를 집으로 데려오렴

곧 북은 그녀의 손에서 떠나 문을 나갔다. 그러더니 문지방 앞에서 누구도 본 적 없는 아름다운 양탄자를 짜기 시작했다. 양쪽으로는 장미와 백합이 피어났고, 중간에는 황금빛 바닥 위로 푸른 덩굴 식물이 기어올랐으며 그 안으로는 산토끼와 집토끼 들이 뛰어다녔다. 사슴과 노루도 그 사이에서 목을 길게 빼고 있었다. 나뭇가지 위에는 화려한 새들이 금방이라도 지저귈 듯 앉아 있었다. 북은 이리저리 뛰었고, 북이 지나간 자리마다 마치 모든 것이 저절로 자라는 것 같았다.

북이 도망갔으므로 소녀는 바늘을 잡았다. 손에 바늘을 들고 그녀는 노래했다.

바늘아, 바늘아, 뾰족하고 가늘구나
청혼자를 집으로 데려오렴

바늘은 손가락으로부터 뛰어오르더니 번개처럼 빠르게 방을 이리저리 날아다녔다. 보이지 않는 유령이 일을 하는 것처럼 탁자와 벤치에는 푸른 덮개가 깔리고 의자는 벨벳으로 덮였으며 창문에는 비단 커튼이 달렸다. 바늘이 마지막 땀을 놓은 순간, 소녀는 창문을 통해 황금빛 실 가닥이 데리고 온 왕자의 모자에 달린 하얀 깃털을 보았다. 왕자는 말에서 내려서 펼쳐진 양탄자를 밟고 집 안으로 들어왔다. 방으로 들어서니 허름한 옷을 입었으나 덤불 속의 장미처럼 빛나는 소녀가 서 있었다. 왕자는 소녀에게 말했다.

"그대가 가장 가난하고도 가장 부유하군요. 제 신부가 되어 주세요."

그녀는 아무 말도 하지 않고 왕자에게 손을 내밀었다. 왕자는 소녀에게 입을 맞추었고, 그녀를 집 바깥으로 데리고 나와 말에 태워서는 성으로 데리고 갔다. 큰 기쁨 속에 결혼식이 치러졌다. 물렛가락, 북 그리고 바늘은 보물 창고에 보관되는 영예를 얻었다.

16

요술 식탁과 황금 당나귀와
자루 속의 몽둥이

　오래전에 한 재단사가 있었다. 아들을 셋이나 가졌지만 염소는 달랑 한 마리뿐이었다. 그들 모두 염소젖으로 먹고살았기에 매일 염소를 풀밭으로 데리고 나가 좋은 먹이를 주어야만 했다. 아들들은 차례대로 돌아가며 그 일을 했다. 하루는 큰아들이 가장 좋은 약초들이 자라는 교회 묘지로 염소를 데리고 가서는 먹이고 뛰어놀게 했다. 저녁이 되어 집으로 돌아갈 시간이 왔을 때 큰아들은 염소에게 물었다.

　"배부르게 먹었니, 염소야?"

　염소는 대답했다.

　배불러요,

더 못 먹겠어요. 매! 매!

"자, 그럼 집으로 가자."

큰아들은 염소를 줄에 매고는 우리로 데리고 가서 단단히 묶어
두었다.

"염소는 배불리 먹었냐?"

재단사가 아들에게 물었다.

"배가 너무 불러서 더는 못 먹겠다고 했어요."

아버지는 직접 확인을 하기 위해 우리로 가서는 착한 짐승을 쓰
다듬어 주며 물었다.

"염소야, 너 배부르니?"

염소가 대답했다.

무얼 먹어 내가 배가 부를까요?

웅덩이 위만을 뛰다 왔을 뿐

풀은 한 포기도 찾지 못했어요. 매! 매!

"이게 무슨 소리야?"

재단사는 화가 나서 아들에게로 갔다.

"너, 이 거짓말쟁이. 염소를 굶겨 놓고서는 배불리 먹었다고 해?"

그는 성을 참지 못하고 벽에 걸린 재단용 자를 집어서는 아들을 때리면서 집에서 쫓아냈다.

다음 날 둘째 차례가 왔다. 둘째는 아주 좋은 약초들만 자라는 정원의 울타리 옆에 자리를 찾았다. 염소는 약초들을 먹어 치웠다. 저녁이 왔고, 집으로 가려고 둘째는 물었다.

"배부르니, 염소야?"

염소는 대답했다.

배불러요,
더 못 먹겠어요. 매! 매!

"자, 그럼 집으로 가자."

둘째는 염소를 끌고는 집으로 가서 우리에 단단히 매어 두었다.

"염소를 배부르게 먹였냐?"

"예. 배가 불러서 더 이상 못 먹겠다네요."

하지만 재단사는 아들을 믿지 못해서 우리로 가서는 염소에게 물었다.

"염소야, 너 배부르니?"

염소가 대답했다.

무얼 먹어 내가 배가 부를까요?
웅덩이 위만을 뛰다 왔을 뿐
풀은 한 포기도 찾지 못했어요. 매! 매!

"이 흉악한 놈 같으니! 이렇게 착한 짐승을 굶기다니!"

재단사는 소리를 질렀다. 그리고 아들에게로 가서 재단용 자로 때리면서 집에서 쫓아냈다.

이제 셋째 차례가 돌아왔다. 막내는 염소를 배불리 먹이기로 작정을 하고서는 가장 좋은 이파리가 달린 덤불을 찾아서 염소를 먹였다. 저녁이 왔을 때 집으로 가려고 막내는 염소에게 물었다.

"배부르니, 염소야?"

염소는 대답했다.

배불러요,
더 못 먹겠어요. 매! 매!

"자, 그럼 집으로 가자."

막내는 염소를 우리로 데리고 가서는 단단하게 묶었다. 재단사가 아들에게 물었다.

"염소는 배불리 먹였냐?"

"이파리 하나도 더 들어갈 자리 없이 배불리 먹었대요."

재단사는 아들을 믿지 않고 염소에게로 가서 물었다.

"염소야, 너 배부르니?"

염소가 대답했다.

무얼 먹어 내가 배가 부를까요?

웅덩이 위만을 뛰다 왔을 뿐

풀은 한 포기도 찾지 못했어요. 매! 매!

"이런 거짓말쟁이 같으니라고. 신심도 없고 의무도 잊어버리는
건 다른 놈들과 똑같아. 너희가 날 더 이상 바보 취급하지 못하도록
하겠다!"

재단사는 불같이 성을 내며 벌떡 일어나 재단용 자로 아들을 심
하게 매질했고, 견디지 못한 아들은 집을 나가 버렸다.

자, 이렇게 늙은 재단사는 염소와 함께 혼자 남았다. 다음 날 아
침 그는 우리로 가서는 염소를 쓰다듬으며 말했다.

"아이고, 착한 놈. 내가 직접 너를 풀밭으로 데리고 가마."

그는 염소를 끌고 톱풀과 그 밖의 염소가 좋아할 만한 풀들이 자
란 푸른 초장(草場)으로 데리고 갔다.

"여기에서 한 번만이라도 마음껏 배불리 먹어라."

재단사는 염소를 풀어 놓고 저녁까지 먹게 했다. 그리고 염소에게 물었다.

"염소야, 배부르냐?"

염소는 대답했다.

배불러요,
더 못 먹겠어요. 매! 매!

"자, 그럼 집으로 가자."

재단사는 염소를 우리로 데리고 가서는 단단하게 묶었다. 그리고 떠나려다 한 번 더 돌아와서 말했다.

"이번만큼은 배불리 먹었지!"

하지만 염소는 재단사에게 다른 대답을 하지 않았다.

무얼 먹어 내가 배가 부를까요?
웅덩이 위만을 뛰다 왔을 뿐
풀은 한 포기도 찾지 못했어요. 매! 매!

염소의 대답을 듣고 그는 놀라서 어쩔 줄 몰랐다. 세 아들을 아무 이유 없이 내쫓았음을 깨달은 것이다.

　"너, 이 은혜를 모르는 짐승아. 너를 그냥 쫓아내는 것으로는 부족하다. 자존심 강한 재단사들 앞에 감히 얼씬거리지 못하도록 표시를 해 주지."

　그는 서둘러 뛰어가서 면도칼을 가지고 와서는 염소의 머리에 비누칠을 하고 털을 깎았다. 염소의 머리는 그의 손만큼이나 밋밋해졌다. 그리고 재단용 자도 염소에게는 과분했기에 채찍을 집어들고 후려쳤다. 염소는 펄쩍 뛰어올라 필사적으로 달아났다.

　혼자 집 안에 남은 재단사는 너무나 슬펐다. 아들들을 다시 보고 싶었지만 그 누구도 그의 아들들이 있는 곳을 몰랐다.

　큰아들은 가구공이 되기 위해 수업을 받고 있었다. 그는 지치지도 않고 부지런히 일을 배웠다. 도제 기간이 끝나고 방랑 수업*에

나설 때가 되자 장인(匠人)은 그에게 작은 식탁 하나를 선물했다. 겉으로 보기에는 별다른 특징이 없는, 그저 평범한 나무로 만들어진 식탁이었지만 기막힌 요술을 부릴 수 있었다. 식탁을 펴고 "식탁아, 차려 주렴" 하고 말하면, 작고 기특한 식탁 위에 깨끗한 식탁보가 덮이면서 접시가 올려지고 칼과 포크가 그 옆에 나란히 놓였으며 삶고 구운 음식들이 담긴 그릇 또한 식탁 가득 들어찼다. 또 붉은 포도주가 가득 든 큰 잔이 마음을 기쁘게 했다. 첫째 아들은 이 식탁만으로도 평생 먹고사는 데 걱정이 없으리라고 생각했다. 그 후로 그는 기분 좋게 떠돌아다녔다. 주막이 좋든 나쁘든, 먹을 것이 있든 없든 아무 걱정 없었다. 마음이 내키면 주막에 가지 않고도 들판이나 숲, 풀밭 어디든 원하는 곳에 가서는 등에 짊어진 식탁을 내려 앞에 두고 "식탁아, 차려 주렴" 하고 주문을 외쳤다. 그러면 그가 원하던 모든 것이 곧 식탁에 차려졌다.

드디어 첫째는 아버지에게 돌아가고 싶다는 생각이 들었다. 그 동안 아버지의 화도 풀렸을 테고, '식탁아 차려 주렴'을 보면 다시 받아 주겠지 싶었다. 집으로 향하던 길에 저녁이 되어 그는 손님들

---

* 지금은 약하게만 남아 있는 풍습이지만, 전통적으로 수공업을 배우는 이들은 도제 기간이 끝나면 방랑길에 올라 길 위에서 경험을 모은다. 그 시간을 '방랑의 해들'이라고 부르며, 그 수업이 끝나야만 집으로 돌아온다. 괴테의 작품 《빌헬름 마이스터의 수업 시대》 속편인 《빌헬름 마이스터의 방랑 시대》에서의 방랑 시대가 바로 이런 시간을 말한다.

로 가득 찬 주막을 찾아갔다. 모두 그를 환영하며 함께 앉아서 식사를 하자고 청했다. 그러지 않으면 이 주막에서 음식을 얻어먹기가 쉽지 않을 거라고 했다.

"아닙니다. 여러분의 얼마 되지 않는 음식을 빼앗아 먹고 싶지 않습니다. 차라리 내가 여러분을 초대하겠습니다."

모두 웃으며 첫째가 농담을 한다고 여겼다. 하지만 그는 작은 식탁을 방 한가운데에 내려놓으며 말했다.

"식탁아, 차려 주렴."

한순간에 식탁에는 음식이 차려졌다. 주막 주인은 만들 수조차 없는 너무나 진귀하고 좋은 음식들이었다. 손님들의 코로 맛있는 냄새가 솔솔 스며들어 왔다.

"여러분, 드십시오."

첫째가 권하자 손님들은 그의 말이 진심임을 깨닫고 두 번 청하기도 전에 다가와서는 칼을 꺼내서 열심히 먹기 시작했다. 그들이 가장 놀란 것은 그릇이 비면 누가 시키기도 전에 다시 채워진다는 점이었다. 주막 주인은 한구석에 서서 이 모습을 지켜보았다. 그는 말문이 막힌 채 저런 식탁이야말로 주막 영업을 위해서 꼭 필요하겠다고 생각했다. 첫째와 그의 손님들은 밤늦게까지 즐기다가 잠을 자러 갔다. 첫째도 요술 식탁을 벽에 걸어 두고 잠자리에 들었다. 주막 주인은 어떻게 하면 식탁을 차지할 수 있을까 전전긍긍하다가 창고에 딱 요술 식탁처럼 보이는 낡은 식탁이 있다는 사실을 떠올렸다. 그는 얼른 그것을 가져와서는 요술 식탁과 바꾸었다. 다음 날 아침 첫째는 숙박비를 치르고 식탁을 쌌다. 그는 식탁이 바뀐 줄은 꿈에도 생각하지 못하고 길을 떠났다. 점심 무렵 그는 아버지의 집에 도착했다. 아버지는 커다란 기쁨 속에서 아들을 맞이했다.

"그래, 첫째야. 무엇을 배웠니?"

"저는 가구공이 되었어요."

"그건 좋은 수공업이지. 그런데 방랑길에서 무얼 가지고 돌아온 거냐?"

"제가 가져온 가장 좋은 물건은 바로 이 작은 식탁이에요."

재단사는 식탁의 요모조모를 들여다보더니 말했다.

"너는 걸작을 만들지는 못했구나. 이건 낡고도 질 나쁜 식탁이 잖니."

"하지만 이 식탁은 요술을 부릴 줄 알아요. 내가 식탁을 앞에 두고 '식탁아, 차려 주렴' 하고 말하면 금방 원하는 음식들과 포도주가 떡 하고 차려진답니다. 친척들과 친구들을 초대하세요. 모두 한번 배부르게 먹고 마셔 보자고요. 이 작은 식탁이 우리 모두를 충분히 먹일 거예요."

손님들이 다 모이자 첫째는 식탁을 방 한가운데에 놓고 "식탁아, 차려 주렴" 하고 말했다. 그러나 식탁은 그 말을 이해하지 못하는 평범한 식탁처럼 미동도 하지 않았다. 그제야 불쌍한 첫째는 누군가 식탁을 바꿔치기했음을 알아차렸다. 또한 자신이 거짓말쟁이가 된 것 같아 그들 가운데 서 있기가 부끄러웠다. 친척들은 그를 놀리면서 먹지도 마시지도 못한 채 집으로 돌아갔다. 아버지는 천 조각을 가지고 나와 재단사 일을 계속했으며, 아들은 다른 장인에게 가서 일을 계속했다.

둘째는 방아꾼에게로 가서는 방앗간 일을 배웠다. 모든 수업이 끝나자 장인은 말했다.

"네가 이렇게 일을 잘 해냈으니 특별한 당나귀 한 마리를 선물하마. 이 당나귀는 수레를 끌지도 못하고 자루를 실어 나르지도 못한단다."

"그런 당나귀가 무슨 쓸모가 있어요?"

"당나귀를 천 위에다 세워 두고 '브리클레브리트(Bricklebrit)' 하고 말하면 녀석은 황금 조각을 쏟아 내지. 뒤에서도 그리고 앞에서도."

"아, 세상에. 이런 좋은 나귀가 있다니요."

둘째는 장인에게 감사하고 세상을 향해 길을 떠났다. 돈이 필요하면 그는 당나귀에게 "브리클레브리트!" 하고 말하기만 하면 되었다. 그러면 황금 조

각이 비처럼 쏟아졌고, 그는 그것을 줍기만 하면 되었다. 어디를 가든 둘째는 가장 좋은 것만 가졌다. 비싸면 비쌀수록 더 좋았다. 그의 돈주머니는 언제나 가득 차 있었기 때문이다. 그는 한동안 세상 구경을 하다가 아버지에게로 돌아가고 싶어졌다. 황금 당나귀를 데리고 가면 아버지도 화를 풀고 다시 받아 주리라고 생각했다. 둘째는 첫째가 식탁을 바꿔치기당한 주막에 들어서게 되었다. 그가 당나귀를 끌고 가자 주막 주인이 당나귀를 받아서는 묶어 주려고 했다. 둘째는 말했다.

"그런 수고 하실 필요 없습니다. 내 당나귀는 내가 직접 마구간으로 데리고 가서 묶어 둘게요. 이놈이 어디에 있는지 내가 꼭 알아야 하니까요."

주막 주인은 이상스럽게 여겼다. 제 당나귀를 직접 돌보아 주어야 하는 손님이라면 주막에서 많은 돈을 쓰지 못하겠다고 생각했다. 하지만 손님은 주머니에서 황금 두 조각을 끄집어내어 아주 좋은 것만을 준비해 달라고 말했다. 주인은 눈이 휘둥그레져 달려 나가서는 구할 수 있는 것 가운데 가장 좋은 것만을 구해 왔다. 식사가 끝난 뒤 손님은 음식값을 내려고 했다. 주인은 둘째를 속여 먹기로 작정을 했으므로 황금 몇 조각을 더 내놓아야 한다고 말했다. 둘째는 주머니에서 황금을 꺼내려고 했지만 주머니는 비어 있었다.

"잠깐만 기다려 주시오. 가서 황금을 가져오리다."

둘째는 그렇게 말하고는 식탁보를 가져갔다. 주인은 영문을 몰랐으나 호기심이 나서 그를 뒤따라갔다. 마구간으로 간 둘째는 문빗장을 걸었다. 주인은 옹이구멍으로 안을 염탐했다. 손님은 당나귀 밑에다 가지고 간 식탁보를 펴고는 "브리클레브리트!"라고 외쳤다. 그러자 당나귀는 금세 뒤로 앞으로 황금을 쏟아 내기 시작해서는 한가득 쌓이게 했다.

"수천 개의 황금 조각이라니. 곧 금화를 찍어도 되겠군. 저런 돈주머니라면 나쁘지 않겠어!"

손님은 음식값을 내고 잠자리로 갔다. 주인은 밤에 마구간으로 가서는 황금을 낳는 당나귀를 치워 버리고, 다른 당나귀를 그 자리에 세워 두었다. 그다음 날 새벽 둘째는 당나귀가 바뀐 줄도 모르고 길을 나섰다. 정오 무렵 그는 아버지의 집에 도착했다. 아버지는 그를 다시 보자 기뻐하면서 맞아들였다.

"너는 어떤 일을 배웠니?"

"방아꾼이 되었어요, 아버지."

"방랑길에서 무얼 가지고 왔지?"

"당나귀 한 마리요."

"당나귀라면 여기에도 쌔고 쌨는데. 염소 한 마리가 더 나았을 거야."

"예. 하지만 이 당나귀는 평범한 놈이 아니랍니다. 황금 당나귀예요. '브리클레브리트'라고 주문을 외면 이놈은 천 가득 황금을 쏟아붓지요. 모든 친척들을 불러 모아요. 내가 모두를 부자로 만들어 줄 테니."

"그것 참 마음에 든다. 그러면 더 이상 바늘로 힘겹게 일을 하지 않아도 될 테니."

아버지는 뛰쳐나가 친척들을 불러 모았다. 모두 모이자마자 둘째는 자리를 만들어 천을 바닥에 깔고는 당나귀를 데리고 왔다.

"자, 보십시오들."

둘째는 이렇게 말한 뒤, "브리클레브리트!" 하고 외쳤다. 하지만 황금은 쏟아지지 않았다. 이 당나귀는 그런 요술을 부리지 못한다는 사실이 드러났다. 어찌 모든 당나귀들이 그런 요술을 부릴 수 있겠는가. 불쌍한 둘째는 기가 꺾였다. 그는 자신이 속았음을 깨닫고 친척들에게 용서를 구했다. 그들은 왔을 때처럼 가난하게 집으로 돌아갔다. 늙은 재단사는 다시 바늘을 잡아야만 했으며, 둘째는 다시 방앗간으로 일을 찾으러 나서야만 했다.

셋째 아들은 녹로공 일을 배웠다. 녹로공 일은 기술이 많이 필요했으므로 그는 형제들 가운데 가장 오랫동안 일을 배워야만 했다. 형들이 편지를 보내서 지내기가 얼마나 힘든지를 알려 왔다. 그리고 그들이 집에 도착하기 전날 밤 묵었던 주막 주인이 그들에게서 진귀한 요술을 부리는 것들을 빼앗아 갔을 거라는 말도 덧붙였다. 마침내 셋째가 수련을 마치고 떠나야 할 때가 되자 스승은 선물을 했다. 그동안의 노고를 치하하기 위해서였다. 그것은 자루 하나였다.

"이 속에는 몽둥이가 하나 들어 있네."

"자루야 어깨에 메고 가다 보면 쓸데가 있겠지만, 그 안에 든 몽둥이는 무엇에 쓰지요? 그게 들어 있으면 자루가 무겁기만 할 텐데요."

"그 몽둥이로 무엇을 할지 내가 가르쳐 줌세. 누가 자네에게 해코지를 하려 들면 이렇게 말하기만 하면 된다네. '몽둥이야, 자루에서 나오너라!' 그러면 몽둥이가 튀어나와서는 그들의 등 위에서 그렇게 즐겁게 춤을 출 거라고. 그 사람들은 8일 동안 꿈쩍도 못할 거야. 자네가 '몽둥이야, 자루로 들어가라!' 하기 전까지는 계속 춤출 거라네."

제자는 스승에게 감사 인사를 하고 자루를 걸쳤다. 누군가 시비를 걸거나 위협하면 그는 말했다.

"몽둥이야, 자루에서 나오너라!"

그 말이 끝나자마자 몽둥이는 자루에서 나와서는 한 사람 뒤에 또 한 사람을, 코트든 재킷이든 가리지 않고 등을 두들겼다. 몽둥이는 셋째가 끄집어내기를 기다리지도 않았다. 빠르기는 또 얼마나 빠른지, 누군가 자기 차례가 왔다는 사실을 알아차릴 틈도 없이 해

치위 버렸다. 셋째는 저녁 무렵 두 형을 속여 먹었던 주막에 도달했다. 그는 배낭을 탁자 위에 내려놓고는 이 세상에서 보았던 이상한 것들에 대해서 이야기하기 시작했다.

"그러니까 '식탁아, 차려 주렴'이나 '황금 당나귀' 같은 것을 사람들은 발견하기도 하죠. 그것들을 무시하는 건 아니지만 내가 얻은 이 자루에 든 보물과 비교한다면 아무것도 아니에요."

주인의 귀가 쫑긋 섰다. '아니, 그 안에 무엇이 있기에? 아마도 보석으로 꽉 차 있으려나. 저것마저도 내가 가져야겠어. 모든 좋은 일은 삼세번이라잖아.'

잠잘 시간이 오자 손님은 긴 탁자 위에 자루를 베개 삼아 베고 누웠다. 손님이 오래전에 깊이 잠들었다고 생각한 주인은 그에게로 다가가서 조심조심 주의 깊게 자루를 잡아당기면서, 그것을 빼내고 다른 것을 고여 둘 수 있을지 살폈다. 하지만 오랫동안 이 순간을 기다려 온 셋째는 주인이 온 힘을 다하여 자루를 빼내려고 하자 소리쳤다.

"몽둥이야, 자루에서 나오너라!"

곧 작은 몽둥이가 나왔고, 주인의 몸 위를 무지막지하게 때리기 시작했다. 주인은 처참하게 비명을 내질렀지만 그가 비명을 더 크게 지르면 지를수록 몽둥이는 더 세게 등을 내리쳤다. 마침내 주인은 지쳐서 바닥에 쓰러졌다. 그때 셋째가 말했다.

"'식탁아 차려 주렴'과 '황금 당나귀'를 다시 내놓지 않으면 내 몽둥이가 새 춤을 시작할 거다."

주인은 모기 소리만큼 작게 말했다.

"다 내놓을 테니 다만 마법에 걸린 정령이나 다시 자루 속에 집어넣어 주세요."

"용서해 주기는 하겠다만 더는 남에게 해를 끼치지 마."

셋째는 몽둥이에게 말했다.

"몽둥이야, 자루로 들어가라!"

그리고 몽둥이를 쉬게 했다.

다음 날 셋째는 '식탁아, 차려 주렴'과 '황금 당나귀'를 가지고 집에 있는 아버지에게로 갔다. 그를 다시 만나자 아버지는 기뻐했고, 낯선 곳에서 무엇을 배웠는지를 물어보았다.

"아버지, 저는 녹로공 일을 배웠습니다."

"그거 힘든 일이지. 방랑하면서 무엇을 얻었니?"

"아주 귀한 물건을 가지고 왔답니다. 자루 속의 몽둥이 하나요."

"뭐! 몽둥이 하나! 그거 괜찮구나. 그걸로 모든 나무를 팰 수 있겠지."

"그런 거 말고요. 제가 '몽둥이야, 자루에서 나오너라!' 하고 말하면 자루 속에서 몽둥이가 튀어나와서 나에게 해코지를 하려던 사람들과 아주 나쁜 춤을 춘답니다. 그들이 바닥에 쓰러져서 살려 달라고 빌 때까지 멈추지 않지요. 보세요, 이 몽둥이로 '식탁아, 차려 주렴'이랑 '황금 당나귀'를 다시 찾아왔잖아요. 도둑놈 같은 주막 주인이 형들에게서 빼앗은 보물을요. 아버지, 지금 두 형을 부르고 모든 친척을 초대하세요. 모두에게 음식과 술을 대접하고 주머니 가득 금을 채워 줄게요."

늙은 재단사는 믿을 수가 없었지만 모든 친척들을 불러 모았다. 셋째는 천을 방바닥에 깔고 황금 당나귀를 데리고 와서는 형에게

말했다.

"형, 이제 당나귀랑 말 좀 해 봐."

방아꾼이 "브리클레브리트!" 하고 말하자 마치 그 자리에 폭우가 내린 것처럼 순식간에 황금 조각이 바닥으로 떨어졌다. 당나귀는 모두 짊어질 수 없을 만큼 많은 황금을 쏟아 내고서야 멈추었다. (그래, 당신 표정을 보니 꼭 그 자리에 함께 있었으면 하는 눈치군.) 그다음 셋째는 작은 식탁을 가지고 와서는 말했다.

"형, 이제 식탁이랑 말 좀 해 봐."

가구공이 "식탁아, 차려 주렴" 하는 주문을 끝내기도 전에 식탁이 차려지며 가장 좋은 그릇들이 식탁을 뒤덮었다. 착하고 늙은 재단사의 집에서는 한 번도 본 적 없는 만찬이었고, 모든 친척들이 밤이 될 때까지 같이 즐겼다. 모두 즐거웠고 흡족했다. 재단사는 바늘과 실, 자, 다리미를 장롱에 가두어 두고 세 아들과 함께 즐거움과 환희 속에 살았다.

그런데 세 아들을 내쫓게 한 염소는 어디로 갔을까? 그것도 이야기해 주겠다. 염소는 대머리가 된 것이 너무나 부끄러웠다. 그래서 여우 굴로 기어 들어갔다. 여우가 집으로 돌아왔을 때 두 개의 눈이 어둠 속에서 번쩍거리면서 다가왔다. 여우는 화들짝 놀라며 다시 굴을 뛰쳐나와 버렸다. 여우는 곰과 마주쳤다. 여우가 혼이 빠져 버린 것처럼 보여 곰이 물었다.

"여우 형제, 무슨 일 있었어? 얼굴이 왜 그래?"

"음, 어떤 끔찍한 짐승이 내 굴에 앉아서는 불타오르는 눈으로 나를 째려보았단다."

"그놈을 함께 쫓아내자."

곰은 그렇게 말하고 굴로 가서는 안으로 들어갔다. 하지만 여우가 말했던 불타오르는 눈과 마주치자 여우와 마찬가지로 소름이 끼쳤다. 곰은 저 끔찍한 짐승하고는 상관을 하고 싶지 않아서 재빨리 달아났다. 곰은 벌과 마주쳤다. 곰이 겁에 질린 것을 눈치채고 벌이 말했다.

"곰아, 정말 기분 나쁜 얼굴을 하고 있구나. 좋은 기분은 다 어디에 내버려 두었니?"

"여우 굴에 불타오르는 눈을 가진 짐승이 웅크리고 있어. 그놈을 쫓아낼 수가 없단다."

"불쌍한 곰. 나는 너희가 쳐다도 보지 않는 불쌍하고 약한 생물이지만 어떻게든 너희를 도울게."

벌은 여우 굴로 날아가서는 염소의 대머리 위에 앉아 세게 쏘아 버렸다. 염소는 펄쩍 뛰어 오르며 매! 매! 비명을 질렀고 미친 듯이 세상 속으로 뛰어갔다. 그리고 누구도 이 시간 염소가 어디를 달리는지 알지 못한다.

『허밍버드 클래식』
동시대를 호흡하는 문학가들의 신선한 번역과 어른들의 감수성을 담은 북 디자인을 결합해
시대를 초월한 고전 읽기의 즐거움을 선사하고자 합니다.